U0552125

在 读 写 思 行 的 空 间 中

宽看
世界人

Between the World and Me

杨其宽 著

人民东方出版传媒
东方出版社

图书在版编目（CIP）数据

宽看世界：在读写思行的空间中/杨其宽著. —北京：东方出版社，2021.10
ISBN 978-7-5207-2395-4

Ⅰ.①宽… Ⅱ.①杨… Ⅲ.①散文集–中国–当代 Ⅳ.①I267

中国版本图书馆CIP数据核字（2021）第185051号

宽看世界：在读写思行的空间中
（KUANKAN SHIJIE: ZAI DUXIE SIXING DE KONGJIAN ZHONG）

| 著　　者：杨其宽
| 策划编辑：鲁艳芳
| 责任编辑：黄彩霞
| 出　　版：东方出版社
| 发　　行：人民东方出版传媒有限公司
| 地　　址：北京市西城区北三环中路6号
| 邮政编码：100120
| 印　　刷：北京联兴盛业印刷股份有限公司
| 版　　次：2021年10月第1版
| 印　　次：2021年10月北京第1次印刷
| 开　　本：880毫米×1230毫米　1/32
| 印　　张：9.5
| 字　　数：221千字
| 书　　号：ISBN 978-7-5207-2395-4
| 定　　价：49.80元
| 发行电话：（010）85924663　85924644　85924641

版权所有，违者必究
如有印装质量问题，请拨打电话：（010）85924725

前 言
变化的眼睛

世界在小孩子的眼中是怎样的？天真、幼稚、充满童趣？那在中学生的眼中呢？不管怎样，形容词只是对现象的描述——或许更好的办法是直接阅读一个人在不同时期写下的文字。

写下这段话时，我刚过17岁生日。从小到大，不同阶段的"我"，以作者的身份被记录在文字中。在过去的几年里，我把对生活的观察、阅读的感想和一些日常生活中的思考写成文字，这些文字包含书评、散文、游记、议论文等各种形式。这些文字，有些稚嫩，有些相对深刻一点，所有的文字可以说是记录了一个小孩逐渐长大的过程。高中后，我把以前的文章和一些新的想法在"宽看世界"公众号发出。经过了两年多持续更新，这个公众号目前已经有100多篇文章。这本小书是对其中一些文字的提炼和再处理。

我生活在自己的"三公里城市"内，每天的生活基本上在家和学校之间往复来回。还好，我有幸能走出这三公里，看到几十、几百、几千公里外的风景。我曾在钓鱼城峻峭的山崖上俯瞰奔流不息的江河,驻足在巴黎热闹的蒙马特高地上看圣心教堂脚下密集的人流。我曾闲逛在伊斯坦布尔热闹繁杂的大巴扎中,漫步在夕阳下的多瑙河河堤上,迷失在大足石刻各式各样精美的雕像和故事里。我也随着莫理循的记录"到过"晚清时的中国,通过林达的文字"目睹"第二次世界大战时的犹太人集中营,随着玛丽·雪莱的想象力感受到人与自己造的物之间的爱恨情仇,跟着胡绳先生娓娓道来的文字,回看中国两千年的封建社会。这些经验组成了我的世界,也就是"宽"看过的世界。

这是一本关于阅读、思考和在旅程上感知的小册子。事实上,几年间写下的文字已经有很大变化(这也是一个人的成长过程),似乎越来越理性。虽然这么说,我偶尔仍会为小时候的视角和感性的文字感到惊讶。这本小册子不是我写作的终点,相反,更像是一个正式的起点。随着时空旅程的拓宽,我今后会写下更多与经济、哲学和社会生活相关的文字,用新的"宽的眼"来观察这个快速变化的世界。

杨其宽

2021 年 9 月 16 日

目　录

第一部分

在阅读中思辨

《二千年间》：中国的封建社会史 / 002

《活的中国》：他们的文字是这么真实 / 006

《中国乡村生活》：乡村是中国的缩影 / 008

《一个澳大利亚人在中国》：困难重重也勇敢上路 / 010

《重庆往事》：这里的生活永不停止 / 013

《芙蓉秋梦》：他的故事让人身临其境 / 016

《中的精神》：阴阳平衡的那一点是"中" / 019

《像自由一样美丽》：活着多美好 / 023

《弗兰肯斯坦》：能否预见未来 / 027

《天生有罪》：我是谁 / 031

《士兵的重负》：战争具有复杂性 / 038

文明之间1：从古埃及到东西罗马 / 045

文明之间2：从西罗马解体到但丁去世 / 055

宽看世界：在读写思行的空间中

第二部分
日常观察与思考

便利店文化正在破坏我们的特色文化 / 066

思维的乐趣：无聊中想无聊 / 071

2020 年春节与"瘟疫公司" / 074

穿着拖鞋走世界 / 077

得与失 / 082

犹豫的根源 / 087

我的电子游戏史观 / 091

从游戏中来：关于第一次世界大战 / 096

再见漳州 / 098

爵士乐发展小史 / 104

音乐的逻辑 / 107

吉他的历史：从伍德琴到 Midi 吉他 / 117

短文一组：没有完全正确的角度 / 127

观麻省理工学院的《微观经济学原理》：知识的复利 / 133

杭州三日游：记太空城市设计大赛 / 138

认识乡村：一个高中生的下乡调研日志 / 145

四天科研体验：对未来的一次展望 / 161

第三部分

人、访谈与旅行

游乐场变迁、真实性与革新 / 172

互联网时代的实体书店：从西西弗书店谈起 / 175

访谈赵燕菁先生："他站着都会想，做梦都会想" / 181

素描老爸 / 197

浓缩的时光——2020年事记 / 201

想象宋蒙时期的钓鱼城 / 205

让人内心触动的大足石刻 / 210

模拟城市：澳门 / 213

雅典与慕尼黑 / 222

巴黎十天 / 234

赫尔辛基、奥斯陆和柏林 / 247

附　录　陈衡哲：救救中学生 / 291

在阅读中思辨

第一部分

《二千年间》：中国的封建社会史

中国两千年的封建社会历史大概是这样的：战国时期中后期群雄争霸，最后秦朝统一六国，但很快秦朝就灭亡了。楚汉之争中汉胜出，于是到了西汉。西汉过后有十几年的王莽时期，这是很短的一个时期，叫新朝。王莽时期之后还是汉朝，只不过变成东汉。汉过后是魏晋南北朝，小朝代更迭，隋朝统一全国，隋朝之后是唐朝。唐朝持续了近300年，过后就是五代十国，然后是宋朝。宋朝之后是元朝，元朝只存在100年就灭亡了。接替元朝的是明朝，明朝有300年历史，明朝过后是清朝。清朝的国君努力，所以朝代持续时间比较长久。

这些朝代中引人注目的人无非就是皇帝，他们是万人之上的人。秦始皇是我国历史里最早的一个皇帝，从王到皇帝其实只是一个名称的改变，却添了更多的神圣色彩。皇帝是世袭的，但是皇帝并不是天生的圣人。各种神话故事树立皇帝神圣的形象，百姓心中自然也觉得皇帝神圣。这些神话故事有刘邦斩白蛇，宋高宗被泥马运过河，等等。每当自然灾害降临的时候，皇帝就会怪罪自己，于是皇帝祭天以祈求灾害消除。只有皇帝才能祭天，有些聪明的皇帝是为了树立神圣的形象，有些皇帝却是真的认为事实就是这样。悲惨的是，在皇室中，兄弟们为了权力地位相互残杀，兄弟间也没了平常人家亲人间的家族感情。

有皇帝，也就有了官。官员也是有一定的身份地位的，很多的官员都是通过科举考试选拔出来的。官员越来越多，导致官僚机构的膨胀。官员可以草率地分为好官和坏官。坏官多了，这个朝代自然就衰落了，各朝各代都是这样的。很多朝代由心术不正的官员掌管大权，比如秦朝的赵高，加速了朝代的灭亡。

有了皇帝，有了官员，为了保家卫国，就有了兵。但是在古代，当兵是一种很贱的职业。除了开国的时候，官军都没怎么强大过。当国家稳定下来，皇帝又要一直用军队对外作战。对外作战要很多的兵，国家又要用钱来养，这一下就导致税收增加，百姓生活艰难。

生活最艰难的无非还是农民。每一个朝代、每一个国家的建立，粮食是最根本的保障，所有的粮食都是由农民辛勤劳动创造的，所以农民是国家的根本。中国古代有两种农民，自耕农和佃农。自耕农的数量不多，虽有自己的土地，但是也十分辛苦。他们的土地面积一般都很小，养家糊口都成问题，更别说交税，所以很多的自耕农就变成为地主服务的农民，也就是佃农。然而佃农也好不到哪里去，表面上看他们是自由人，但是一旦地主收回了他们的土地，他们就没有生存的希望，所以他们其实是地主的农奴，他们也要向地主交很多的税。当农民的生活实在过不下去，他们就会起义。大规模的农民起义，对旧朝代的灭亡和新朝代的建立，起到很大的作用。

很多王朝末期，有人意识到王朝要不行了，要变法，但是这样的人少之又少，就算有人有意识，也不一定会说，说了或做了却落得个悲惨下场。类似王安石变法，因为动到别人的利益，王安石马上就下台了。还有，商鞅变了法以后，就遭到五马分尸。这样的变法是有用的，能够让王朝更加强大，但却被一点点的个人利益打压得不见残影。但是王朝已经很弱了，变法又失败，这个朝代自然就衰落了，这就是一些可怜王朝的命运，到了最后竟然没有救自己的能力，只能在不变中坐候末日。

在清朝末年，中国社会发生极大的变化。西方资本主义涌入中国，农民的手工副业遭到打击，自给自足的生活方式被破坏，农民受到的剥削加重。在这段时间，发生"太平天国运动"和"戊戌变法"。清朝被推翻，历史上的最后一个封建王朝灭亡，中国进入了一个新的阶段。

感想

从这本书中我可以看出中国历朝历代是如何更替的，了解到每一个朝代的开国和灭亡都是相似的。开国的皇帝减轻赋税，废除酷刑，实行均田制，设立新机构……基本上可以说，每个朝代的前几个皇帝都是能控制得住局面的皇帝，然而后面的皇帝就越来越不争气。到了最后任用奸臣，生活昏天黑地，就是把家败完。在这种情况下，农民活不下去，就爆发起义。王朝慢慢衰落，走向灭亡。

我认为这本书的作者把历史人物模糊地分成正义和邪恶这两种，而没有一个比较客观的评价，比如把一些还是有功劳但是做了坏事的人说得一无是处。

我还在书中看到古代社会的形成发展，以及封建社会官僚的腐败。变法的人都是英勇的，可是到头来没有好结局，就是因为动到部分人的利益。这本书让我发现底层人民是最值得被尊敬的，也是有力量的。底层人民耕地，生产粮食，养活整个国家，交的税也扩充了国家金库，从这个角度讲，他们支撑起整个国家，如果压榨这些人，其实从某种层面上来说是在减短国家的寿命。

我认为封建社会想要朝代更长久可以这样：

（1）有很公平公正的法律，并且每个人都要服从。

（2）收适当的税。

（3）减少官僚，去除不必要的职位；训练精兵，减少军队和军费。

这些在封建社会实现起来太难。最后还因为官僚腐败、农民起义以及某些地方官死守自己的利益等，加速了国家的灭亡。

（2017年6月9日）

《活的中国》：他们的文字是这么真实

《活的中国》(*Living China*)是中国近现代多个作家的作品选集，编者是埃德加·斯诺——一个经常来访中国的美国记者。书中有很多经典的文章，比如鲁迅的《孔乙己》、巴金的《狗》，等等。其中大部分的文字都反映近代中国社会发生的一些不好的现象，讽刺当时中国人的愚昧、无知和迷信。其中很多的文章都讲到生活的苦，比如为了还债，丈夫竟然卖掉妻子来还钱，一老一小因为政治斗争被残酷打死等。

其中我最喜欢两篇，一是巴金的《狗》，二是丁玲的《水》。巴金写了很多篇《狗》，然而这本书中的是不为人知的一篇。这篇小说是以第一人称写的，讲一个小男孩的故事，他没有父母，贫苦无依，无家可归，最后以为自己是一只狗。其中通过描写社会的情形和小男孩的误解，讽刺社会的不公平。小男孩去上学被拒绝，误认为黄色头发的人要比黑色头发的人高等一点，等等。

《水》讲的是因为洪水一大堆人无家可归，却被大城市拒之门外，说是要募款来给这些人买食物的县长，却把募捐的钱全都装到自己的口袋里,最后以一句"一群比洪水还凶猛的人们涌向城里"来结束这篇小说,给读者留下丰富的想象空间。这是我最喜欢的。

还有一些文章,虽然我不是很喜欢,但是印象很深刻,比如茅盾的《泥泞》和田军的《大连丸上》。《泥泞》讲不同主张的人之间的斗争,但文中完全没有提到"斗争"这两个字。一个村子里来了两批人,都穿着灰色的制服,第一批人给大家讲解一种主义,有一个人就给大家写字,后来另外一批穿着灰色制服的人来了,就将这个写字的人击毙了。《大连丸上》通过写主人公在国外的海关处接受检查的烦琐,反映出当时中国人在外国的被歧视现象,同时也写出当时中国人给人的不良印象。

可以说,这是一本讽刺近代中国的一些社会问题的短篇小说选。巴金、鲁迅、丁玲……他们的文字是这么地真实!让我了解了近代中国的一些社会问题,也有了一些深刻感受。他们的文字那么生动,讽刺是那么厉害!

本书原版是英文的,目的是让外国人了解中国的文学,萧乾在翻译方面帮助斯诺很多。在编完这本之后斯诺又写了《红星照耀中国》。

(2018 年 4 月 15 日)

《中国乡村生活》：乡村是中国的缩影

这是一个美国人于 1872 年来华传教写的一本书。他在来华途中看到 19 世纪中国的艰辛、破旧和美丽，用文字将这一次宝贵旅行的所见所闻记载下来。整本书围绕中国乡村展开。

乡村的数量和人口众多，每个乡村都是中国的一个小缩影。据统计，三英里内最少有 30 个乡村，平均每个村庄有 188 个家庭，最小的村庄有 30 个家庭。整本书可以分成七个部分：乡村的公共设施和结构、乡村教育、乡村中各种团体、乡村事件、乡村人物发生的事情、中国家庭生活的不稳定与无趣和基督教能为中国做什么（因为他是一个传教士，写这一节并不令人惊讶）。

在乡村的公共设施和结构部分，公共设施一般是以最低标准来建设的，村子杂乱无章，村子里的人们极度迷信。乡村教育部分可以看出中国古代的教育困难重重。学生的主要任务是背书，然后就努力考试，直到这个人变老，到最后这些学生一般也没有太多的知识。乡村团体这一部分，可以看出这些团体狡诈而又聪明，普通民众对这些团体非常依赖。乡村事件就太复杂多样了，可以通过这些事件了解近代中国人们的生活。乡村人物部分则是进一步让我们了解这个乡村结构，以及乡村事件为何发生和如何发生。家庭的不稳定性部分从男人外出打工或遇到灾难时全家妻离子散这些方面体现。乡村生活的无聊部分则展现乡村生活如何单调乏味。最后部分基督教能为中国做什么，其实是作者作为一个传教士在中国看到各个现象如溺婴、不关心女儿、令人沮丧的教育等之后做出的建议。《中国乡村生活》描述了近代中国乡村生活，针对存在问题作者给出自己的建议，同时表达了自己对中国的希望和鼓励。

感想

近代中国的公共设施建设状况令人感到悲哀。很多公共设施由私人建设。因为稍微好一点、有价值的设施，就会被人损坏或偷走，所以大部分公共设施都是以最低标准修建。中国古代的那么多大师都教导我们要诚实守信，不要偷盗。这本书给我带来的印象还有19世纪中国乡村中存在的残酷、不讲道理和各种诈骗。

但是我们不可能真正地、确切地知道当时人们的具体生活情况是怎样的，因为作者的记载也是具有片面性。

（2018年1月14日）

《一个澳大利亚人在中国》：
困难重重也勇敢上路

1894年2月，莫里循来到中国。他是一个澳大利亚人，并且在爱丁堡大学医学院取得博士学位。他从上海出发，沿着长江而上最后经云南抵达中缅边境。因为对中国人的信任，他没有携带任何枪支，甚至不会说中文，但他还是勇敢地上路了。

在汉口，作者发现中国的基督教信徒大部分都是为了混一口饭吃，而不是真正地信教。在宜昌，作者打算乘当地的小船前往重庆。与船老板签订协议后，作者通过险峻的三峡到达重庆。在途中经过万县（今重庆市万州区），了解了中国妇女缠小脚的旧俗并领略到三峡的磅礴气势和险峻；看到了自己的船所遭受的危险和旁边的船粉身碎骨。抵达重庆后雇了两个苦力，一个搬东西，一个搬东西加上做饭，作者也开始他的徒步之旅。

作者在重庆第一次住了本地人的客栈，被折磨得痛不欲生。在重庆，作者发现本地人吸食鸦片成瘾，然后又在海关处意外地遇到和自己同城市同大学的一个澳大利亚人。之后作者继续前进到达叙府（今天的宜宾），书中描述了叙府的内地会、当地辛苦工作的传教士、中国的邮局、钱庄……他在叙府雇了三个新脚力，继续步行到达云南昭通。在那里作者看到中国的贫困，看到溺死女婴和灾荒时卖女为奴的现象，还遇到和自己职业一样的中国医生，见证中药的神奇和一些医生的不称职。

抵达东川时，作者发现当地十分贫穷。作者在东川没有待多久又再前往昆明，他看到当地的富裕和大规模开采金矿，昆明黄金贸易的繁荣景象与发达国家的商业地带一样。在昆明遇到法国的教会，法国教会在昆明传教要更成功一些。作者还参观昆明的军械库，与之前的苦力告别。作者又前往大理府，了解当地的监狱、瘟疫、吸食鸦片的状况和当地教会的传教情况。雇了三个新的苦力，然后作者到了大理。作者写了大理的侏儒，写到中国很多地方严重的家暴的现象，并且总结途经很多地方的人都有大脖子病。最后作者到了缅甸。

这个时候作者的第一段旅程结束了，他的文字被《泰晤士报》高度赞赏，他成了《泰晤士报》的首席驻华记者。此后，他生命中很长的一段时间都是在中国度过的。

书中第二条线的描写较少，主要是作者从北京到河南、西安、甘肃、新疆的乌鲁木齐、伊犁、天山、阿克苏，最后到安集延的过程。这段故事较少，我印象最深的是各地的禁烟运动。政府发文禁烟，甘肃刚刚种上罂粟就被告知不能种。最后作者回顾他的中国之行时说，在174天的旅程中他没有感到一点不愉快，从最卑微的马车夫到最大的高官对他都很尊敬很照顾，护照全程只检查两遍，比在英国旅行方便多了。

感想

这本书可为后来的学者研究中国清朝末年的风土人情、政治经济、宗教习俗等提供参考。

清末中国的政治、经济等都不太好，但是这本书中流露出的却是一种"不管格局多不好，老百姓的日子还是会一直过下去"的状态。

很多时候贫困最大的根源就是懒。如果客栈老板可以等顾客走之后辛勤地把被子洗一下，把房间清理一下，再用草药把虫熏一下，这家客栈肯定会生意兴隆。如果老板肯多花一点钱，买几张好一点儿的而不是满是蛀洞的床，他挣的钱也会远远地高过买床的钱。换句话说，如果每个人都不努力，社会也不会向前进。

吸食鸦片是当时中国很严重的一个问题。作者在云南以后雇的苦力"骨头"就是一个典型的鸦片吸食者。莫里循说："他瘦得和一根骨头一样，每天到了之后不吃饭，就一直吸鸦片，而且还会把烟灰挖出来吃。"作者说他也遇到很多吸食鸦片但身强体壮的人。但吸食鸦片的习惯在当时是很难改过来的。作者了解到：在禁烟之前，有一个家庭准备三年的鸦片，希望三年内禁烟活动会因为破产而停止，但禁烟活动一直持续下去，并且改掉当时中国许多人吸食鸦片的习惯。

作者是勇敢的：一句中文也不会，口袋里也只有向妈妈借来的 40 英镑，只身来到中国。在中国的旅行虽然面临诸多困难，但中国人的善良、乐观、热情给他留下了极好的印象，他也因此爱上了中国。

（2018 年 5 月 26 日）

《重庆往事》：这里的生活永不停止

这是一个犹太难民在重庆的回忆录，也是千万个犹太难民的一个缩影。故事从作者的家乡德国说起，有一天作者去看望伯父，结果遇见冲锋队搜家，冲锋队将作者的哥哥们带到集中营。后来过了半年作者再一次见到他的哥哥们，他们的头发都白了。有先见之明的犹太人移民到其他国家去了（作者没有走），但大多数犹太人认为希特勒无道的统治不会长久。作者在学校中连连遭到歧视，最后作者被迫退学。他开始学习很多手艺。后来德国局势更严峻了，作者的父亲到处寻求各国签证，但连连遭到拒绝，欧洲各国都不想招惹德国。最后中国接纳了他们。于是他们踏上艰难的旅程，千辛万苦终于到达中国的重庆。

作者到重庆的第一天就遭到轰炸式的"欢迎"。市民乱跑着大喊："挂球了！挂球了！"他的伯父也逃到了重庆，于是他们去找伯父，结果第二天炸弹就落在伯父的房子里。全家人只好住古庙。作者的父亲是个医生，在重庆这个医疗资源极度缺乏的地方，很快就找到了工作。他在一个德国老板开的小酒馆中开业，同时照顾老板。

作者和他的父亲还认识一个姓宁的医生，宁医生很专业且会说一口流利的德语。

德国医生有很好的口碑，作者父亲开业后，很多的人慕名而来，但是作者一家还是很穷，没有好的衣服和鞋。最后作者也终于有一个工作，给一个富豪家当德文家教，其他时间去富豪的机修车间工作，还有很好的房间可以住。因为之前在德国的经历，他修各种机器特别在行，赢得同行的信任。

但是他教小男孩德文并不顺利，自己的中文却学会了，遭到小男孩母亲的嘲笑。作者后来辞掉这份工作，变成一个货车司机，而他的父亲在这段时间中逝去。作者和一个名叫素兰的中国人结了婚，在多年之后，作者一家去了以色列。

感想

作者是一个顽强的人。从德国到中国，他都处于一个很困难的境地。他去当货车司机的时候，货车在路上经常没油或者爆胎，但是他每次都可以找到办法应付。其中最有意思的一段是，作者在开车路上，货车没有油了，停着发呆，突然来了两个人搬着两缸酒往前走，作者买下酒当成油来用，最后把车开走。还有，作者说："这里的生活永不停止。"在重庆被轰炸之后，市民们马上搭起简易小棚子做起买卖，说说笑笑。犹太人和中国人都是顽强的，战争中被炸被烧，但还是没有被消灭，都迎来最后的胜利。

这是一个勇敢的犹太人在一个国家、一个城市里发生的故事。

（2017年4月8日）

外一篇：看"永远的朝天门"展览

有一次，和爸爸妈妈一起去重庆美术馆看"永远的朝天门"展览。这是一个围绕重庆、朝天门、化龙桥、十八梯举行的大型展览。

重庆简称渝，美术馆所在的地方叫渝中半岛。重庆一开始就只有这么一块。朝天门位于长江和嘉陵江交汇的地方。展览中有一张照片，嘉陵江的水是清的，长江的水是红的！在特定的地方，特定的时间，会发生特定的事情。重庆的地势非常险峻，江中行船很困难，所以有了纤夫这种独特的职业。纤夫的生活很苦，照片中很多纤夫是没有穿衣服的。其中有一首川江号子《落魂腔》很让人感慨：

> 脚蹬石头手扒沙，自古纤藤肩上拉。
> 打霜落雪天下雨，一年四季滩上爬。
> 周身骨头累散架，跋岩跳坎眼睛花。
> 头佬打来老板骂，眼泪汪汪往前爬。
> 凶滩恶水船打烂，船工淹死喂鱼虾。
> 船工生活如牛马，奔死奔活难养家。

可以看得出纤夫生活多么不容易！重庆作为抗日战争时期的首都和大后方，曾多次遭到日军飞机无差别地毯式轰炸，造成各种大惨案。

但重庆是顽强的。《重庆往事》写道："重庆被一次次炸成一堆堆瓦砾，但只要日本飞机一离开，大火一经扑灭，老百姓就开始在废墟上建小商店，搭简易小棚子，只要有个吃饭睡觉的地方，就不能阻止他们重建家园，开始新生活。他们的生活永不停止。"

重庆可以算得上是一个大都市了，无数的苦难和快乐的故事塑造了它，我的城市。我们不应该忘记自己城市的过去，它是我们的家。

（2017 年 3 月 26 日）

《芙蓉秋梦》：他的故事让人身临其境

作者住在成都，小学、中学、大学直到现在及以后，一生都在成都。成都的人和事，景和物，他再熟悉不过。这本书讲述的就是与作者相关的成都的人和事。

一开始，这本书讲作者和他周边的景物，讲他父母亲的故事。作者的母亲在长大以后因为离开她的母亲（作者外婆）比较远，所以她有一个后妈。这个后妈看起来很好，但其实是一个骗子。她让别人送假信，说作者外婆已暴毙。然后后妈自己去奔丧，又让人造了假坟墓，带作者的母亲去祭拜。丧礼结束这个后妈将作者的母亲嫁给余营成（作者的父亲），从媒婆那里狠敲一笔钱。后来这件事被人揭发了，这个后妈要被打20大板，还是作者母亲帮忙求情免除了。

作者出生后没有几年，仗（军阀混战）就打起来了。24军在屋顶上放枪，29军在巷口放炮，老百姓称为"打巷战"。作者的母亲说："家里的泡菜坛子里泡菜都掏空了，农民不敢到城里去买菜……炮弹屋上飞，我抱着你喊阿弥陀佛。"

24军攻下一片区域，战争变成高地争夺战。29军退到煤山防守，煤山不是真山，其实是石头渣子堆起来的，越堆越高，后来堆得比城墙高。24军推翻了学校，从煤山背后进攻，但打了一夜，还是攻不下来。刘文辉（24军军长）开始组织敢死队，每人10块银圆，50个人高兴地挂着马刀，拿着冲锋枪和手榴弹赤膊杀上去了，可还是没有成功。后来又变成每人30块银圆，冲上煤山的100块银圆。结果两军火力乱射，最后议会呼吁停战，才停下来。但是刘文辉过了一段时间又强攻煤山。

从辈分上来讲，刘文辉是刘湘（21军军长）的叔叔，他们是有血缘关系的，可是刘湘年龄却比刘文辉要大。在外面打完仗回来，侄向叔要地，叔不给，叔侄两军便打了起来。28军军长邓锡侯劝刘湘不要打，刘湘作为四川之王，想装一点高姿态，便把煤山交给28军，28军又把煤山交给29军。24军的刘文辉大怒，下令用迫击炮炮击煤山的29军，把土炸翻了一层。然后刘湘出兵，把刘文辉军队击败，刘文辉只好撤到藏区。

抗日战争期间，成都第一次被轰炸发生在作者小学二年级的时候。当时大家聚在院子里聊天，其中有一个当过兵的人。他说："穿白色衣服和红色衣服的回到屋子里去，容易成为轰炸的目标。"很快看见一个飞行编队，排成"w"，又变成"m"，又变成横杆"一"字。当兵的慌了，他知道变"一"字是要"下蛋"了。后来作者去看被轰炸的地方，"被炸毁严重的有东大街、盐市场、染坊街、东御街、西顺城街、南大街、东丁字街、西丁字街、九龙巷、孟家巷、半边街等处……市民走亲访友……昨日繁华地，今日瓦砾场。断垣残梁，焦土烬柱。更有墙壁上溅脑髓，电线杆上挂碎肉。不少遗体烧成炭黑"。后来空袭不断，再后来开始招童子军修机场。"美国兵向我们比大拇指，我的皮肤晒得炭黑，家里的狗都不认得我了。"作者回忆道。结果建成当时世界第一大的 B-29 机场，B-29 轰炸机轰炸日本内地，还生产出来"黑寡妇"战斗机，作者亲眼看见"黑寡妇"歼灭敌机，被击落的敌机落在一个庙边，作者还捡了一块铝片当纪念。最后抗日战争胜利，全城狂欢。再后来就讲了一些抗日战争以后的人和事、学校兴建、文化发展，等等。

感想

  这本书使我印象很深的就是作者和他母亲的故事，以当地人的角度回忆一波三折的故事，读起来津津有味。

  这本书还有一个特点就是讲了成都的很多旧事，比如说一次军队抢钱，以"启发"为暗号放枪抢银行，后来土匪进城都叫"打启发"。可能你现在到作者生活的那片区域，问当地人"启发"是什么意思，都会有人告诉你。

  此书的描写方法独特，作者写的事情仿佛刚刚发生在你眼前。一开始讲了周围的景和物，好像是你在介绍自己周围的环境，向北走几百米有一家什么店和一些自己认识的什么人。有一节他描写轰炸后的惨烈景象让我印象最深。爆炸让人腾空一尺来高，死者成堆，很多人被冲击波震飞，头颅、四肢被炸飞，比比皆是。喂奶的母亲死去，婴儿活着，缩在母亲怀里，不知所措……这让我感觉太残忍了，这本书虽然写得好，却是残忍的故事，书中的世界不总是美好的。最后，我觉得作者很幸运，能在这次灾难中活下来。

（2016 年 8 月 13 日）

《中的精神》：阴阳平衡的那一点是"中"

吴清源出生于一个大家庭，祖父在清朝时有卖盐的特权，外祖父是伺候西太后的官员，后因上奏皇亲出车撞了人而被贬，不久之后又成了奉天（今辽宁）省长。他的母亲不像旧时期的女性只会守在家里，从小跟着外祖父走遍全国。又因吴清源的祖父和外祖父是好朋友，他的父母结婚了。吴清源有两个哥哥，他是家里最小的。其父很喜欢围棋，便对他们三个人进行培养，发现吴清源是最有天赋的一个。

不幸的是，在吴清源很小的时候，他的父亲就去世了，但是在他与父亲相处的为数不多的几年时间中，他对围棋产生了浓厚的兴趣。一次在日本人举办的围棋俱乐部里下棋时，吴清源的天赋被一位名为山崎有名的人发现，山崎有名和日本的濑越老师多次写信沟通，帮助吴清源留日学棋。

两年后中日关系异常紧张，吴清源来到日本。年轻的他刚到日本，就与两个很有威望的选手先后下测试棋和让二子棋，并取得不错的成绩。通过老师的介绍和棋院的安排，初到日本的吴清源又陆陆续续地下了许多盘棋，后因身体不好而休养一年。

"九一八"事变爆发，中日关系持续恶化，吴清源便搬到濑越老师家附近住下，并陆续将留在中国的家人接到日本。之后的两年，吴清源又下了81盘棋，只输了11盘，他在日本渐渐也有一些名气。之后慢慢升段，几年之间他也和大部分的棋手有切磋。这段时间也发生很多有趣的事情，例如创造自己的新布局，和木谷实先生成为朋友，和本因坊秀哉名人苦战三个月后结下友谊，还在溥仪面前下了一盘棋；等等。

他下一个阶段主要的比赛都是升降十番棋，一种赢对方四局时就会将对方打降格的比赛，火药味十足。当时中日正在交战，吴清源收到来自十面八方的恐吓，但由他的濑越老师的"棋手死在棋桌上也没什么"这句短短的话，他将比赛进行下去，而且并没有发生什么事情。他不断连胜，将很多人打降了格，基本上变成所谓的"第一"，他的人生具有了传奇色彩。

不幸的是，吴清源在一次赶去开会的路上遭到高速摩托车的撞击，给他留下严重的后遗症，使他在后来的名人争夺赛中，竟然八战皆败，时不时出现精神错乱，不知如何走出厕所，甚至在比赛当天对他的妻子说："你代替我去下吧。"因此，吴清源进行了长期的疗养。之后又发现自己被日本棋院除籍，这对吴清源造成很大的打击。但是吴清源一直坚持着他的理想，就是通过围棋促进世界各国间，特别是中日关系的友好发展。同时他也不断进行着对围棋的研究和学生的培养，好几个他的学生都是各个国家的"国手"。

这本书的开头讲述吴清源老年时期到访中国各地的故事，同时借此机会回忆了在这片大地上发生的令他百感交集的故事与他对

"中的精神"的理解。这位大师在书中列出自己下的很多盘棋具体的输赢情况,一目两目都清清楚楚,我认为这样的叙述有些过于平淡,吴清源这个百岁老人在回忆自己年轻时的事情,我本以为会更加激昂一些。一位世界级大师的一生也就这样淡淡地过去了,沉淀在了人们的记忆中。

吴清源还在书中阐述了自己对"中的精神"的理解:

"中"这个字,中间的一竖将口分成左右两部分,这左右两部分分别代表着阴和阳。而阴阳平衡的那一点正好是"中"。在围棋上,我经常说,要思考"中"的那一点。中和了棋盘上各个子的作用的那一点,就是正着。

当然,到达"中"的境界,并非易事。这需要精神上的修养。所以,我一直很重视信仰。

感想

吴清源在书中不断地强调"中和"的理念。他曾说过:"从拿起棋子的 80 年来,我从来不把围棋当做胜负来考虑。无论输赢,只要下出了最善的一手,那就是成功的一局。"这是他的棋路,也是这本书名字的来源和他一生所信仰的东西。

吴清源的一生处于一个中日交战的时代背景,人生经历受到时代的影响极大。他自己曾在书中说过:"记得小时候,我们兄弟三人一起在北京读'四书''五经'。但战后却是分在三处:大哥在中国台湾,二哥在在中国大陆,我在日本,过着天各一方的生活。有时不禁觉得,我们兄弟三人的历史就是一部 20 世纪的历史。"

他的大哥和二哥还好，吴清源作为一个来到日本的中国人，确实遇到很多的麻烦。他多次改变国籍，也招来不少的批评。我在书中可以看到他的无奈。

　　被车撞后，吴清源慢慢离开棋桌，开始以围棋为桥梁促进国与国之间交流互动。虽然这个行动的效果甚微，但吴清源坚持自己的行动，因为他身上有着一种使命感，以围棋进行文化交流，促进各国相互了解。近代中国许多人出国留学，后来将国外学到的知识带回中国，参与建设，这也是使命感体现。

　　随着国家越来越强盛，我们的使命感又怎么体现呢？记得有一次和父亲一起坐出租车，突然聊起了工作，就听那司机说："哎呀，我家那个娃，花重金把他送出国读书，回来了工作都找不到。让他继承父业开个出租车嘛，他又嫌弃，现在就一天在家里发呆。"出租车司机的儿子是没有看清楚自己的位置，还是缺少使命感？时代变了，学生的使命又是什么呢？这是一个值得探讨的问题，或许我能在"中的精神"中，找到适合我的答案。

（2019年9月—2019年10月）

《像自由一样美丽》：活着多美好

这本书主要讲第二次世界大战时期德国集中营犹太人小孩儿的故事。希特勒一上台，就干了很多极端的事情，他认为强者必须统治弱者，还认为雅利安人是最高贵的人种，犹太人是最低贱的品种。他认为要除掉犹太人，要让人民有钢铁般的意志，认为德国不要"民主这样无聊的玩意儿的"。德国的街上开始到处分布冲锋队员。希特勒开始迫害犹太人，犹太人开始没有人权，他们所有的东西都不再属于他们；犹太小孩不能去上学，上街需要带上六角的黄色耻辱星。德国人可以随意地殴打犹太人，希特勒赞成他们这么做。

希特勒开始把犹太人送向集中营。很多犹太家庭都被拆散，比如汉娜家，她的爸爸和妈妈都被冲锋队员抓走，她只能跟哥哥相依为命。汉娜和他的哥哥被抓到集中营后，也被拆散，他们的所有财物都被搜刮，最后他们被遣送到一个叫特莱津的小镇。纳粹告诉外界这是一个犹太人自治区，事实上他们只不过是把犹太人集中在一个区域，像关犯人一样关着他们。被关着的犹太人只有去食堂的时候才可以见到天空。对于被遣送的老年犹太人，纳粹宣称，只要签订放弃自己所有的财产的协议，就可以享受晚年的快乐生活，提供一切住宿、食物等。听起来很好，其实就是财产被搜刮后被遣送。终于，红十字会来检查，纳粹却在检查的那几天放松一下犹太人，但是绝不允许他们说话。红十字会没有发现纳粹的黑幕。

过了不久集中营爆满，希特勒就在边境建立一个死亡集中营即奥斯威辛集中营，用毒气室杀人，被抓住的犹太人生存希望渺茫。身在特莱津集中营的一些学者觉得这些小孩儿太可怜，开始想办法，尽力让12岁以下的小孩儿不被遣送到死亡集中营。他们向纳粹申请给这些小孩儿上课，可是纳粹不同意，他们就偷偷跑到小孩儿的宿舍里给他们上课；突击队开始突击检查孩子们的住处，他们就把课堂移到阁楼上，由孩子们轮流守在窗口。教孩子们的主要是一个叫艾辛格教授的人，他很有见解。难以置信地，一号房的孩子们还偷偷办了一套《先锋》杂志，由艾辛格教授抄写，孩子们配图，从1942年到1944年一共出版近800页。后来艾辛格教授和他的妻子一起被送到死亡集中营，孩子们最后一次见到他，是在遣送的火车站台上，他已经被折磨得不成样。一个叫弗利德的女画家也被遣送到特莱津集中营，她也偷偷给孩子们上课，于是孩子们画了很多的画。后来纳粹在弗利德的屋子里找到了画，她也不幸遇难。终于，德国就要失败了，其他国家打了进来，纳粹开始大规模杀害犹太人。最后希特勒战败，曾经生活在特莱津的15000名孩子们只有100多名活了下来。

这本书后面有一些犹太儿童的画，都是当时特莱津集中营的小孩子们偷偷画的。一共有35幅画，这些画的作者很多都死了。从这些画中可以看到这些小孩子对自由的渴望和对纳粹的恐惧，还有对现状的不满。我印象很深的一幅画叫《纳粹威胁犹太人》，其中纳粹画得很像，衣服上的扣子等非常逼真，他手上拿一根棍子准备打犹太人。还有很多画，画的是大自然。在集中营他们不可能看到花鸟，不可能看到植物，但是小孩子们对自由的渴望让他们画出这些画。其中一幅画上，在平原上有一个小房子，院子里还有一棵树，这说明了什么？这幅画的作者叫贝特日赫，他被杀死的时候才12岁，他渴望自由，渴望画中的地方！一幅画叫《有着架子床的房间》，这幅画画的是一个空空的房间，里面只有一张架子床和一瓶花，一个人坐在床上。在特莱津集中营，两个人挤一张床，屋子里铺满床，很拥挤，连身体伸展一下都不行，架子床的画正是体现了孩子对自由的向往。虽然只有35幅画留存下来，却代表着15000名孩子对自由发出呼喊。

这群犹太小孩和犹太人太可怜了。不知道你们有没有想过死亡后的感觉？我猜想那是漆黑一片的，你再也不能看到一丝光，再也感觉不到一点生息了！永远！永远的黑暗！然而当时有无数的犹太人处在永远的黑暗中。现在我们在思考，在感觉，不管你是在穷家庭还是富家庭，你活着，这是最好的，活着多美好！

这本书开头讲到作者去听一个演唱会，他听到一首让他很惊讶的歌，这首歌居然是特莱津集中营里的小孩子写的诗编成的。这首歌至今读起来仍让人感慨。

蝴蝶

那一只，就是上次那一只，

那么丰富、明亮、耀眼的黄色，

或许，那是太阳金色的泪水，

滴在白色的石头上……

那样、那样的一种金黄,

轻盈得翩然直上。

它离去了,我相信,这是因为,

它自己要告别这个世界。

我在这里住了七个星期,

被囚禁在这个集中营。

可我已经发现,这里有我喜爱的东西。

蒲公英在召唤着我,

还有院子里开着白花的栗树枝条。

只是,我再也没有见到另一只蝴蝶。

那只蝴蝶,是最后的一只。

蝴蝶不住在这里,

不住在集中营。

《像自由一样美丽》里面的故事很悲惨,自由是最宝贵的东西,书中的人们虽然肉体被禁锢,思想却是自由的。

(2016年8月10日)

《弗兰肯斯坦》：能否预见未来

航海家沃尔登在北极冰天雪地中救起维克多·弗兰肯斯坦后，维克多讲述起他悲惨的人生故事。维克多出生在日内瓦的一个名门望族，他有一个叫伊丽莎白的被捡回来的妹妹，两个人度过了美好的童年。但当维克多上大学之前母亲因病身亡，这使他十分悲伤，他想母亲能活过来那多好，这给他以后夜不归宿地制造科学怪人做好铺垫。维克多从小热爱自然科学，在很小的时候就读了很多自然科学的著作，在大学期间遇到很支持他的老师，于是维克多的科学实验水平有很大的进步，他很快变成大师。

在无意间维克多发现可以用死人的肢体重新造人，他便开始如痴如醉地攻克这个难题。维克多在小实验室中日夜操劳，终于，新生命诞生了，但其巨丑无比的面容差点将维克多吓死，然后这个怪人就慌忙逃掉。幸好维克多的好朋友也来念书，他将维克多从死亡的边缘给拉了回来。

转眼间几年过去，家里传来噩耗，维克多的小弟弟死了，并且是被掰断气管后死的。到底是谁杀害了这个小生命？维克多赶紧回家安慰父亲，他告别了朋友。在案发地点他痛心疾首地发现自己造出的怪人的痕迹，他立刻气得浑身哆嗦。有人说是维克多家最善良的一个侍女干的，并找出证据，侍女被判处死刑。这样一下就死了两个人。

维克多痛苦极了，他知道是自己造的怪人干的。一天，维克多四处游荡，在雪山脚下不可思议地遇到怪人，并且这个怪人已经会说话。维克多本想与怪人拼命，但听完怪人的故事后他竟然产生一丝怜悯之心。原来这个怪人因为丑陋面容被人以为是怪物，怪人在悬崖边救起一个小孩后，小孩父亲竟然恩将仇报打了怪人一枪。怪人走到哪里，那里的人们就逃跑。

直到有一天，怪人在一个小房子里住下来，并且通过墙缝来观察隔壁一家人的生活，他的生活平静下来。他白天四处找浆果，砍树给隔壁的人烧柴。闲时又躲起来，不让隔壁的人发现。怪人通过墙缝学习到语言，了解人性的善和恶，了解到有不同的性别（这也是他要求维克多给它再造一个怪人配偶的原因），学到人应该知道的所有事情，并且有高尚的品德和怜悯之心。有一天他想要冒险去和他的好邻居交流一下时，邻居又因其恐怖的面容将其拒之门外，并且用各种武器伤害他。于是怪人就变邪恶了。在了解到制造自己的主人的行踪后，他想要来寻求帮助，在路上遇到主人的小弟弟，想到人们对自己的不公正，他将小弟弟掐死，并且用他从邻居所讲的故事中学到的陷害方法，将罪栽赃给贾斯丁（就是前文提到的侍女）并逃之夭夭。

现在怪人遇到维克多，请求维克多给他造一个配偶。维克多可怜怪人，答应了怪人的请求，毕竟怪人是自己的作品。

父亲突然跟维克多提出让维克多和伊丽莎白成亲，因为父亲也很老了，维克多立即答应。但是因为维克多同时答应要再造一个科学女怪人，他申请前往英国进行一次旅行，并且打算在旅行途中完成任务。出于对维克多的不放心，他的父亲喊上维克多的好友亨利和他一起旅行。在旅行的途中维克多甩掉亨利，自己开始工作。维克多又想，如果这个工作完成的话，科学怪人就会在地球上繁衍下去，这对人类是巨大的威胁。为了全人类的利益，维克多毁掉快要完成的作品。没想到怪人是一直跟着他的，怪人一声长啸后威胁维克多说："你的新婚之夜，我一定奉陪到底。"

维克多回去时遭遇不测，小船被吹到爱尔兰，但刚到爱尔兰，维克多就发现他的好朋友亨利被掐脖而死。他突然发起高烧，躺了很久。他起来时，发现怪人栽赃他杀了亨利。他向前来看望的父亲解释一番，然后回到日内瓦。维克多的新婚之夜要到了，他制订了计划、准备了武器，要和怪物决一死战。但是悲剧再次发生，怪物并没有来和他战斗，而是险恶地偷偷杀死伊丽莎白。气愤的维克多在找到怪物的一线痕迹后，一路追到北极，然后在死的边缘遇到航海家沃尔登。

多么神奇的一段故事啊！沃尔登感叹道。但是维克多的身体实在撑不下去，最后他还是死在船上，并且留下最后的愿望：如果遇到科学怪人，干掉他。不出所料，过了几天科学怪人登上甲板，他竟然对着维克多的尸体痛哭流涕。在和沃尔登交谈后科学怪人表明自己的心意：在北极找到一个地方，装好支架，然后在极地的美景中烧死自己。说完这些话，怪人跳出这艘船后游走了。

感想

  这是一个悲惨的故事，同时也体现出一些人性的内容。故事的主人公是一个十分勤奋的人，但是因为自己过度膨胀和疯狂的想法赔了自己的人生。当然，科学怪人本来是没有善良和邪恶的，当他在默默观察他的邻居时，我相信他是善良的，要不然他也不会去给隔壁的人砍柴。但他因为自己丑陋的面容被歧视，然后内心产生了邪恶之念。

  如果科学怪人没有变邪恶，那这本书将会变成一部类似和外星人交朋友的无厘头电影剧本。但是作者通过描写科学怪人在"好邻居"那里学到的东西，来解释为什么科学怪人会先后杀死维克多的弟弟、未婚妻、朋友，变得邪恶。我想，交什么样的朋友、看什么样的书对自身行为都有影响。科学怪人的"朋友"要将他赶尽杀绝，于是他也这么对维克多；同样，他看的一些讲述犯罪的图书教会他栽赃陷害。

  自然界本是一个生态系统，所有的事物都是自然产生的，人造人的出现会打破这个生态的平衡。从这个故事，我们能否预见未来人工智能出现后的世界，这个世界会像电影或者维克多的世界一样吗？

（2018年7月15日）

《天生有罪》：我是谁

《天生有罪》(*Born a Crime*)是美国著名脱口秀主持人崔娃写的成长回忆录。他是一个混血儿，出生在种族隔离时期的南非，因此经历了很多奇奇怪怪且有趣的事。本书讲述他从出生到高中毕业之后一段时间内，所遇到的各种与种族隔离和其他南非社会问题相关的小故事。

崔娃的母亲帕特丽莎（Patricia）虽是一名传统的非洲女性，却打破各种传统的禁锢，成为一个相当现代的人——她会说五种语言，以平等的方式对待自己的孩子。她追求进步，认为没有什么事情是理所应当的。帕特丽莎在南非种族隔离时期与一个瑞士男人生下了崔娃，这在当时是违法的。这也是书名《天生有罪》的来源。在当时的南非，像崔娃这样的混血儿被定义为"有色人种"（Colored People）。有色的小孩如果被政府发现，其家长会被抓进监狱，而小孩则会被送进孤儿院（可以想象，当时的孤儿院不是什么好地方）。年幼的崔娃一直过着"地下生活"。在崔娃母子很多年辛苦地躲藏、搬家和伪装之后，监狱中的曼德拉被释放，南非后来成立了新政府。

种族隔离结束了，然而非洲的种族问题却没有得到解决。帕特丽莎带着崔娃来到一个有色人种社区生活，支持他到多种族的私立学校读书。然而，一直生长在非洲的崔娃竟然无法在众多小集体中找到一个自己的去处，他感觉自己不属于任何一方。作为非洲母亲和欧洲父亲的儿子，崔娃不清楚自己应该和白种人还是黑种人做朋友。出于种种社会和文化的原因，有色人种的小群也无法接受他。

崔娃慢慢长大，变成一个青年人，并有了几次搞笑又尴尬的爱情故事。他在学校和贫民窟里用各种方法赚钱，渐渐建立起自己的盗版音乐帝国。崔娃的母亲遇到亚伯（Abel），并和他生下崔娃的弟弟安德鲁（Andrew）。亚伯是一名娴熟的机修工，一个在他人面前喜笑颜开的人。亚伯是个传统社会中标准的好男人。不幸的是，亚伯传统的世界观与帕特丽莎的各种理念相悖，崔娃和他的母亲生活不自在。成年后，崔娃开始他作为喜剧演员的生活。他离开自己母亲和继父的房子，也离开了这个压抑的家庭。终于，帕特丽莎和亚伯的观念上的冲突酿成一桩悲剧。亚伯开枪打了帕特丽莎并打算自杀，万幸的是亚伯枪杀未遂，崔娃的母亲在手术后就恢复过来。终于，崔娃一家摆脱亚伯，他们的生活也回到了正轨。

主要焦点

1. 非洲的社会问题

在殖民者踏入非洲之前，这片辽阔的土地上就已经存在很多股不同的、相互冲撞的力量。实力较强的部落有四五个，最强的科萨（Xhosa）和祖鲁（Zulu）常年处于斗争中，部落间存在强烈的偏见。

有着祖鲁血统的人常被认为是战士，而科萨则自誉为"爱思考者"；祖鲁人认为自己部落的女人总是行为端正、尽职尽责，而科萨的女人却是不忠且下贱的。崔娃的母亲帕特丽莎便是一个科萨人。有次深夜，她带着崔娃，从教堂坐小巴士回家，路上遇到一个祖鲁的司机，她差点被强奸，崔娃在那次也差点被杀害。最后母子俩跳窗逃生。

除了偏见与文化差异所带来的矛盾与冲突，不同的部落使用不同语言，也使交流与理解更加困难。光是南非政府指定的官方语言就有整整 11 种。因为无法理解对方，偏见只会越来越深，而这一点又恰好被制造种族隔离的殖民者们利用起来。有一次为了参加学校的舞会，崔娃拜托自己的一个朋友帮忙介绍一位很漂亮的女伴。有点害羞的他，在舞会前没有与她进行过正常的交流，他们间唯一的对话就只有"Hi""Bye"。到了舞会崔娃才发现自己的女伴并不会说英文。掌握多门语言的他本以为自己可以用其他语言和她交流，可这位舞伴除自己部落的佩迪（Pedi）语外，什么语言都不会，而崔娃又刚好不会这门语言。

2. 传统与现代的冲撞

帕特丽莎与一个瑞士男人违法地生下崔娃，因为他们俩都觉得种族隔离和种族歧视错得不可理喻。帕特丽莎鼓励崔娃大量阅读，带他去教堂，教会他英语和很多非洲本土语言。在母子关系中，帕特丽莎平等对待崔娃，教导他爱自己的土地和人民。她提倡男女平等，且总能在现有的系统中找到漏洞。

遗憾的是，这种前卫的思想在南非并没有得到认同。各种夫妻之间、父子之间伦理道德的条条框框在南非是存在的。崔娃的继父亚伯是一个十分传统的男人。在回忆去亚伯父母家住的时候，崔娃描述这样一个故事：家里的所有女人必须待在家里主持家务，男人则负责外出打工挣钱。帕特丽莎要求崔娃做家务，却被亚伯的家人阻止。他们说："不不不，他是个男孩，该在外面玩耍。"亚伯希望妻子对自己百依百顺，希望自己能在婚姻中成为统治他人的一方，这便是他与帕特丽莎矛盾的根源。南非的传统观念中，一个人很重视邻居、同事或朋友对自己的看法。然而在崔娃母亲的观念中，人更应该关注自己爱的人的感受，而不是社会中"其他人"的看法。婚姻不是束缚另一个人的工具，而是人与人之间互相喜爱的自然结果。有一次亚伯醉酒回家后差点把房子烧了，崔娃母亲气急败坏地给崔娃外婆打电话，但被亚伯阻止，他们吵起来。

亚伯："你不能告诉其他人这间屋子里发生了什么。"

帕特丽莎："哦，老天啊！你是在担心世界是怎么看你的吗？哼！是吗？多想想你的家人是怎么看你的！"

亚伯："你不尊重我。"

长年累月，亚伯给自己预设的一种"男子气概""大丈夫"的形象每每遭到主张"性别平等"、我行我素的帕特丽莎的打击。崔娃的母亲也渐渐无法忍受亚伯。她说："亚伯是一个喜欢自由飞翔的小鸟的人，而他的乐趣来源于把自由的小鸟关在笼子中。"崔娃的母亲终于离开亚伯，并开始自己自由的新生活。对于崔娃的母亲来讲，结束这段糟糕关系是美妙的，但亚伯却把帕特丽莎的离开看成对自己的羞辱，看成自己失败的原因。因此，亚伯在崔娃母亲离开他之后的一天，把她和她的新家人拦了下来，先对着她的腿开了一枪，然后是脑袋。他们的儿子安德鲁飞速将崔娃母亲送往医院，她奇迹般地活了下来。这本书也在传统与现代不同观念的冲突中戛然而止。

3. 爱与成长

"我选择把你生下来,是因为我想要一个会无条件爱我的小玩意儿。"

——**帕特丽莎**

尽管出生在一个相当充满敌意的环境中,崔娃的成长是充满爱的,他有着善良宽容的性格。爱使崔娃成长为一个富有感情、有共情能力的人。崔娃父母虽然分居两地,但他从不缺父母的爱。每年崔娃过生日时,母子二人都会前往崔娃的瑞士父亲罗伯特家做客。这个时候罗伯特则会做崔娃最喜欢的德国食物,一家三口便开开心心地过一天。当亚伯进入崔娃母子二人的生活之后,他们对罗伯特的拜访停止。不久后,罗伯特搬到了南非西南部城市开普敦(Cape Town),也因此和崔娃完全断绝联系。当上脱口秀主持人的崔娃渐渐想念起自己的父亲。类似"他还记得我吗?""他爱我吗?"的问题不停地在崔娃脑中闪现,于是他便踏上寻找父亲的旅程。令他惊讶的是,住在开普敦的罗伯特一直在关注着他。罗伯特把报纸上出现的每一次关于崔娃的报道,都剪了下来,做成厚厚的一本集子。这使崔娃感动不已。

帕特丽莎很爱崔娃,但她的爱绝不是溺爱,而是推动崔娃成长的主要动力。有一次崔娃犯错之后被母亲打得屁滚尿流,五分钟后帕特丽莎却喊崔娃去看电影。

崔娃吼道:"你是神经病吗?你刚刚才狠狠地揍了我!"

帕特丽莎:"我们是预约了电影的。"

崔娃:"你刚刚才狠狠地揍了我!"

帕特丽莎："揍你是因为你犯了错，看电影是因为我爱你，两者不矛盾。"

在崔娃看来，一次次"爱的教训"使他真正地成长为一个男人，因此他十分感激自己的母亲。

4. 文化、肤色与归属感

我是谁？这是无数哲学家曾尝试回答的问题。拥有一个非洲的母亲和欧洲的父亲，崔娃从出生开始就继承了不同的文化印记。文化决定了我是谁，但当拥有不同的文化背景时，我又是谁呢？肤色决定了我在他人面前是谁，可是不黑不白的我又将怎样被他人认知呢？我该如何选择自己的身份呢？我有选择自己身份的能力吗？

种族隔离政策结束后，崔娃前往一所多种族的学校上学。成绩优异的他加入类似"清北班"的班级，并奇怪地发现班上的同学是千篇一律的白人。而"平行班"则全是黑人和像崔娃一样的有色人种。发现自己无法混入白人学生群体的崔娃，选择加入黑人学生的群体，会说多种非洲语言的优势，使他与黑人学生们打成一片。崔娃在黑人学生中找到归属感。高中时，崔娃再次发现自己难以融入集体，他便开始了自己的生意。崔娃以自己被母亲追着打时练成的跑步速度，帮跑得慢的同学到食堂买食物，再把食物以更高的价格卖给他们。他也做过盗版光碟的买卖，并由此赚了一大笔钱。这样的生意或许给崔娃带来一些收益，但他仍是一个没有群体感的孤独的人。

崔娃成长的过程中充满关于归属感的疑惑。"我究竟属于哪个群体？"有时他根本无法进入一个群体，有时他被迫做出选择，不管选择哪一方，都是对另一方的背叛，这也使选择难上加难。这类对于归属感的质疑，一方面源自南非内部的分裂，另一方面源于不同群体强烈的排外性。如果南非内部有一个较为统一的观念，那么崔娃就可以在南非找到自己的位置。而就算南非有着非常复杂的社会结构，求同存异、互相包容的理念也应该可以使崔娃找到自己的群体。可惜的是，这两点都没有。

5. 分班制教育与资源的不平等分配

崔娃在被分配到较好的班级时，发现自己班上的同学基本上都是白人，而普通的班级则全是黑人。这表明肤色与知识水平不是独立事件。白种人比黑种人更有可能获得更好的教育，过上更好的生活。然而，这是因为白种人的基因优越吗？生物学已经证明两者全无关系。拥有更多的教育机会，一个人自然而然地会获得更高的知识水平和更强的学习能力。而分班制的教育，又像一个扩音器一样，放大了这个由社会与经济地位所带来的差距。可能有人会说，不同水平的人需要不同的教育方式，这点我是同意的。可不同学生出现在同一所学校，多多少少能证明学生有着类似的视野与能力，相近的交流与学习能力，水平不同的学生能在互相学习中一起进步。那么，学校分好班和普通班是否合理呢？结果又会怎样呢？好的班能够得到更好的资源，而获得更好资源的同学们又进一步获得更好的机会。学校是传授知识的场所，而不是抢夺资源的战场。对我们今天的"清北班""实验班"和"平行班"的做法的合理性，我保持怀疑态度。

（2020 年 10 月 25 日）

《士兵的重负》：战争具有复杂性

The Things They Carried 中文名为《士兵的重负》，是蒂姆·奥布莱恩（Tim O'Brien）于1990年发表的一部讲述越南战争的小说。在《士兵的重负》中，蒂姆·奥布莱恩以他本人的身份参与越南战争，并在阿尔法连认识很多让他终生难忘的战友。小说通过多篇短篇故事反映战争的复杂性，并对"真实""名誉"和士兵的生理与心理负担情况进行详细的阐述。关于"真实"的讨论，使我重塑了之前的一些关于"故事真实性"的观念。

豆瓣上这样介绍这本书："美国作家蒂姆·奥布莱恩关于越战的一部经典作品，出版于1991年，被《纽约时报》评为年度最佳图书之一。本书曾入围美国国家图书奖及普利策奖，被誉为'最值得看的战争小说之一'。"

蒂姆·奥布莱恩是阿尔法连排的士兵。排里有排长吉米·克罗斯、医务兵拉特·凯利和鲍比·乔根森、无线电电话接线员米切尔·桑德斯、机枪手亨利·多宾斯以及一些没有提及职务的人，如科特·莱蒙、泰德·拉文德。该排遭遇了迫击炮的攻击、难以想象的大雨、狙击手的偷袭，排里的人有死有活，有得有失，他们最终变成了亲密的战友。然而随着战友间的友谊日益紧密，战友的死亡更加令人心碎、痛苦。人物的情感是小说的一条主要线索。

书中所有相互关联的故事可以分为三类，即战前、战时及战后。在战前部分，作者描述了他不愿意参加战争，以及他为逃避越南战争所做的努力。作为一个受过教育的、有思想、有前途的毕业生，蒂姆·奥布莱恩彻底地反对越南战争。收到征兵信后，蒂姆试图逃往加拿大。然而，在边境与一位和善的老渔夫同住了几天后，他仔细考虑了父母即将面临的流言蜚语，最后放弃了逃跑的想法并加入了部队。

战时部分是整本书的中心，主要讲述了排里的行军情况。基奥瓦沉入粪场时死亡，科特·莱蒙踩到一枚装好的迫击炮弹而被炸到树上，拉特·凯利朝自己的脚趾开枪，以及蒂姆·奥布莱恩屁股中弹后退出。除了上述重大事件，小说还写了一些有趣的小故事。比如李·斯特伦克和戴夫·詹森打了一架，但后来却成了亲密的伙伴。他们签署了一个协议，约定一方出现需要坐在轮椅上的严重伤，另一方应立即让他快速死亡。然而当李·斯特伦克的一条腿被炸断时，他却开始乞求戴夫·詹森不要杀他，尽管他们有约定。

战后部分主要是作者对战争的自我反思，和他作为一个 43 岁作家的写作方法的反思。然而就故事的连贯性而言，诺曼·鲍克的自杀，被认为是战后部分最重要的内容。诺曼·鲍克的个案展现了参战士兵从战场回来后不能适应现实的状况。与蒂姆·奥布莱恩轻松实现从战争到和平的转变不同，诺曼·鲍克发现自己很难执行任务，也很难使自己的余生变得有意义。他尝试了几份工作，但都没有成功。他上了一所专科学校，但课程对他来说似乎太抽象了。他的前女友结婚了，他最好的一个朋友去世了，他感觉再没有人听他说话。鲍克只是不停地开着他父亲的雪佛兰车，一圈又一圈地绕着湖转。战争时期的经历所诱发的伤口从未离开过他。"那晚基奥瓦喝醉了，我有点像和他一起沉入了污水中……感觉我还在深陷困境。"诺曼·鲍克在给蒂姆·奥布莱恩的信中写道，他建议蒂姆写一个关于他的经历的故事。蒂姆写出一个不令人满意的故事，几个月后，鲍克在更衣室里上吊自杀。

这本书最后一章讨论讲故事的神奇力量，关于死人如何被唤醒以及故事如何拯救活人和死者。"我永远不会死"，蒂姆·奥布莱恩说，"我在自己的历史表面掠过，快速移动……当我在黑暗中高高跃起，三十年后，我意识到这是蒂姆试图在故事中拯救蒂姆的生命。"

重要人物的分析

吉米·克罗斯中尉

"他带着一盏闪光灯和对他手下人生命的责任。"

克罗斯中尉是阿尔法连的排长，他准确地展示战争的矛盾部分。"你赢得了一些，你失去了一些。"米切尔·桑德斯说。对玛莎的爱使克罗斯中尉在战争中分心，没有给予手下人足够的关注，这不可避免地造成痛苦和悲伤。当泰德·拉文德在丹溪村外被枪杀时，克罗斯中尉无法原谅自己。克罗斯中尉不得不执行上级不切实际的命令，比如他们被命令雨天时在村外的污水场扎营，这个决定直接造成基奥瓦的悲惨死亡，这强烈地损害了士气，也加剧了克罗斯与手下战士的矛盾。"没有人有错"，诺曼·鲍克在基奥瓦死后说，"是每个人的错。"然而作为一个排长，士兵死亡，吉米·克罗斯有一定责任。当克罗斯中尉做到无差别对待关注部下每一人时，他却希望与士兵建立友谊，这就显示了矛盾。总的来说，吉米·克罗斯是一个负责任的人，但处理好个人情感、与士兵的亲疏关系，对他这样一个 24 岁的年轻人来说太难了。

蒂姆·奥布莱恩

"我是个懦夫，我去打仗了。"

蒂姆·奥布莱恩既是故事的叙述者，也是故事的主人公。通过他的眼睛，我们见证了阿尔法连的故事。他是个关键人物，贯穿其他人物故事：收到诺曼·鲍克的信，与克罗斯中尉谈论战后的玛莎，甚至将他的女儿带回越南作为她的生日礼物。蒂姆·奥布莱恩也是普通士兵的代表。他反对战争，但由于考虑到他的"声誉"，他还是服从征兵委员会的要求，士兵们非常重视这个东西，他们愿意为保护它而牺牲。

但蒂姆与其他士兵又不一样。蒂姆第一次遇到一具尸体时，他并没有像排里的其他人那样幽默地与尸体握手。第一次杀了人，他感到强烈的悲伤和自责。随着在越南的时间越来越长，蒂姆了解到战争的残酷性，并成长为一名老兵——与鲍比·乔根森这样的新人相比。后来，他的屁股中弹，退出了战争，但他对阿尔法连的渴望，使他一直责怪那个不称职的军医，因为他在战斗中受伤时，军医没有给他进行良好的治疗，他甚至渴望复仇。写作是他应对战后新生活的手段，然而，并不是每个士兵都能过好战后的生活，就像诺曼·鲍克，他没有找到余生的意义，最后自杀了。

从蒂姆身上，我们看到从新人到老兵的转变，看到数以万计普通士兵的影子，体会到恐惧、报复和疏远的感觉。蒂姆是个有价值的人物形象。

基奥瓦

"基奥瓦是一个虔诚的浸礼会教徒，他带着一本他父亲送给他的插图《新约圣经》。"

基奥瓦是一个仁慈而有信仰的士兵。他是美国原住民，因此带着一把印第安人的斧子。他的父亲在主日学教书，因此他走到哪里都带着一本《新约圣经》。基奥瓦活着的时候，他担任阿尔法连的情感教官。当蒂姆还是新人的时候，全排轮流与尸体握手而蒂姆拒绝时，基奥瓦安抚他，说他做了一件好事。当蒂姆杀了那个不构成威胁的年轻越南人时，基奥瓦也向他解释那个年轻越南人死亡的必然性。

然而，基奥瓦的死在小说中起到更重要的作用。战时部分在很大程度上是以这一事件为核心的。基奥瓦的死表明生命很脆弱，战争中也存在无意义的死亡。正如米切尔·桑德斯所说，真正的战争没有道德可言，基奥瓦沉入污水中，没有保护战友或与敌人作战的荣誉。他只是沉入了粪场，仅此而已。

有几个原因间接导致基奥瓦的死亡。克罗斯中尉没有多加观察就命令他的手下在污水处理现场扎营,只因为这个行动是来自更高层级别领导的军事命令。一个年轻的无名士兵用手电筒给战友看他女朋友的照片,可能手电筒光引起敌人的注意,这进一步诱发迫击炮攻击。诺曼·鲍克在基奥瓦已经半身没入粪场的情况下放开了他,这导致基奥瓦最终死亡。那么这是谁的错呢?在一场真实的战争中没有道德可言,基奥瓦的死亡只是多种因素促成的结果。

思考

战争是残酷的,但战争也是为了战斗后的生活。我对一个事件所能包含的多方面内容感到惊奇。像黑或白这样明确的东西,在战争中不再存在,甚至"真理"也被重新定义。"一件事可能发生,但完全是谎言;另一件事可能没有发生,但比真相更真实。"我特别喜欢"真理"就是讲故事这个定义,这是蒂姆·奥布莱恩和米切尔·桑德斯听拉特·凯利谈论他在宋特拉邦的经历时提到的。"这并不是一个欺骗与否的问题。正好相反:他想把真相加热,让它烧得很旺,让你与他感同身受……事实是由感觉形成的,而不是反过来。"

创造了事实,真理产生了,但这并不是诚实不诚实的问题,相反,没有发生的事情有时比真理更真实。真实发生的事情可能没有被记录下来。如果四个士兵排成一列行走,敌人的手榴弹丢过来了,其中一个扑向了手榴弹,试图拯救伙伴们的生命。"轰!"那是一枚杀手锏手榴弹,所有人都死了,没有被记录。伟大的哲学家乔治·伯克利曾经说过"存在就是被观察"。在没有观察的情况下,那些曾经扑向手榴弹的士兵没有被记录下来，但在我给你讲的故事里，他们被感知并留在你的大脑中。另外，这件事也可能确实发生了。相反，一件没有实际发生的事情可以通过故事来创造。可能从来没有一个英勇的士兵，会用自己的生命去拯救他人，然而出于教育的目的，这个故事被创造出来，人们相信它。没有什么是明确的，一切都很模糊，因此讨论故事的真实性是没有意义的。

　　战争就像监狱，它把士兵集中在一起，把他们丢进战场。战争结束，时间流逝，社会变化，一旦返回，士兵就很难适应战后的生活。诺曼·鲍克的自杀让我想起电影《肖申克的救赎》。在电影中，一个名叫布鲁克斯·哈特伦（Brooks Hatlen）的 73 岁老人从监狱无罪释放后上吊自杀了。他在监狱里做了 50 年的图书管理员，并依赖知识成为被尊重的人。出狱后，他发现自己一事无成，无法适应过去 50 年来社会上发生的巨大变化。在某种意义上，诺曼·鲍克与布鲁克斯·哈特伦相似。"感谢你的服务！"这句话是不够的。阿尔法连的成员不断指责战争之外的世界是多么地不现实，但事实是，有战争的世界和没有战争的世界都是同样存在的。

　　总而言之，越南战争是全人类的一道伤疤。老年人被轰炸，村庄被轰炸，年轻士兵的四肢被炸断，他们永远无法实现自己的梦想。通过蒂姆·奥布莱恩的故事，我们要记住战争的复杂和残酷。当他发现他一生都在为写战争故事而烦恼时，蒂姆·奥布莱恩说："关于记忆的事情是你不会忘记。"

（2020 年 8 月）

文明之间 1：从古埃及到东西罗马

疫情期间，隔离在家，我想对欧洲的历史有一个初步的了解，便找到陈衡哲的《西洋史》。这是一本民国时期的中学历史课本，和今天的历史教材相比，它读起来更有趣一些。这本书对众多历史事件以及评价，做了基础性介绍，逻辑清楚，具有故事性，对初学者非常友好。

欧洲文明主要发源于地中海沿岸，包含三大文明：古埃及文明、两河流域文明、古希腊文明。古埃及文明位于非洲北部尼罗河流域，两河流域文明位于亚洲西部幼发拉底河和底格里斯河，古希腊罗马文明位于欧洲东南部爱琴海。希腊南部的克里特岛也在这几个文明的交流交融中起到不可忽视的作用。

一、古埃及文明

埃及上古文明大概分为四个阶段：

1. 文明初启阶段（公元前 4000—前 3000 年）

这个阶段埃及人发明了文字和纸墨笔，一年 365 天的历法和铜器。

2. 金字塔阶段（公元前 3000—前 2500 年）

在这 500 年内，由于没有外患，再加上以前铜器的发明和埃及奴隶社会的社会制度等，成群的金字塔被建立了，埃及艺术得到极大发展。现在很多艺术作品被考古学家从帝王的坟墓里发掘出来，为我们了解埃及提供了窗口，这是埃及文化的顶峰期。

3. 封建时代（公元前 2500—前 1500 年）

埃及的贵族推翻法老的政府，自己做了王。公元前 2200 年左右外族入侵，埃及武力发展，于是公元前 17 世纪埃及用武力把异族赶了出去。

4. 帝国时代（公元前 1600—前 1100 年）

武力强大的埃及开始自己的对外扩张。在这个时期埃及的版图东及幼发拉底河，南至红海海口。在公元前 1100 年后，埃及就开始了被外族统治的历史。

二、两河流域文明

两河流域的文明有三个阶段：巴比伦时代、亚述时代和迦勒底时代。这三个阶段，文化与政治的中心先从两河流域下游挪到上游，之后又回到下游。

1. 巴比伦时代（公元前 2000—前 1600 年）

苏美尔人奠定了两河流域文明的根基。首先，物质资料方面他们知道如何种植与畜牧，文化上他们又发明楔形文字，时间计量上他们使用闰月的阴历，并且使用着六十进制。从阿拉伯沙漠北上的塞米人与两河流域的土著苏美尔人文化发生交融，塞米人接受苏美尔人的文化并被同化，于是诞生了之后的巴比伦和亚述等力量。

巴比伦有一个贤君汉谟拉比，历史上有名的《汉谟拉比法典》就是他为稳定社会而制定的。巴比伦遗留下来的"五十七封公函"记录汉谟拉比解决国家各种大大小小问题的事迹，从中可以得出汉谟拉比为王国付出的巨大努力和投入的心血。他鼓励文学美术和商业，在公元前 1600 年左右，巴比伦城达到鼎盛时期。但汉谟拉比死后，巴比伦的势力忽然一落千丈，巴比伦城也被东方的蛮族征服。

2. 亚述时代（公元前 1300—前 600 年）

亚述人也就是从南边的阿拉伯沙漠中来的塞米人，他们是一个尚武的民族，这也和他们所处的地理位置、四面都是强大的民族有关。于是，亚述从公元前 8 世纪中叶之后，渐渐地征服幼发拉底河和底格里斯河附近的所有土地、北方的小国和埃及的北部。但是由于亚述人不善经营，国内的工商业与农业遭到重创，士兵又残暴凶狠，对被征服地区残酷剥削，被征服的民族怨声四起，接二连三揭竿起义。于是亚述于公元前 606 年被迦勒底人、波斯人和末的亚人联手攻垮，亚述对两河流域的统治也从此告一段落。

3. 迦勒底时代（公元前600—前500年）

亚述被攻下后，末的亚人得到北方的小国，而迦勒底人得到肥腴月湾的全部，而他的首都就是巴比伦城。在尼布甲尼撒二世40年左右的领导下，迦勒底的建筑、文学、美术、商业、工业、数学、天文全面发展。可惜在这位国王去世之后，迦勒底的国力又衰落下去，后为波斯和末的亚人所灭。

阿拉伯沙漠中还有希伯来人和腓尼基人。他们位于埃及和两河流域之间，四周都是征战四方的大国，所以他们大部分时间处于被统治的地位。然而这两个民族却对世界历史的发展产生很大的影响。希伯来人（犹太人的祖先）的犹太教与基督教部分重叠，为中世纪基督教的繁荣昌盛埋下种子。腓尼基人则是一个经商的民族，他们发明了一种便于书写的字母，形成优于旧文字的新文字系统。新文字成为不同地区文化交流的桥梁。腓尼基人将不同地区的工艺品、特产、宗教文化风俗和他自己的文字等带到地中海沿岸和克里特岛上。以后希腊文化的形成与腓尼基人发明的文字有着密不可分的关系。

三、古希腊文明

波斯与希腊

和上古历史最有关系的两个民族分别是塞米族和印欧族。塞米族人从阿拉伯沙漠北上到两河流域，而印欧人则是从两河流域的北边南下。另外一支印欧人，则聚集在欧洲的东南方，也就是希腊这一块。安息国于公元前550年左右强大起来,渐渐地把四周散乱的波斯部落团结起来,然后灭了末的亚和迦勒底,后又把埃及给灭了,成为一大强国。经过大流士的治理,那些被征服的邦国也都听从他的指挥。那时的波斯被划为20个行省,埃及和迦勒底隶属于他。大流士又注重社会发展,他建设海军,把波斯的力量又带上一个层级。

爱琴海中的克里特岛,保持与埃及和两河流域的交流,吸收他们的文化。再加上克里特内无战争,外无侵寇,人民安居乐业,克里特自己的文化也得到极大的发展。然而在公元前1400年左右,希腊人和腓尼基人登上这块宝岛,烧杀抢掠,克里特也就变成一个荒丘。希腊人本是游牧民族,在破坏完爱琴文化后他们却安定下来,以爱琴文明为模型,建立一个自己的政府,并把爱琴文化的各种因素带到自己的文化中来。

希腊一直与其他文明保持着紧密的联系。公元前1500年到公元前1000年,希腊人赶走许多克里特岛上的人,同时与一部分当地人通婚,形成一个新的民族。经商的腓尼基人把他们的字母和世界各地的工艺美术,还有用于记录的纸笔带给希腊人,希腊人又通过这种字母发展出自己的一种文字。这就是希腊文明的起源。希腊港湾罗布的地理环境使他的政治单位宜分不宜合,于是希腊便有很多小城邦,所有城邦中最强的两个是雅典和斯巴达。

公元前700年到公元前400年,300年间希腊文化得到极大的发展。这段时期希腊经历贵族兴起王权衰落和文学的产生。一些贵族的压榨使不少农民离开自己的城邦,到其他地方建立起殖民地。在公元前500年左右,波斯的势力兴起,希腊在小亚细亚的殖民地遭到侵略。希腊和波斯,一个向欧洲的东部发展,一个往其西部进军,这样看来一场恶战是在所难免。雅典和斯巴达暂时地联合起来与波斯进行斗争。从公元前492年到公元前479年，波斯一共入侵希腊三次，但全部失败，波斯也走上他的下坡路。希腊暂时无外患之忧。

这场胜利给希腊带来很好的文艺材料，同时这个战争使希腊与东方的交流扩大了，于是有许多新知识、新事物涌入希腊，这促使希腊本土新文化的产生。伯里克利是那时雅典的领袖，他鼓励创新，重视发展文化艺术，修建许多建筑。基于以上这些因素，雅典的文化达到一个新的灿烂的阶段。伯里克利所领导的雅典城，战后重建十分成功。美术上，有着雅典城内四处可见的雕刻、绘画和建筑；文学上，雅典则诞生了最早的戏剧，这都是雅典重视重建及其领袖优秀的结果。

然而一山容不得二虎，波斯被打败后，雅典和斯巴达又闹了起来，结果是两败俱伤，这场争斗从公元前459年开始，直到公元前404年雅典战败才结束。中间有三个阶段，每次都是战争后签订和平条约，约定期未到又打起下一场战争。斯巴达虽战胜雅典和希腊其他的小邦国，但它的武力政策是最容易遭到反抗的。公元前371年，斯巴达又被底比斯打败，但不久底比斯也和雅典与斯巴达一样一蹶不振了。这一盘散沙的局面持续到公元前4世纪。

罗马崛起

马其顿是希腊北方的一个国家，它文化发展一般，因此没有被纳入希腊文化的范畴。到了公元前4世纪，马其顿出了一位叫菲力布的君王。这位君王靠着他的军事天才，征服希腊北部的全部和南部的大部分，他也极力鼓励输入希腊文化。菲力布死后，他的儿子亚历山大继承他的军事能力，也重视对希腊文化的吸纳和传承，在四年之内征服小亚细亚、腓尼基、埃及和波斯。因为重视希腊文化，而马其顿国土广阔，希腊文化被很好地传播到各地，马其顿对东西文化交流起到了桥梁作用。亚历山大死后，他的国家被分成亚洲波斯一块、埃及一块和欧洲马其顿本土一块。经过亚历山大传播后的希腊文化，对以后欧洲的艺术风格也产生深远的影响。马其顿时代的几位大科学家和哲学家们也留下不少可贵的思想。

罗马位于希腊西方的意大利半岛山，一开始被一群名为依瑞斯康的人占据。这群人也受到希腊文化的影响，于是从公元前750年到公元前500年这250年间，罗马的文化继承了希腊文化。

罗马的历史和希腊一样，也有1000年左右的历史。从公元前500年左右依瑞斯康人被罗马人赶走开始，到476年西罗马解体结束。罗马原本是共和体制的，有一个元老院和两个执政官。在贵族与平民的争斗之中，罗马的成文法《十二铜表法》的出现，一定程度上保护了平民利益，标志着平民的胜利。罗马对外邦人非常包容，他承认外邦人为自己的市民，但必须尽服兵役的义务。有了这么多新的人口，罗马的农业和武力也就变强了。于是罗马的势力逐渐扩张，到了公元前275年，这个台伯河畔的小城基本上控制了整个意大利半岛。

之后，罗马的敌人主要是其南部的迦太基。从公元前264年到公元前149年，出于经济利益，罗马与迦太基开启一场布匿战争，最后以迦太基灭亡结束。战争中迦太基出了一位叫汉尼拔的伟大军事将领，但后来罗马将领西平学习汉尼拔的用兵方法，最终战胜迦太基。

在罗马战胜迦太基后不久，公元前200年左右，罗马已经彻彻底底掌握地中海西部的区域。这个时候亚历山大的马其顿已经被分为三块，势力也没有往日的强盛，于是它们便一一为罗马所吞并，这个时候是公元前146年。然而经营如此庞大的一个帝国——涵盖埃及、希腊和两河流域，并不是一件易事。罗马将他的领土分为很多个省份，每个省份有自己的总督管理。这些总督的任期只有一年，短短的时间内做不出什么建树，有的话也是给以后的总督打基础，再加上天高皇帝远，这些总督们便在他们一年的任期内大力搜刮民脂民膏。罗马还有专门负责征税的官吏——税吏，总督和税吏便成钱袋最鼓的人。罗马的美术发达了，普通老百姓却一天天地苦了下去。不久罗马极度奢华，农业也成了大宗农奴的事业。这个大国虽然在不断地向外扩张，他的内部却腐败了。

这个状态持续到恺撒和庞贝两位大改革家的出现。他们两个人都有着很大的战功，在罗马人心目中是英雄般的存在。但恺撒的战功太大，引起了元老院的恐惧，于是元老院就联合起庞贝为难恺撒，结果恺撒成为独裁者，庞贝落荒而逃。恺撒把无业游民移到海外，减少国内贫富之争，很大程度上稳定罗马的混乱局面。不幸的是，恺撒被敌党刺死，罗马又混乱了好几年，直到公元前30年大权落入恺撒的甥外孙屋大维手中，罗马局势才稳定下来。共和制不适合那时的罗马，于是罗马便进入帝国时代，屋大维则是第一个皇帝。帝国时代的初期罗马，由于君主贤明，有了200年的和平。在这200年内罗马消灭外患，并编纂了法典。

东西罗马

虽说罗马帝国在初期的200年有较好的发展，它仍时刻面临着日耳曼人入侵的威胁。罗马人有时进行武力驱赶，有时用金钱贿赂，或使用其他手段使他们在罗马边境住下变为土著，但这都是缓兵之计，没有实质性的成效。贫富差距、两极分化的问题一直存在，罗马城在 200 年的和平之后又开始动荡，当然这些动荡是一直存在的，只不过是加剧了。混乱了 100 年后罗马迎来了戴克利先，他在平定混乱后自己驻扎在小亚细亚，防止波斯的复兴，同时在西方再安排一个皇帝，此举为以后帝国分裂为东西罗马埋下伏笔。

后来君士坦丁大帝苦心经营君士坦丁堡，但这个时候西罗马内政腐败，国力衰竭，东西分裂趋势明显。到了 476 年，日耳曼有一族的领袖叫俄陶开（Odoacer），他带领着他的人民轻轻松松地拿下罗马，自己也做了罗马的主人。

上古的欧洲历史是由文明之间的互相影响所构成的。两河流域及埃及是文化最早的摇篮，他们的历法、文字、技术、艺术和生活习惯等，被商人带到爱琴海，后来这些文化又被传到希腊，构成 1000 年灿烂的希腊文明。亚历山大在东西方文化交流上起了很大作用。由于马其顿地大物博和亚历山大对希腊文化的崇拜，希腊文化被传到地中海沿岸的各个国家。有趣的是，希腊文化原本就是对这些国家文明的组合与再创造，后来经过自己的发展，这灿烂的文化又反过来影响它的祖先们。一个强大的领袖带着族人平定动乱，统一国家，但征战四方后的治理，也是一个让上古的国君们头痛的问题。往往是聪明的人积累了土地，导致了社会阶层的固化，上层的人极尽享乐，下层的人民食不果腹，一个好好的国家就这么被腐蚀掉，不免再次走上灭亡之路。文明起起落落，就构成了我们的历史。

我们了解历史、研究历史的目的是什么呢？陈衡哲给我们解答了这个问题：

历史是人类全体的传记。人类还在生长的时期，所以他的传记也正如半开之花。我们现在所要研究的便是：人类何以能从那个无尽无边的空间里，无始无终的时间里，发育生长，以至于达到他现在的地位。换一句话说，我们所要研究的不是某某皇帝的家谱，也不是武人政客的行述，乃是我们人类何以能从一个吃生肉的两足动物，变为一个代表现代文明的人。因为我们要研究这个人，所以不能不研究他的思想行为，和与他有关系的重要事物；所以不能不研究政治、工业、农业、文学、美术、科学、哲学，以及凡曾帮助他或阻止他向前走的种种势力。我们不但要研究这些势力，并且还要了解他们的原因和效果。这便是我们的研究。

《西洋史》让我了解了欧洲历史和文明，也了解了促进这些文明形成的各种因素，受益匪浅。

（注：因为这是民国教材，文中一些称谓与今天不同。如文中的"塞米人"今天通常翻译为闪米特人。）

（2020年3月2日写作，2020年5月22日整理）

文明之间 2：从西罗马解体到但丁去世

西哥特王俄陶开摧枯拉朽般攻下了西罗马，掀开欧洲历史的一个新篇章。旧日罗马的威严荡然无存，游荡在欧洲四方的日耳曼蛮族对现存的各种政治体制造成严重威胁，欧洲即将迎来一个难熬的长夜。

俄陶开在公元 476 年 9 月 4 日废黜西罗马的皇帝，标志着西罗马帝国的解体。俄陶开是意大利的第一个日耳曼蛮族国王。

教会

大家应该经常听到中世纪教会飞扬跋扈的事迹。那么，这个一开始默默无闻、遭受迫害的宗教是如何一步步走上中世纪欧洲的大舞台的呢？

基督教的神是个慈父。因为罗马本土就有很多宗教，基督教刚入罗马时，没有引起统治阶级很大的注意。但因基督教的思想水平偏高，在很短一段时间内就形成一股势力，再加上基督教徒对皇帝不施行跪拜，他们很快就遭到迫害。然而对基督教徒的迫害逐渐使基督教渗透到罗马的统治阶级中，公元4世纪初年君士坦丁加入基督教。公元5世纪罗马皇帝狄奥多西（Theodosius）宣布教会之特权，基督教便从此变成罗马的国教。

罗马一直遭受着日耳曼人的侵寇，晚期帝国外强中干，很多时候地方打败仗时，行政人员就跑掉，留下平民百姓面对野蛮的日耳曼人。这个时候教会作为中古知识界的最高代表，便常常会站出来面对日耳曼人，为百姓请命，并用地狱的恶火驯服入侵的日耳曼人，使他们也入教。当罗马的官跑掉，教会就成掌管一地的机构，这就是基督教的政治化。政治化的基督教使教会演变出众多的层级。通常一个有总督的大城市便会有一位主教，而最重要的城市——罗马，自然也需要基督教中最大的主教来坐镇，于是教皇制度于公元445年确立。后来查理曼大帝（Charlemagne 或 Charles the Great）在统一各小邦国的过程中，也会利用教会作为巩固征服小邦国的手段。查理曼大帝在打下一个城市后，会在这个城市植入教会，对这片区域进行思想上的感化。他强迫所有人接受洗礼，并将其劳动所得的1/10献给教会。他同时要求当地人民给教士提供住所与基地，教堂也因此成为城市的中心。中古时期的教会力量根深蒂固。

作为希腊罗马文化的承载者、为百姓请命者，和中古统一过程中的重要力量，基督教可以说是中古漫漫长夜中的一点星光。古希腊的怀疑哲学只能让中古人民苦上加苦，所以人民愿意相信一个全能上帝，将自己身心完全寄托于那个遥远的天国，以求得内心最深处的安宁。然而触及人内心最深处的基督教，在经历政治化的过程后，就难免不会产生腐败。一个人的一生完全交给基督教，婴儿不接受洗礼就是枉生,死者不接受超度则必定下地狱。人随时都被上帝看着,不能有一丝歪念。再加上居民被迫给教会提供土地、交纳税费等,教会通过各种宗教仪式获取经济利益,基督教给中古人民带来一丝安慰,但又将他们的现世生活压榨到极致。

日耳曼人入主欧洲

中古有六支重要的日耳曼民族,它们分别是:西哥特人(Western Gothic),住在黑海北岸;东哥特人(Eastern Gothic),住在黑海北岸;万达人(Vandals),住在欧洲北方波罗的海;法兰克人(Franks),住在莱茵河畔;盎格鲁撒克逊人(Anglo-Saxons),住现在的丹麦境内。

公元3世纪以后,匈奴人被中国驱赶出境,有一支就跑到黑海北岸将东西哥特人赶跑。于是这两支哥特人,一支跑到多瑙河边,还有一支请求西罗马接纳,被拒后便与其打了一仗。这场战役的结果是西罗马战败,皇帝战死,西哥特人直捣希腊和罗马进行烧杀抢掠,随后前往西班牙和高卢建立哥特王国。罗马一看大势不妙,就将原本驻扎在非洲和英国的兵力撤了回来,盎格鲁撒克逊人趁机进入英国,建立盎格鲁撒克逊王国,万达人也南下非洲建立万达王国。罗马帝国的实力虽然已经消耗殆尽,但人们还是奉其为精神上的首领。公元476年,俄陶开灭西罗马,尝试建立新国家时,还由西转东向东罗马的皇帝征求承认。

日耳曼人入主欧洲和基督教兴盛是中古欧洲发展最开始的样貌,也是对后世影响最大的两个因素。介绍完这两个因素的背景,剩下的大部分事件就是它们互相影响而产生的了。

中古国际关系的演变

刚才讲到西罗马四分五裂，日耳曼各民族占领着往日恺撒的土地。当一片土地上有多个实力相当的国家时，吞并战争在所难免。克洛维斯（Clovis）是法兰克的王，他于公元486年登位，511年去世。他将巴黎设为首都，与教皇建立友好关系，并开始版图的扩张。在他去世100年左右，法兰克王国的版图就已经包含如今的比利时、荷兰、法国和德国西部。

到了公元7世纪初年，法兰克王国的权力渐渐落到一个宫相的手中，他就是大名鼎鼎的老丕平（Pepin the Old）。老丕平和他的儿子查理·马特（Charles Martel）开创他们的加洛林基（Carolingian）王朝。伊斯兰教的兴起对加洛林基王朝产生威胁。同时期，穆罕默德创立的伊斯兰教将一盘散沙的阿拉伯人民统一了起来，加上伊斯兰教轻死重战的想法，阿拉伯民族的势力在公元7世纪中期开始暴涨，快速占领波斯、西班牙和埃及。法兰克西疆的危险也可想而知了。

公元732年查理·马特与阿拉伯人战于都尔（Tours），阿拉伯军大败，到了1492年西班牙被基督教徒统一。这时的查理·马特像个英雄一样，也获得了欧洲人民的心。几年后查理·马特去世，他的儿子矮子丕平（Pepin the Short）当上执政者。这时意大利北方的伦巴人南犯，尝试在意大利建国，教皇赶紧向矮子丕平求助。这时的法兰克王国国力强盛，矮子丕平立刻越过阿尔卑斯山把伦巴人赶出意大利，并擅自将意大利送给教皇（之前意大利名义上属于东罗马皇帝）。有这样的大恩大惠，教皇欣然封矮子丕平为法兰克王。之前丕平这一家族一直是法兰克王国的宫相，欲把傀儡国王推翻，而现在教皇直接提供了法律上的支持，法兰克王国的政权便完完全全落到丕平一家手中。

矮子丕平的儿子乃是大名鼎鼎的查理曼大帝（Charlemagne），他对中古的文化、宗教和政治结构的发展起到重要的作用。前文中提到查理曼大帝在征服日耳曼各小邦国的过程中，在当地大规模地引入基督教，同时也促进了文化事业的发展。查理曼大帝大规模建立学校和教会，令教士们教授拉丁文与《圣经》的内容，在谕旨中说道："使学校建立起来，俾童子们可以读书识字。"查理曼提倡文化教育，给黑暗的中古带来一丝光明。公元797年东罗马帝国的皇帝被其母后绮吕（Irene）篡位，西罗马的教会便趁机宣称罗马的皇位空虚，便把查理曼大帝扶上宝座。查理曼建立了一套行政体系，由州牧（The Counts）管理帝国内部各地，镇将（Margarves）掌握边疆的兵权抵御外来的入侵，后来州牧与镇将在帝国分裂后演变为封建主。

封建主义的发展与盛行，近代列国的确立，发生在查理曼去世后。后来查理曼的儿子路易继承王位，路易死后却有三个儿子争夺王位。他们最后于公元843年订立《凡尔登条约》，将帝国中部即今天的意大利及皇位给长子洛塞；帝国西部，也就是今天法国一块分给秃头查理；帝国东部，即今天德国一块分给日耳曼人路易。不久之后洛塞去世，幼子无力控制国家，秃头查理和日耳曼人路易便把洛塞的属地瓜分个干净，只把皇冠和意大利留给洛塞的幼子。查理曼在征战四方时，经常会把部分土地分给自己的下属，这些人后来就成为有土地的贵族。一段时间内三个大国之间互相争斗，欧洲动荡，社会的贫富差距拉大，穷人便去当佃农，封建主们也获得较大的独立。之后的几百年间是欧洲最黑暗的时期：东有斯拉夫、土耳其和匈牙利人入侵，南有阿拉伯人侵寇，北方还有丹麦人与斯坎迪维尼亚人的侵扰。国内教会控制人民的思想，封建主间为权力又大打出手，欧洲处于一片混乱的状态。

依照《凡尔登条约》的规定，在查理曼死后法兰克王国仍为一个政治上的单位。100 多年内乱后，法兰西大公休·甘丕（Hugh Capet）做了国王，国内开始统一，王国的名称也从法兰克变为法兰西。在与国内诸侯进行 200 年的斗争后，甘丕的嫡系终于使法兰西统一强大起来。法兰西的众多诸侯中最强的一支叫诺曼底（Normandy）。法兰西王于公元 10 世纪，将滨海的一片区域划给诺曼底，于是诺曼底大公便建立诺曼底公国，并引入了附近的法国文化。1066 年，诺曼底公爵威廉（Duke William）打败隔壁的英国，当了英国的君王。原本英国与法国在政治上是独立的，但由于现在英国国君是诺曼底公爵威廉，诺曼底又是法王的臣属，英国也变成法王的臣属了。有一个国家作为自己臣属，看似荣耀，背后其实有深深的危险。

英国有三个主人，一是当地的土人，二是盎格鲁撒克逊人，三是后来的诺曼底人。盎格鲁撒克逊人于公元 5 世纪罗马从英国撤兵时，趁机闯入英国而做了岛的主人。盎格鲁撒克逊人中后来出了一个伟大的阿弗烈大王（Alfred the Great），他打败一直在侵寇英国的丹麦人，并编了《盎格鲁撒克逊史记》。后来，英国国王爱德华死后没后继承人，诺曼底公爵威廉便趁机入侵英国。威廉死后，国中内乱几十年，王位终于落到其孙女的儿子亨利二世（Henry Ⅱ）的手中。这个亨利二世的父亲是法王的臣属,妻子是阿奎丹公国的主人,母亲又是诺曼底公爵威廉的孙女,于是他便拥有极大的版图。亨利二世拥有版图之大,在当时西欧已经无人可及,但这些版图除了英国以外,都是法王的间接属地,英法的竞争一触即发。

亨利二世有三个儿子,他们常常与他为难,法王便想趁机助长英国内乱。最后失地的约翰(John Lackland)当上英国的国王,但犯了谋杀和奸拐罪,被法王腓力布叫到法庭对质,约翰不去,法王便顺理成章地把金雀王朝(亨利二世的父亲在参与十字军时,常常在自己的盔上佩戴一点金雀花,后来他的王朝便被称为金雀王朝)在法的属地全部收了回去,只留下英国本地给约翰。于是约翰外失属地,内失威信,当地的诸侯便以武力逼迫他在《大宪章》上签字,这一举动使英国在日后成为民主的先进国。1265年英国平民加入议会,此时的议会,为以后参议院、众议院的前身。同时期法国在政治方面召集了三级会议,将代表城市的平民加入政治生活,并同时开始专制主义。这时英国和法国都已羽翼丰满,准备好推翻众多候国了。

神圣罗马帝国,教皇和皇帝之冲突与十字军东征

查理曼去世后,法兰克王国被分为法兰西一块、意大利一块和日耳曼(今天德国)一块。意大利因有教皇在,各路想当皇帝的人都要先去征战意大利。这个国家也便自然地没有形成一个独立统一的政权,因此也没有发展。法兰西一块为了同英国竞争,无力顾及查理曼的皇冠。所以对于皇冠的竞争就落到日耳曼各邦的手中。936年,撒克逊邦的鄂多一世(Otto I)作为日耳曼的国王(虽然这片土

地上有很多的诸侯，但他们会推举最强大的一个诸侯为日耳曼的王）帮助教皇赶走侵扰意大利的伊斯兰教徒，同时得到罗马帝的皇冠。这一次权力转移产生了赫赫有名的神圣罗马帝国。教会肯定它的神圣地位，日耳曼人的武力使其被称为帝国，这两方又因罗马文化与精神联结在一起。但神圣罗马帝国的皇帝与教皇都是有权力的，这个时候任何的变动都可能会影响到一方的利益，教皇与皇帝的冲突在所难免。

1073年格雷哥七世（Gregory Ⅶ）当上教皇。他不仅是宗教领袖，更是一个大政治家与改良家。格雷哥七世当上教皇后第一个大动作就是禁止教士婚娶，第二件大事为把选择教士的权力从皇帝手中取了回来。但要知道教士的选择权是一项重要权力，教会对该权力的收回，意味着不道德的贵族不能再担任主教，那些当教士的有权人士也不能娶妻。对于这件事，皇帝及其党羽当然反对，于是皇帝与教皇的较量开始了。

格雷哥七世时代的皇帝是亨利四世（Henry Ⅳ）。亨利四世对抗教皇的方式是召集支持他的主教同时不承认格雷哥七世为教皇。格雷哥七世立刻将亨利四世驱逐出教。而日耳曼的诸侯听到这件事，马上想到废除亨利四世再立一个新皇帝。亨利四世没有办法，只好粗衣赤足地翻越阿尔卑斯山，在教皇门口的雪地中哀求了三天，教皇这才赦免了他。但亨利四世一回国就马上带军队攻占了罗马，另立新教皇。因诺曾三世（Innocent Ⅲ）是格雷哥之后的一个重要的教皇。他所在的时代，日耳曼人为了争夺王位已经混乱到了无政府的状态，他便代日耳曼人选了一位皇帝，自己也便化身为西欧的公判人了。因诺曾三世在位时是教会权力最大的时候，因诺曾三世死后教会就走下坡路。后来出了一个腓德烈二世（Frederick Ⅱ），他是一个多才多艺的很有能力的人。腓德烈暴露了教会的各种腐败，教皇三番五次将腓德烈驱逐出教，但又因腓德烈过于强大，教皇的反抗对他的统治没有起到实质性的威胁。后来教皇邦那费八世（Boniface Ⅷ）与法兰西的国王争斗，法兰西胜出，教皇就变成了法兰西的一个附属品，教会的威严从此完全扫地。

第一次十字军东征（1094年）后，十字军将耶路撒冷夺了回来，并建立耶路撒冷王国。第二次十字军东征（1146年）的军队向着小亚细亚进发，但彻底失败。第三次十字军东征（1189年）的起因是伊斯兰教徒夺回耶路撒冷。这时英王"狮心"理查一世（Richard Ⅰ），神圣罗马皇帝"红胡子"腓德烈一世（Frederick Ⅰ）和法王腓力布二世（Philip Ⅱ）都上了战场。最后的结果是英王与穆斯林军签订条约，要求穆斯林军保护前往圣地的基督教徒。

然而在1244年耶路撒冷又被阿拉伯人夺了回去。十字军东征在一定程度上促进欧洲发展。东罗马是古希腊与古罗马哲学文化艺术的继承者，十字军东征便间接地当了一个传输文化的桥梁，而希腊和罗马"入世"的生活观对打破教会对中古人民的思想禁锢起到基础性的作用。另外，十字军东征的过程中，经过很多城市，这些城市给十字军提供运输与消耗品，沿途城市的商业与工业得到刺激，这为近代城市的兴起埋下种子。

中古时代，英法等大国的成立打破中古封建主义下一盘散沙的局面，使统一的力量得以体现；教皇的势力衰弱，权力被归还到各国国王手中；十字军东征将文化的种子带回西欧，遣散流氓之辈，减弱欧洲内部的斗争；独立城市与商业一起兴起，促进文化交流；

大学的出现提高中古人民的知识水平。

以上提到的，都是结束中古时代、开启文艺复兴时期的重要因素。但丁作为中古文化的结晶和新思想的开创者，被作者选为中古与近代的分界线。他用意大利方言进行文学创作，促成本土文化的发展。其著作《神曲》以严厉的态度批评教会的腐败，但又是以地狱这个富有宗教色彩的场景将其呈现。从但丁起，一个新的时代开始了。

结语

精神的统治与武力的统治，孰优孰劣？王权的更替，又意味着什么？

教皇和神圣罗马帝国皇帝的最终目标都是统一欧洲。在这两个力量的竞争中，教皇先以将亨利四世逐出教会而获得胜利，而后亨利四世又直击罗马获得武力上的成功。亨利四世被逐出教会意味着他不再是被官方认可的神圣罗马帝国皇帝。这个身份的改变导致众诸侯出于宗教与权力考量而起来造反。绮吕篡位前罗马的帝位一直属于东罗马。俄陶开在476年攻下西罗马后，也转向东方寻求身份的认可。这些现象全都表明中古时统治阶级对身份正统的强调。

（注：因为这是民国教材，文中一些称谓与今天不同。）

（2020年6月1日—6月8日）

日常观察与思考

第二部分

便利店文化正在破坏我们的特色文化

　　从家到学校,从学校到家,我已经在这条街上来来回回走了十来年。从小区门口过马路,先在街口的包子店买五元的早餐——两个酱肉包和一杯豆浆,过街后再一路往前就可以走到学校。五金店、早餐店和吼着"最后三天!"的批发打折店,像汽水中浮起的泡泡,出现在街上,没多久再因高昂的租金而消失不见。"店面会变得窄而深。"我爸在我小时候做过这样的预测。果然,为了将更多的商铺塞入这条街道,原本挺宽的店面被一分再分。细窄的店面间,隔上一面薄薄的墙作为分界线。为扩大面积,房子的后半部分也被打通,便有了现在的"筷子型"店面。

　　有趣的是,"筷子型"店面中时常会插入几个便利店。与其他店面相比,它们体形硕大。它们头顶着清爽的蓝光,落地玻璃设计,毫不遮掩地展现店面的宽敞。它们以强硬的态度进入街道,用它们那硕大的身躯挤压四周的小店。它们往往经久不衰,在其他商铺被高昂的店铺租金击垮消散时,便利店像一根铁制吸管一样,牢牢地插在这条街上。它们在变多,它们在变强。为什么便利店有这么强的竞争力？它的普及又对我们的街道有着何种影响？

首先，现在街边最常见的便利店无非就是罗森、7-ELEVEn 和一些杂牌的小便利店。要知道，日本是一个国土面积小但经济高速发展的经济体，这样的经济特点与日本国情有关。日本自然资源和土地的稀少，当生产资料十分稀缺时，资源分配的效率便显得尤其重要。设计巧妙的中银舱体大厦竟因为空间利用率不够高，在东京地价高昂的压力下，只得被拆毁重建成更高的房子。刚刚提到的罗森和 7-ELEVEn 也都出自日本，它们商品的多样性和店面布局的效率至上特点，允许消费者仅仅在便利店走一圈的时间内，完成生活必需品的采购，从而大大地提高购物的效率，给消费者节省宝贵的时间。日本人发明的方便面其实也是对极致效率追求的体现，在便利店购物与吃方便面都是省时高效的。我在写这篇文章时发现一篇名为《全球便利店三巨头罗森、7-ELEVEn、全家是如何把"便利"做到极致的》的网文，里面很全面地分析便利店是怎么通过货架的摆放、不同急切程度货物在货架中相应高度的设定和路线的规划，把"便利"做到极致。

当便利店从日本高举着"效率"的旗子进军世界各地后，往往出现这样的现象：地方商店失守和便利店成功扎根街道。便利店商品的多样性及其高效性，使其很轻松地成为其他一些专注于某一类商品或服务的店铺的替代品，随之而来的就是，顾客从地方店铺向便利店分流。便利店不仅在消费端强于传统店铺，其生产端的高效性使便利店可以以更低的价格碾压附近的商铺。如连锁店高度统一的店面风格、终端运营方式，在统一品牌下高影响力的广告都能降低各种成本，增强便利店竞争力。即使便利店商品的价格没有比其他商铺低，消费者们也愿意为"效率"这项服务花更多的钱。这样相对高的价格和大量的消费者便保证了便利店可观的经济利润。经济利润驱使更多便利店进军街区，传统店铺也受到更大打击。

家门口，又一家店被改成罗森

地方店铺失守，便利店泛滥的现象在今天并不少见。从我家到学校这步行十多分钟的路程中就有整整九家便利店。地方店铺的失守，带来的是地方文化的死亡。这一点，对于出生在 2004 年的我来说，可能不甚明显，因为我本来就出生在一个效率至上、街上布满各种紧凑而高效的店铺的时代。小时候，爸爸给我买了一套《我的理想城市》的系列丛书。当时没看懂，现在再次回过头看才发现，那些童书制作人为鼓励小孩思考社会问题所下的苦心。

那是一套由两个日本人创作的绘本，福川裕一构思，青山邦彦绘制，包含四本，其中第四本《拯救商店街大作战》便对"便利店和郊外大商场对地方经济造成严重打击"的问题进行探讨。书中小朋友们日常聚会的糖果店被替换成便利店，这一群小朋友们便以"拯救糖果店"为主题，在老师的帮助下开始了对商店街的调查。书中写道："在商店街里面有很多有技能的人。假如你要卖鱼，首先要熟知鱼的名字，还要会辨别新鲜度、会解剖鱼，以及做鱼块等，好多的技能都是必需的。蔬菜店、肉店、面包店、花店、豆腐店、电器店，都是这样的。还有一些店现在很少见了，比如鞋店、表店、裁缝店、榻榻米店、裱糊店。你们知道裱糊店吗？""总之，商店街上有很多技能高手，要是去购物中心的话，就没有机会和这些人说话了。"不同社区间多元的地方文化，在便利店和大型购物中心的作用下，变成一块没有起伏的平板，这种单调性应该使我们警惕。便利店和大型购物中心与传统店铺最大的不同之处在于：传统店铺是地方的生产与消费的结合，而便利店、大型购物中心只是遥远生产地的消费终端。在便利店与购物中心，生产与消费分裂，而构成文化的关键——生产生活中的生产，与社区脱离，社区便再也没有形成自己独特文化的可能性。在《拯救商店街大作战》中，生产与消费的分裂导致那些"很有技能的人"失去自己的竞争力。

便利店的出现，对地方经济与地方文化产生伤害，这在经济全球化、以市场经济为主的世界形势中，看起来是无法避免的。有限的资源、增长的人口、更加激烈的竞争，似乎所有因素都促使便利店、方便面等快餐式事物的产生和发展。我们应该反抗事物自然发展的潮流吗？或许，这也是文化传播的一种方式。前几天，听同学说学校附近有一家洋芋饭，我的第一个想法是"哦，黄水人来沙坪坝开店"。询问店家之后才知道他们只是加盟店，和黄水并没有什么关系。也就是说，这家店只是加盟学习洋芋饭的做法，并以此获得利润而已。便利店在世界各地开张，一定程度体现了日本独特文化与世界其他地区的交流交融。但是不管怎么说，这种"便利店文化"总像鞋底的一粒小石子一样让人不舒服。它究竟有什么问题呢？说不清楚但有些惶恐。或许这篇文章的题目也可以叫做"便利的必然性"。

（2020年12月3日）

思维的乐趣：无聊中想无聊

　　理论上每周应该写一点东西，但是这周确实没有什么好写的。我在 2019 年 12 月 8 日晚上 22：40 左右坐在电脑前，百无聊赖地盯着屏幕。两只手指在银白色的触摸板上分开，合并，分开，合并；看着 word 文档放大，缩小，放大，缩小，想着法子从脑子里挤一点东西出来，但是我的脑袋却像是一条空荡荡的隧道，里面什么也不剩，只有一阵阵风呼呼地吹。看向窗外，尝试找到一丝灵感，然而窗帘被拉上了，我仍然能感觉到窗外黑夜的死寂。

　　鲁迅的《在酒楼上》讲述"我"回到 S 城，在小酒楼遇见十年前同为教员的吕纬甫，他向"我"倾诉生活无聊的故事。吕纬甫向"我"聊因为自己弟弟坟边浸了水要迁坟，聊邻居家女儿的八卦，然后又谈到他现在只能靠教《诗经》《孟子》每个月赚取 20 元而勉强维持生计。总之，他自己都觉得无聊透顶。又向"我"感叹，回忆着年轻时连日争论改革中国的方法的那段时光，痛恨着自己现在敷衍、随随便便的生活状态而又无力改之。

　　在十年前，吕纬甫还会跟"我"讨论国家大事，但他最终为了生计，沦落到每天只会为柴米油盐的地步。鲁迅在1924年发表这篇小说，是五四运动的五年后。也就是说当年活跃于五四运动，致力为国家变革的青年消沉了，类似吕纬甫的一帮人停止对新知识的汲取。鲁迅写这篇小说的目的是讽刺知识分子的消沉，并挖掘导致消沉的社会原因。王小波在《思维的乐趣》中写："我这辈子下过的棋有五分之四是在插队时下的，同时我也从一个相当不错的棋手变成一个无药可救的庸手。因为没事干而下棋，性质和手淫差不太多。"

"上网无聊症"都是无目的造成无聊，因无聊上网，反复地干没有什么意义的事情。有一次爸妈在出差回来的飞机上遇到一个人，他坐在前排，据爸爸描述"他快速地把手机拿了出来，按亮屏幕，点开微信，划了一下屏幕。右手大拇指不停地抽搐。发现没有信息后，又把手机放回去，右手的抽搐也停止了。然而每过一两分钟，他重复一遍这个过程，从起飞到降落"。这是恐怖的无聊，明知没有网络还是机械地重复着一个没有意义的动作。

无聊根本原因是缺少"刺激"的作用，"刺激"带来责任感，同时和兴趣一起产生动力。这也便可以解释为什么社会动荡的时候，会出现很多创新性很强的人和新事物。在一个和平的年代，一个互联网的时代，有些人会因为缺少"刺激"、兴趣被冲淡，变得无聊。

面对自己的无聊，我感到有些愧疚。但是在电脑前面坐了这一小会儿，扯出这一大堆，真是很神奇的一件事。这让我想起几年前无忧无虑地看《窗边的小豆豆》的时光。那是日本作家黑柳彻子写的一本回忆童年的小书。里面有一集名为《然后呢……》，记述这样的故事：小豆豆幼儿园时，校长要求每个小朋友吃饭时"说说话"，一个男孩觉得无话可说，他与校长展开一次对话。这个小男孩从

"什么故事也没有"经过校长的引导,记流水账似的说出自己早上起床、刷牙、吃早饭、来到学校的"故事"——好像我现在的情况和他差不多。像那个小男孩说自己早上刷牙洗脸的经历把听众逗笑一样,在无聊中想一想无聊本身,或许也是一件有趣的事。

(2019年12月8日)

2020年春节与"瘟疫公司"

　　落地厦门后,打开手机看了篇混子哥介绍的新型冠状病毒,才大概知道怎么一回事。乘车来到一个绿树成荫、背山朝海的小区,从高层的窗户往下望,可以看到在草地上遛狗的人和海对岸的厦门。近处有一个小村庄,有一半还保留着原本的古建筑,另一半已被半中半西、贴满砖片的方块房占据。第二天,前往小村,路边的拖拉机和水泵,花岗岩与砖面上的"治白蚁、打水井,拨×××",都见证着时代的改变。房子的角落,摆着废弃的陶盆,铺地的石头间冒出些嫩草,小村出奇地安静,偶尔遇见一个骑着小摩托的人路过,"嘀嘀"两声,示意你让开或者向你打招呼。菜市场的地上摆着一筐一筐贝类动物的壳,一个六七岁的小妹妹看着家里的水果店,叫卖声、问价声不绝于耳,都展现着小村悠闲的美。

　　疫情逐渐变得严重,小区里的人也都戴起口罩,小区里原本开放的乒乓球室也关闭了。姑姑去村里买菜时用普通话问价格时,附近的商贩都警惕起来,马上切换成闽南语,旁边的人仿佛才松了一口气。确诊人数一天天地上升,重庆变得愈发危险,能否平安回到重庆也成了一个问题。前几天收到航班被取消的信息。虽说形势不太好，但在老家这几周与世隔绝的生活还是过得挺舒服和有收获的——阅读、写作、学习，还收到远方朋友的信件与祝福。网络的方便快捷，使我在这个偏僻的地方仍可以得到最新的消息，并持续与同学老师们保持联系，同时也让我读了很多悲伤的故事和极端的言论。

疫情初期，我就想到几年前玩过的游戏"瘟疫公司"，疫情期间这个游戏应该会大火。果然，这个游戏爬上苹果公司 IOS 系统的下载榜榜首，于是我也重温了一下这款据说很有教育意义的游戏，有了一些新的想法。

游戏的玩法是，释放一株病原体，再通过病原体不停地突变与传播感染，消灭地球上所有的人类。玩家通过对初始国家环境、经济状况进行分析，再结合游戏捏造的实时新闻，决定病原体进化的方向，显然这在现实世界中不可能发生。游戏在病原体选择上大体上有七种（细菌、病毒、真菌、寄生虫、朊病毒、纳米病毒、生化武器），释放之后就可以选择七大传播途径（空气传播、水源传播、血液传播、牲畜传播、昆虫传播、啮齿类动物传播和鸟类传播）。

同时也需要你注意各种发病症状。大部分症状都增加疾病的严重程度，有些症状会加强疾病的传染性，如打喷嚏或脓肿，还有一些症状增加疾病的致命性。如何权衡严重程度、传染性、致命性之间的关系，是这个游戏的一大玩点。我第一次接触这个游戏的时候觉得很新奇，甚至感觉这游戏有些变态，但是玩了几局之后，才发现这个游戏在尝试让我们从瘟疫的角度，了解瘟疫这件事，同时也让我们作为个体更好地保护自己。

游戏中，政府阻止病毒传播的方法主要有三种：关闭交通系统来降低流动性；分发口罩、瓶装水等来减少病毒的传播；殄灭鸽子、老鼠等，切断传染媒介来减少传染。

虽然这都是很有用的措施，但在游戏中，后两种往往无济于事，一个国家关闭国门之后，瘟疫才是真正地难以传播。降低流动性，航班停飞、封锁城市，都是有用的方法。当疾病严重到一定程度后，游戏会播放一段小女孩唱的骇人儿歌，唱道："Ring-a-round the roses, Pocket full of posies，Ashes，Ashes, We all fall down."翻译成中文就是"圆环形状的玫瑰，装满口袋的花束，灰烬，灰烬，你们全都要死去"。这首儿歌是 17 世纪伦敦黑死病爆发时的童谣，歌词暗示着病人的惨状。圆环形状的玫瑰是指病人皮肤呈烂红色，用花束装满口袋据说是为了掩盖尸体的臭味。

之后各国开始研发解药，如果研发成功，则会被迅速分发到各国，但那时人类已经死亡过半数。游戏官方还给出一个"Fake News"模式，最终目标是用一个虚假信息欺骗全世界。虚假信息能和疾病传播放到同一个模型底下，人们身边的虚假信息也像瘟疫一般传播着。病原体的目的是繁殖，但把宿主杀死之后自己也活不下去，便同归于尽了。虚假信息可能指向经济、政治，造谣者将一个人搞得身败名裂之后又会转向另一个新受害者，从这个角度来讲，虚假信息比瘟疫还要可怕。有时候瘟疫和虚假信息会同时上演。

希望这次疫情能尽快结束，使人们受到的伤害降到最低。

（2020 年 2 月 4 日）

穿着拖鞋走世界

因疫情被困在家，只好拖着两只棉拖鞋在客厅和书房间走来走去。一台电脑、一部手机、几本书，构成这奇特的生活——空间不大，但可以通过网络和全球各地的人取得联系，看到不同地方的风景，这也算是以独特的方式走世界吧。几天下来，过得看似轻松悠闲，我却感到一丝淡淡的迷茫。因为时间分配不充分，加上网课低效，好好的一天常常是什么也没做。我需要一个方向来指引自己前进，我究竟要干什么？漫无目的地学习使效率变低，头脑呆滞，常常是在电脑前坐一天，没有学到实质性的知识，人却是一天比一天更呆。于是这两天便在网上寻找一个答案。有不少前辈可以供我学习，但生搬硬套他人的方法是不可行的。这让我想到家里一个竹制笔筒上刻的两行字："追慕古人得真趣，别出新意成一家。"可能讲的也是这个道理吧。

无意间看到了埃隆·马斯克事业发展的"三个方向"，那就是互联网、清洁能源与外太空。他预见未来，并以全新的思路和认识掀起一场科技的革新。前几天美国著名风险投资家纳瓦尔（Naval）说的话:"既懂得制造,又懂得销售,你就是无敌的。"制造指的是生产出优秀和有创新性的产品,销售指的是对自己产品的推销,两者兼备则会使你无敌。如果把人生看成一个项目,一个人要本身优秀,又能把自己向他人推销,才能取得成功。当然肯定有人会说,人又不是商品,为什么一定要自我推销?但一个人如果自己学富五车,又不展示运用自己的才华,对社会那不就是一种浪费吗?

床头有一本王小波的《我的精神家园》,偶尔拿起来翻一翻,看看里面各种有趣的故事和想法。前几天刚好翻到一则故事,讲一个苏联的大作曲家,活着的时候没有什么人际交往,倒是快要死的时候找人口述了一本自传,然后在每一页上签上自己的名字。这能说明两个问题:一是他认为自己的人生是有价值的,以文字形式留下来对社会是有好处的;二是像他这种大半辈子独善其身的人还是会发声,说明他有表达自己的需求和行动。回到讨论一个人成功的两个因素——人本身的素养技能和自我营销、自我表达,怎样做呢?我认为,在学校层面,学校知识的这一方面带来素养和技能的提升,但学校同时又是一个人与人交往的场所,同学之间的交流、与老师间的交流,培养了表达能力。然后离开学校之后就是社会。在社会的层面,这两点就是,在给定社会环境下,这个人能力所能带来的价值和这个人对社会游戏规则的熟悉程度,这两个方面交叉重叠。

在网上看到一条不相干的信息,新西兰牧羊人录制狗叫声,在无人机上播放,狗叫声驱赶羊群,后在无人机飞行路线下摆放零食,慢慢地羊群发现跟着无人机走就可以吃到零食,于是一个无人机可以管理300只羊。我突然有一股哀伤感,好像自己是一只受无人机牵制的羊。就好像,一个无人机在后面赶,播放着使我害怕的狗叫声，不跑快一点就会有危险。偶尔可以得到一点小表扬，就好像是那堆小零食。当无人机不飞了，我就不知道往哪个方向走才会有食物。想到自己，我从小到大所做的事情列表中，基本上是一些强制的任务，其他空余时间我在做着一些没有太大意义、不需要动脑的事。因此我所要做的事，应该是列表以外的自己的事，做一只有独立思考能力的羊，发现鲜美的嫩草，但又不离羊群太远。假期初便有这种想法，最近这想法越来越强，我一定要做点什么，但是做点什么呢？这股劲头像一支即将离弦但又没有瞄准目标的箭，我需要一个方向。

在网上找到一些可以自己做的事情。有人推荐"可汗学院"，一个非营利性质的教育机构，便去听了几节课。这一套课程涵盖很多领域：数学、物理、化学、生物、经济、天文等。一开始听感觉不错，一些复杂的科学原理经过讲述，变得十分容易理解。听了几个不同的科目之后，我感到有些疑惑，为什么这些不同科目中讲者的声音这么像啊？我一查，才发现这些课程全都是由同一个人讲述的。这个人太厉害了，那是我瞬间的想法。

萨尔曼·可汗，一个孟加拉裔美国人，拿下麻省理工学院数学学士学位和电子工程与计算机科学学士学位，以及电子工程与计算机科学硕士学位，随后他又去哈佛商学院拿了工商管理学硕士学位。工作几年后因给他的表妹进行线上指导，发现自己的擅长之处后，他便开始全职做教育，很快受到广泛欢迎。

可见网上的资源越来越多，提升个人知识层面，除了在学校获取资源，还可以从社会获取资源。过去的课堂，大都是老师授课的形式，这可能和学生取得学习资源困难有关。我爸妈经常回忆，他们年轻时资源稀缺，不易得到，"想要听一点英文，就要拿磁带去学校里拷贝，麻烦极了"。

有了很多好资源，我要干什么呢？我再次问自己。知识固然重要，但是要拿这些知识干什么呢？不能死读完高中却没有一个方向，只是有了一堆人人皆可获得的知识。我的独特之处又在哪里呢？我又问自己。某次去德国玩时，一位住在波茨坦的中国摄影师阿姨问过我："你的方向是什么？"但是这个问题实在是太难回答。人生路上可能往前走，可能往后看，可能站着不动。往前走就像马斯克、扎克伯格、乔布斯、比尔·盖茨这种科技巨头，他们的眼光和行动改变这个世界的样貌，推动经济的发展。往前走还可以是牛顿、爱因斯坦、伽利略这种科学家，他们的科学理论和所创造的语言，给发明创造提供理论依据。

往后看就是具体地解决前进路上的问题和冲突，换句话讲就是优化现状。比如政治家和经济学家就在尝试解决国内各种不平衡导致的冲突，同时与国外建立友好关系。历史学家则是从人类过去的历史中学习总结经验，找到现在能提升的地方。

站着不动也是重要的一件事。因为站着不动的人，有时间观察自己的生活，记录生活，欣赏生活，并一小点一小点地改变生活，促进社会的发展。他们就是生活在一个大系统里的小个体，时时刻刻被往前走和往后走那些人的举动影响着。

那么，我到底要往前走，还是往后走，或站着不动呢？这可能要从兴趣和使命两个角度来讲。从兴趣上来说，如果我努力的路上能收获一定的快乐，那固然是件好事，而使命能强调一个人所做事情的价值，也同时给这个人动力。

但在跟随兴趣的同时保持警惕，观察着各路动向来找到一个心中的问题，并由这个问题得到使命感。因疫情被困在家里，也只好穿着拖鞋，端坐在电脑前做一点小小的探索。时间是如此宝贵！我的迷茫仍在，使命感并不强，那就暂且跟从兴趣吧。跟随兴趣，探索使命感，但也不能盲从，自己的舵最好还是自己来掌，然后"追慕古人得真趣，别出新意成一家"。

（2020 年 2 月 25 日）

得与失

　　明天就要开学,高一这一年迷迷糊糊地就过去,虽说过得不清楚,和去年这时相比,我可以说是变了一个人。个子长高,人却变轻。戴上了眼镜,运动时却找不到往日的感觉了。当然,外表的变化仅仅是很小的一部分,内心的成长使我变得与之前更不一样。爸爸偶然间翻到我小学时的照片,说道:"哎……你这一年改变太大了,爸爸很多时候都想不起你小时候的样子。"照片记录着我小时候的样貌,但要想知道我当时的内心,还得读当年自己写的文字。我翻出五年前(11岁)在佛罗伦萨写的游记,找了一段读起来:

　　这是在佛罗伦萨的最后一天,我和爸爸妈妈"享受"一下这个城市。在太阳落山的时候,在天空被染成火红的时候,在微风吹过这个城市的时候,我和爸爸妈妈坐在这个房子的屋顶上,看着这座我们即将离开的城市。坐在屋顶上,看见的是一片低矮的房子,远处的山上映着一片红。山就是锅,太阳像被磕破的鸡蛋,蛋黄慢慢地流了下来。最美的风景就是在这个时候了。远处模糊不清的房子,上面停着一些鸽子,其中一只抬起来一条腿,它们的身影因为太阳的光亮变成了黑色，透过窗户看见一点灿烂之光。诗里说"一行白鹭上青天"，只不过这里是"一行鸽子上红天"。

和以前相比，我的文字变得冗长了。我不再能够在屏幕前自然地表达出自己心中的话，句子和句子之间必须联系紧密，段和段间一定有逻辑关系。笔下的山不再是锅，太阳也变成一个不断发生核聚变的球体。高一所发生的改变，是偏向于进步和理性的，但这种改变也像人类历史中许多事件一样，有着它的反作用。16世纪马丁·路德进行宗教改革，但引起以"信仰自由"为名义的残酷战争。学业上的进步则导致我有时的麻木。不管怎么说，在变动的时代，记录变得尤其重要。下面是我对高一生活的一个简短的回顾和归纳，把校园生活和课程学习的一些想法记录下来。

南开的校园是美丽的，能在其中读书学习实在是一件幸事。校园内的道路全部被茂密油绿的大树遮盖，几栋大楼像躺在草坪上的石块一样，被成片的绿色环抱。从靠近津南村边的一条羊肠小道，可以绕过齐肩的绿色灌木，来到平静的桃李湖。有时大雨过后，明媚的太阳光就透过湖边一圈树木枝叶的空隙，洒到湿润的杂草坡上，杂草坡上的三叶草变得格外可爱。

下午最后一节课结束后，同学们纷纷涌出教学楼，几个朋友闲聊着慢慢走向食堂。当然，也有一些想提早回到教室学习的同学，在人流中形单影只地快步向前走去。下午放学后，南开的运动场是少不了人的，六个篮球场一般会全满，足球场常年有田径队的同学在训练。像乒乓球和羽毛球这类的小球平时会有超过一半的场地有人。打羽毛球是我和几个好朋友高一上学期的主要运动，我们总是在下午最后一节课后小跑到球场，因为担心场子满了。有时候，学校的三处羽毛球场都有人，我们又不喜"加一个"，只好失望地前往食堂。临近考试时，运动场上往往只剩下零零星星的两三个人，这个时候我们想打球也不用着急跑向球场了。疫情后，运动的人变少，想打羽毛球却凑不够人，我便和另一个同学去丢飞盘。总之运动是很充足的，我只是常常会在晚自习时心生内疚，对不起坐在边上的同学（因为一身的臭汗味）。打完球前往两个食堂中的北苑，这时食堂就不拥挤了。

说到食堂，南北两个食堂的食物实在都不怎么美味。有时候鸡排上会有一层滑溜溜的皮，用筷子一戳，就会卷成一坨杂乱被子般的、发着红色油光的鸡皮。尽管饭不是很好吃，北苑的小卖部是很有趣的。一个小台子上摆着七八种不同的饮料和价格单，需要的同学就自己根据价格单上的标注刷卡购买。可能是信任自己学校的学生，这个小卖部无人看管，买卖全凭自觉。

作为国际部的学生，高一时除学习高中的会考内容，还需要准备托福考试和 AP（Advanced Placement，为大学先修课程，AP 考试的成绩为 1—5 分，其中 5 分为最优，1 分为最劣）。高一上学期的英语课主要是讲课本，这给我带来很大提升，让我真正地学习了这门语言，而不像备考雅思或托福这样专门的语言考试，天天在刷题。英文课本里介绍了世界各地的文化和科技，因此在学英语的过程中，我的视野也开拓了。可惜高一下学期的英语课变成针对托福考试的备考课程，我认为这样大大降低了效率和课程内容的饱满度。感觉自己是在多少有点呆滞的状态下，度过这半年的英语课，好在之后取得一个还算可以的托福成绩。高中会考的内容和高二的 SAT2 有一定关系，课程内容和进度也因此做出相应的调整。可能因为学习方法不优，我总是花掉大把时间却学得不好。有时候听完一节物理或数学的新课，只记住一个新公式，作业做起来很有难度。因为以上描述的种种情况，以及疫情时期被封闭在家里而心里比较压抑，我在下半学期变得焦虑和沮丧，这种感觉有时很强烈，直到期末考试后才渐渐退去，我还有些担心自己下学期会陷入这个泥潭。

高一最有趣的学习经历还得数三门 AP。微积分 BC 是学校的必修课，微观经济学是 Duolingo 语言考试 100 分之上的同学可以选修的，而宏观经济学我是想着反正报了一门经济学不如两门都一起报了。这三门课程中，我学得最从容的是微积分。虽然刚进校时我的数学基础不是很好，但幸运的是，遇到一位讲课有激情、很会指导及鼓励同学的数学老师。加上我的努力和对这门新颖学科的好奇心，微积分课程考试，我成功地拿下了 5 分。微观经济学是跟着学校上的，前半学期没太听懂，到学期末还对不少基本概念懵懵懂懂。值得高兴的是，一学期的英文学习使我能够听懂很多的英文讲座，于是在疫情期间我宅在家里看完麻省理工学院 20 多个小时的微观经济原理课程。有趣的是，在学习大学经济学课程的时候，我顺便运用一下学校里教的微积分知识；反过来，一些微积分没搞懂的概念，也在经济学的学习应用中弄懂了。学完大学经济学课程之后，再上学校的经济学课程，就感觉是在复习被简化后的内容，因此微观经济学课程考试我也比较轻松地拿下 5 分。宏观经济学课程，报名之后就一直没怎么管过，直到考试前的一个多月才想到有这一门科目要学。虽说时间不多，但微积分和微观经济学的学习使我积累了一些学习经验，我在网上找到密苏里州立大学的一个宏观经济学入门课程，对着 AP 的官方教材学了一遍，最后宏观经济学课程考试我也拿到 5 分。

  参与活动也是高一这一年中比较重要的事。我参加了四个活动，其中三个与社会调查相关，一个与设计相关。可惜大部分活动开展的情况都没有令我满意，追根溯源，还是因为团队协作不好。我们的小队经常因为没有一个强有力的组织者及一些对选题感兴趣的队员而迟迟不能推进。作为后面那两个没有结束的活动的组长，我所做的也只是经常催一催组员，偶尔开一个讨论会。感觉自己在激发组员积极性和分配任务方面都做得不好，希望在高二能够做出更好的活动。

  这一年，我得到什么，又失去了什么？成绩的进步是有的，可是我对新知识的渴望与热情却降低了。不仅如此，我也没了作为高一新生刚进校时的那种凌云壮志，没了想去干一番大事的激情，这对于一个处于黄金学习时期的高二学生来讲是奇怪的。在即将来到的高二，我想在学好 SAT 和 AP 的基础上，多做一些自己喜欢的事情，找回对事物的好奇心和积极的生活态度。

（2020 年 8 月 30 日）

犹豫的根源

从暴晒的八月步入阴雨连绵的九月,又是一个新学期的开始。走廊边的公告栏上,密密麻麻地张贴着各种竞赛的信息,各种奖项的名字也时不时从某个同学的口中传出。在这个匆忙的季节,我已经被问了不下五次,我的理想专业和梦想大学是什么,我都是一句简单的回答"我不知道"。不想当一个优柔寡断的人,但不断的追问像钳子一样将我牢牢夹住,使我寸步难行。现在的每一个选择都将决定未来。因畏惧未知而原地踏步,即不做任何决定,这样人就停止了进步和体验。我为何会犹豫不决?如何才能做出正确的决定?我在畏惧着什么?这些问题一直困扰着我。

大部分人在大部分的时间里是不愿意冒险的,这在经济学和心理学中被称为风险规避。在一节经济学原理的课堂上,教授拿出一枚硬币和学生们玩起一个小游戏。一开始每个人手中有五美元,如果正面朝上学生输给教授一美元,反面朝上教授给学生一美元。尽管这是一个相当公平的赌注,但当教授问哪些同学愿意投下这个赌注时,举手的学生寥寥无几。教授开始增加他赌输时交给学生的钱,直到教授把金额加到两美元时（也就是说正面朝上学生给教授一美元，反面朝上教授给学生两美元），大部分的学生才举起手。丹尼尔·卡尼曼——2002年的诺贝尔经济学奖得主认为，我们在失去时体验到的痛苦大概比得到时体验到的快乐感觉强烈两倍。生活中这样的例子很多，比如你刚刚建完一个很漂亮的模型，内心满是欢喜，但在没有保存的情况下退出程序，这时你体验到的真是揪心的痛苦。

风险规避，在我们做选择的过程中，扮演一个很重要的角色。很多时候我们认为对选择的畏惧来源于不确定性，但更根本的原因其实是不确定性所带来的双倍痛苦。在现实生活中我们做出的很多选择，并不像抛硬币那么简单，现实中选择的结果往往是双重的，既让我们获得，也让我们失去。在做选择的过程中失去的往往是可预见的，获得的却常常不那么明确。比如，选择参加A活动意味着这段时间没办法做很多其他有意思的事情，而A活动是否能给你带来收获还是一个未知数。既然失去如此痛苦和清晰，获得微弱且模糊，选择自然而然地就变得艰难起来。

如果能预见一个选择带来的"好处"要比"差处"多一些，我们就应该理性地做出决定。如果"差处"被事先主观地夸大，那在权衡利弊时就太困难了。应理性做出决定，避免成为一个享受现状的懦弱之者。

早餐吃什么是一种选择，前往哪个大学念书是另一种选择，而两者的性质却颇为不同。前者不管选什么，都不会产生多大的影响；而后者的选择却影响以后的人生方向，没有一个最优解。在没有最优解的时候如何做出好的选择呢？我认为是需要将主观与客观相结合。选择营养和健康（客观）作为衡量的标尺，再考虑自己的喜好

（主观），可以得出早餐的最优搭配。在选择大学或者选择工作时，除了教育质量和工资（客观）以外，个人成就和幸福程度（主观）等因素都应考虑。选择往往与一个人客观的生长环境和主客观所接受的教育与理念相关。这个兼具主观和客观色彩的决定，是你的逻辑体系与身份的体现。

既然每个人的选择是他（她）主观与客观条件互相作用的结果，那过度地犹豫不决就必然存在问题。绝大部分人从小到大都被教导要遵守社会规则，听从父母和老师的话。然而长期一味地"听从"和"遵守"，很容易使人陷入"没主见"的怪圈。在选择专业或者工作时，因为"没主见"，选择变成完全听从他人意见，采取社会范式型价值观的客观行为。因为这种行为是非主观的，选择者内部并没有一个逻辑体系，那么选择者就无法独立做出判断。这个时候选择者又需要依赖他人和社会范式来助其完成决定，而选择者自身隐藏的主观逻辑与外部他人和社会范式的逻辑体系发生强烈的冲撞，犹豫和苦恼便随即产生了。

如何在这种怪圈中做出改变，变得果断并做出合适的选择呢？这是一个很困难的问题。这个问题直接涉及"人如何变好"。我认为有两个解决方法。第一种解决方法是主观的、片面的，直接抛弃自己所不理解的价值观，抛弃父母与老师的指导，纯粹以自己当前的理解力和判断来做出决定。这样你的生活会变得比以前充实。但是从一个社会范式的角度来说，这种从不采纳他人意见的行为，往往使选择者失去接受优秀见解的机会。第二种解决方法是客观的、全面的，它要求选择者不断学习以理解他人的建议和选择，并在阅读与内化他人价值观的过程中，慢慢建立自己的身份和行为准则。

宽看世界：在读写思行的空间中

最后和大家分享一首和做选择相关的诗。

未选择的路

（美）罗伯特·弗罗斯特

黄色的树林里分出两条路，
可惜我不能同时去涉足，
我在那路口久久伫立，
我向着一条路极目望去，
直到它消失在丛林的深处。
但我却选了另外一条路，
它荒草萋萋，十分幽寂，
显得更诱人、更美丽，
虽然在这两条小路上，
都很少留下旅人的足迹，
虽然那天清晨落叶满地，
两条路都未经脚印污染。
啊，留下一条路等改日再见！
但我知道路径延绵无尽头，
恐怕我难以再回返。
也许多少年后在某个地方，
我将轻声叹息把往事回顾，
一片树林里分出两条路，
而我选了人迹更少的一条，
因此走出了这迥异的旅途。

（2020年9月20日）

我的电子游戏史观

进入高中后,玩游戏的次数也越来越少,只是觉得花了这么多的时间在上面,也应该有所反思,所以才写这篇文字谈一谈我对什么是好游戏的看法。

世界上第一款电子游戏 Noughts & Crosses(大家熟知的 OX 棋的数字版)出现于 1952 年,是剑桥大学的 A.S.Douglas 展示人机互动的论文的衍生物。在制造商们察觉到市场对电子游戏的需求之后,各种新游戏遍地开花。从《吃豆人》《俄罗斯方块》开始,几十年间先后出现《模拟城市》《红色警戒系列》《光环》《我的世界》《GTA 系列》《魔兽世界》《英雄联盟》《使命召唤系列》《文明系列》和前两年大火的《绝地求生》《堡垒之夜》等。硬件的种类和性能也在不断地提升。以红白机作为起点,往后的任天堂游戏机、我小时候流行的 PSP(日本索尼公司开发的多功能掌机),后来的 PS(Play Station,日本索尼互动娱乐开发的家用游戏机)、Xbox(美国微软家用游戏机)系列和个人计算机的运算能力、分辨率更是一个比一个强出几百倍。

游戏种类的多样化、玩家的多元、各种硬件的竞争和人们对电子游戏的需求，使一个行业在短时间内实现了质的飞跃。然而随着硬件日益发达，特别是最近几年的VR（Virtual Reality，虚拟现实）科技很火，各种游戏越来越趋近现实，手机的普及也使电子游戏触手可及，玩家们关注的重心，渐渐地开始向游戏本身靠拢，而不是外在的硬件因素。那么问题就来了，怎么定义一个好游戏？

这个问题我想了很久，在有了一些自己的想法，还是先回归到游戏的定义。"游戏"这个词很早就出现了，不仅人会游戏，动物也会游戏，很多哲学和文学领域的人都对这个词做出过解释。柏拉图说："游戏是一切幼子（包括动物的和人类的）生活和能力跳跃需要而产生的有意识的模拟活动。"这个说法放到现在就是指，通过一种模拟活动来预先熟悉生活中可能会遇到的事件。各种模拟类游戏就是这个说法的杰出代表。类似的，拉夫·科斯特说："游戏就是在快乐中学会某种本领的活动。"说得这么好听，肯定跟他的工作有关。这两种说法大概都指一种有教育意义的娱乐活动，这是游戏的第一种定义。亚里士多德说："游戏是劳作后的休息和消遣，本身不带有任何目的性的一种行为活动。"弗洛伊德认为游戏是被压抑欲望的一种替代行为。这两种说法合起来的意思就是，游戏是一种用来休息，或寻求刺激、成就感的活动，这是游戏的第二种定义。

小时候我爸经常问我："玩这个游戏到底对你有什么好处？"上面两种游戏定义，用第二种来解释，我玩游戏可能纯粹是为了获得快感。获得快感确实是玩游戏的一大意义，不能给玩家带来愉快的活动不能被称为游戏。反过来看，人又具有主体性，拥有思维能力，无脑地为满足、刺激自己的感官而进行活动，也就和其他动物没什么区别。可惜的是，现在很多的游戏都以提供刺激和成就感为导向，设置很多的陷阱，让人砸入大量的时间、金钱，却没有什么收获。多人游戏，每局的时间越来越短，类似《绝地求生》和《堡垒之夜》的游戏能在极短的时间里给你带来极大的快感和刺激感，在几秒钟内斗出个你死我活，却不能给人带来什么实质性的好处。除了和好朋友一起玩而加深友谊外，这种游戏和看短视频没什么区别，玩一局和玩一百局的差异也不是很大，只是培养了一种条件反射的能力。

根据刚才提到的弗洛伊德对游戏的定义，人们在游戏中发泄欲望，于是就有了一些含暴力内容的枪战游戏，但这不是游戏的问题，而是人本身想借游戏发泄的心理，以及利用人这种心理制作游戏的人的问题，只是游戏需要有所限制和分级。作为一种放松、发泄和体验人类战争与狩猎的方式，这也是可以接受的。接着我来谈谈我认为的好游戏。

一个好游戏，形式并不是最重要的，它应该使玩家玩过后有所反思。一个很好的例子就是《勇敢的心：世界大战》。这是一个剧情解谜游戏，背景是第一次世界大战，主角们是来自不同国家的不同身份、性别、物种的一群"东西"。玩家的任务就是操控这一群"东西"和一只狗在第一次世界大战中奔赴前线，前往敌军总部，炸堡垒，拆除敌人的毒气，等等。主角之间有着千丝万缕的关系，而你像一个指挥官，命令他们完成一个个最细微的任务，也从一个微妙独特的角度观察错综复杂的第一次世界大战，在这个过程中玩家享受了游戏的乐趣。

一款好游戏，玩家从游戏中获得快感，同时了解了一个游戏背后的故事。这些背景不一定要基于现实，也不应该完全基于现实。

再怎么说游戏也是艺术作品，应该源于生活，高于生活，就像小说一样，为了反映某一方面的社会问题而构建一个新的世界。而有没有一个宏大的世界感也是衡量一个好游戏的重要因素。游戏《饥荒》《深海迷航》和《刺客信条》都有着宏大的世界感。不光是游戏，这个道理在电影中同样适用。《黑客帝国》《星球大战》和《爱，死亡和机器人》都有着富有吸引力的世界感，并有着深远的意义。刚才提到游戏是艺术作品，因此好的游戏也应当有一定的审美价值，像《雷曼》拥有绚丽的画风，《刺客信条》对于一个时期的建筑和人进行了细致的建模。

好游戏应该能激发玩家探索的热情。《围攻》（Besiege）是一款基于中世纪达·芬奇的机械理论的建造类游戏。但是既然游戏是现代人开发的，里面就包含很多现代物理的规律。有趣的是，《围攻》的玩家就用这些中世纪的零件造出各种现代的飞机、坦克，还有很多酷炫的机器人。令我印象很深的是，当我在学习造直升机的时候，我要学习怎么不使用无动力轮解决直升机扭力问题，以及用倾斜盘而不是直接调整每个螺旋桨角度来使直升机前后左右倾斜移动。有一位游戏主播使用很多力的合成、分解和空气动力学的知识来解释我所学的两个方面的内容。那个时候我还没有学力的分解和合成，但在玩过这个游戏后，对这些知识有了一些很基础的理解。

总的来说，好游戏应该给玩游戏的人带来好处，而不仅仅是商家赚钱的工具。有需求就会有供应。这个时候商家是利用需求谋取利益还是将需求作为考虑因素，在符合社会主流"好"的情况下做出更有意义的产品，这是有很大不同的。再者，好和坏的界定还是十分地模糊。不能直接评判一个人是好人还是坏人，同时也不能片面地判断一个游戏究竟是好是坏。提供刺激和成就感固然十分重要，怎么将这一点和教育意义连接在一起是一个长久的问题。这个问题没有直接的答案，但如果你在玩游戏的时候想一想，可能你对玩过的游戏也会多一层感悟。当然，以上提到的都只代表我个人的观点，每个人都对游戏有着不同的值得尊重的体会，我也只是把写一写游戏当做一件趣事罢了。

（2019年12月13日和12月22日）

从游戏中来：关于第一次世界大战

1918 年 11 月 11 日是德军投降、签署停战协议日，第一次世界大战结束。

11 月 11 日应该是人类残酷战争的结束纪念日，也应该是一个反思日。

我喜欢玩游戏，并且最近玩到一款好游戏，名叫《勇敢的心：世界大战》。游戏中有四个主人公。第一个出现的叫卡尔，他是一个德国人，但他的家庭在法国。世界大战开始之后，卡尔就被征回德国当兵。卡尔在法国有一个朋友，叫埃米尔，也被法军征兵了，在前往战场的路上遇见一个名叫弗雷迪的美国人。埃米尔参加第一场战争就输了，被卡尔所在的部队俘虏。卡尔的军营被法军轰炸，于是埃米尔逃了出去，在快没有生存希望的时候，被同时参战的弗雷迪救了，在他们两个快没有希望的时候，又被一个寻找父亲的开着车的护士救了。护士的名字叫安娜。卡尔也被法军俘虏，有一个人和他一起逃出去，但是那个人半途心脏病发作，卡尔和他换了名牌，看到名牌的埃米尔误以为卡尔生了病，死了……这个故事的结局是埃米尔因为杀死无情的上司而被处以死刑，卡尔回到幸福的生活中。

游戏让我感觉到战争的残酷。原本是朋友，只因国籍不同而要变成敌人。第一次世界大战主要交战国死亡人数约1000万。这个数字让人难以想象，1000万人哪！让我最震惊的是游戏中的一个场景。玩这个游戏，需要躲避空中落下来的炮弹和敌人机枪的扫射，但是有一个军官竟然让他的士兵在枪林弹雨中往前冲！我试了一下，如果你不向前冲而后退，他会直接枪毙你。这完全就是一种屠杀！游戏的最终设定是，这个军官被埃米尔一铲子敲死了。

第一次世界大战使各国遭受很大的经济损失，但是我觉得更重要的还是人们失去亲人朋友。这个游戏中，主角中有的丈夫死去，有的父亲死去，有的朋友死去，这些人感到巨大的悲痛。然而四五个人的遭遇只是很小的一部分，在战争中有成千上万个这样的小群体，每个人都是悲伤的。士兵也要忍受失去战友的悲痛。第一次世界大战导火线是国家之间在争夺巴尔干半岛的土地时造成冲突，各个国家都希望得到更多土地和资源。

一开始土地的瓜分带来仇恨，让人们不知道为何互相残杀而杀红眼。游戏里玩家需要不停地挖地道，炸来炸去，想方设法地弄伤别人。那些被主角弄伤的人，玩家也会给予怜悯之心。其实每个人都是有故事的，但是战争让这些人的故事变得毫无价值，好像他们生来就是为打仗而献身的一样。战争只会带来痛苦，并没有什么好处。

尼赫鲁在他写的世界史中说："毫不意外，之前的参战国，无论是胜利者还是失败者，都绝望地陷入财政带来的灾难性的后果之中。"游戏里没有说这些事情，但是我知道第二次世界大战的爆发与第一次世界大战有着紧密的关联。

（2019年11月11日）

再见漳州

"他们是从隔壁村请来的,要演好几天呢。"大伯憨笑着说。

那武将黑色盔甲上的雕花,在聚光灯下闪闪发光,黑底的花面具无时无刻不散发着一股带有恨意的杀气。他手握一把大砍刀,凶神恶煞般地盯着站在对面的"文武双状元"。状元手握白刃,身披白袍,丝毫不乱的眼色中露出一股傲人的英气。细碎的锣鼓声慢慢变大,二人绕着对方相互试探,迟迟不敢动手。突然,细碎的锣鼓声变得紧凑且有节奏感,黑白两方如离弦之箭般,冲向对方杀了起来。"镲!"两人杀到了舞台下方;"镲!"黑武将突然闪到状元背后⋯⋯

"以前每次过年啊,这里都挤满了人,现在大家都有手机,在家里就可以看了,就没人来喽。"大伯补充道。

作为一个生活在城市里的孩子,我很少能体验到乡间的民俗文化。这次偶然观看附近村中的庆典也是多亏老爸提醒。正月初五的早上,我坐在小书房中写东西,隐隐约约听到外面的锣鼓声和鞭炮声。到11点左右,老爸敲开我的门,说道:"外面的卓歧村在迎财神，一起去看看吧。"对我来说，传统习俗是一门玄学，我不太感兴趣，但在爸爸劝说几句后，我还是有点不太情愿地一起走下楼，慢慢往村子走去。为什么我对传统习俗不怎么感兴趣呢？那家长们又为什么对现在的网络梗文化不感兴趣呢？我都想不明白。"既然都来了，还是要拓宽一下自己的眼界，了解地方的传统文化。"我这么想着，安慰自己。

手偶戏表演

一起去看迎财神习俗的有爷爷和老爸老妈，我们沿着新区寂静的马路一路聊天漫步到村口。村口靠内有几个蓝色的塑料棚，里面散发出海鲜浓浓的腥味。走近塑料棚，可以看到成堆的壳，棚下有几张表面潮湿的桌子，应该是村里人给捕到的海蛎去壳的地方。海蛎的肉可以做成很好吃的海蛎煎，姑姑和爷爷经常做这道菜。疫情初期被困在这儿，我好好享受了一下以前尝不到的美味。在疫情还没那么严峻时，我们也来过村里，那时还可以看到几个穿着蓝色衣服的阿姨在这里剥海蛎，今天她们应该都去迎财神了吧。

离村中心越走越近，喧嚣闹腾的声音却渐渐变得小了起来。绕过建筑间狭窄的缝隙，我们终于来到放烟花的空地，可看到现场的情况，我心里有点后悔："为什么不早点来呢？"由祠堂和两栋新建低矮平房围成的空地中央，有一摊红色的纸皮，纸皮间有着五颜六色的纸筒。烟花应该刚刚放完，白色的浓烟从燃烧着的纸皮与垃圾间缓缓向上飘着。"迎财神已经结束了吗？"我看向站在边上的一位大伯，问道。他正有些恍惚地望着一人往烟里洒水。"早上烟花已经放完了，晚上还有戏可以看，到时候记得来哦。"知道我们住在附近后，大伯说。

寂静的村庄

离开祠堂空地后，我们打算在村里随便转两圈再回去。爬上几级熟悉的石台阶，我们来到一个去年也到访过的老屋门口。老屋里有一位 50 岁左右的女主人，闲聊几句之后，得知她公公去年年末去世了，现在就只有她一个人管着这间房子。附近有许多老建筑，我站在一个飞檐旁望向远方的厦门,望向对岸的高楼大厦。"去年我在这儿拍了张照。"我拿起手机,尝试用上次拍照时一样的角度,把飞檐与高楼大厦框到一起。"走吗?"妈妈问道。我直起身,突然感觉周围空气无比寂静。

天色渐渐变暗,我们一家人围坐在姑姑屋里熟悉的餐桌前吃晚餐。早些吃完就可以早点去村里看戏。疫情时期我们每天都在这张桌子边吃饭,大部分时候是姑姑下厨。很少能与姑姑和爷爷一起住那么久的时间,于是我在疫情平缓后准备离开的那天,偷偷地打开手机的录音功能,记录下那次"最后的午餐"的聊天。那次午餐有很多的干杯和祝福,大人们都祝我学习进步、生活健康愉快,我也祝姑姑工作顺利,祝爷爷身体健康、乒乓球技术再上一层楼。当时有许多的欢笑,现在想起,画面有些模糊了。"爷爷吃完饭再去看电视!"谁说了一句。"哎呀,我吃饱了,没事,你们继续吃。"爷爷还是端着他的碗坐到电视机前的沙发上。

饭后,大家慢慢地向卓歧村走去。风不像往常那么大,但还是可以听到落叶在地上滚动发出"沙沙"的声音。不像市中心晚上的天空被灯光照亮,湾区的天在晚上会变成一种很纯的黑,就像农村的夜晚一样。沿着村子里的路走到上午的空地,那摊鞭炮纸皮已经被清理走了,取而代之的是一个用红布围成的大棚子。走到棚子的前方,可以看到几个五六十岁的男人把弄着民乐乐器。他们坐在一个同样由红布加上几根钢管摆成的舞台边上。舞台挂着一块齐人高的幕布,背后有两个女艺人正在摆弄着各式各样的人偶。原来早上讲的戏是手偶戏呀。来看戏的人并不多,我们便找了几个前排视野最好的塑料板凳坐下来,等待表演开始。又看到早上的大伯,我走过去向他问了问这些艺人的情况。

"你知道为什么会出现手偶戏吗？"老爸看着我说道。

"因为……不知道，说说吧。"我说不出来。

"逢年过节总是需要有一些表演，但请真人又太贵了，所以民间才会出现手偶戏。"

这让我想起大伯说过的话："以前每次过年啊，这里都挤满了人，现在大家都有手机，在家里就可以看，就没人来喽。"或许大伯的意思是指手机就是新的人偶，但真的是这样的吗？以前，逢年过节看表演，就像过年杀年猪一样稀罕。可是今天大家天天都可以吃猪肉，杀年猪也不是过年必做的事了。因此正确的说法应该是"以前每次过年啊，这里都挤满了人，现在大家每天都可以在手机上看到各种好玩的东西，都不稀罕啦！"

晚上表演的剧目是《文武双状元》，可惜全部的对话和剧情都是用古闽南语唱讲的，我是一点也听不懂。比较吸引我的是边上那几个玩乐器的人：他们每个人都使用三种以上的乐器，最左边的一个更是在敲鼓、拉二胡、弹琵琶之余，还和着红幕布后的两个女艺人一起唱戏。换作今天的乐队，如果一个人一会儿打架子鼓，一会儿弄吉他和贝斯，一会儿又弹弹键盘，还和着主唱唱歌，那就太酷了。我很好奇琵琶的拨片长什么样，可惜我大晚上盯了半天，也没能看出个大概形状。

锣鼓的声音渐渐被海浪与风声取代。我和爸爸妈妈还有爷爷走在回家的路上，姑姑先骑着小电动车回去了。"不久后就要回去了。"我想着。回学校之后有各种各样的事情，之后的暑假也不太可能有时间回来。这是与漳州的告别，与老家的告别，也是与传统文化暂时的告别。要多少年之后我才可以和家人一起坐在小村子里再看一次手偶戏呢？在黑色的夜空下，我在稀疏的路灯微光中，慢慢向前走去。

坐着看手偶戏

（2021 年 3 月 25 日）

爵士乐发展小史

我听的歌种类不多，手机歌单中除了迈克尔·杰克逊的歌和零零星星几首华语歌外，剩下的大都是爵士乐和古典音乐。前几天偶然发现 John Coltrane 的 *My One and Only Love*，我被其歌词和对唱般的萨克斯深深打动，对爵士乐的喜爱又上了一个层次。

爵士乐是多股文化交汇的成果。它的母亲是非洲，但它却在美国的底层社会中生长，并逐渐发展壮大。从非洲的传统音乐开始，它吸收拉丁音乐中愉悦的成分，向吟唱团学习，又在各种各样其他的音乐形式中找到藏身之处。

1817 年，新奥尔良市议会把刚果广场指定为黑奴表演音乐和跳舞的场所。非洲手鼓即兴创作的演奏，对爵士乐的产生起了很大影响作用。同时非洲的手鼓代表着传统，代表着非洲文化。当这种传统的象征着民族身份的音乐文化与美国革命、革新的意念相撞时，爵士乐产生了。

19 世纪是工业革命蓬勃发展时期，也是资本主义化生产盛行的年代。"闲暇时间"被创造出来，各项娱乐活动的兴起和美国多元的社会组成，给爵士乐和与爵士乐相关的一些音乐形式提供发展的社会土壤。其中管乐队的发展，对爵士的影响尤其深远。奴隶制1865年在美国的第十三次修宪中被废除，自由了的黑人开始了他们的音乐生涯，爵士乐也正式开始发展。

爵士乐的第一个风靡全国的风格雷格泰姆（Ragtime），从1882年Tommy Turpin发表 *Harlem Rag* 之后开始逐渐获得影响力。之后雷格泰姆音乐最具影响力的钢琴家Scott Joplin在1899年发布 *Maple Leaf Rag*，并在当年获得超过十万的销量。电影《海上钢琴师》斗琴第二场中出现的 *The Crave* 也是这个时期的产物。*The Crave* 的作曲和演奏家Jelly Roll Morton对爵士乐做出很大贡献，但却因声称自己发明爵士乐被业界严厉批评。

1913年爵士这个词首次被印刷出来，爵士乐被正式"发现"。1917年Scott Joplin去世，爵士乐的第一个阶段结束。1922年雷格泰姆音乐发行人John Stark破产，象征着雷格泰姆时代的结束。1920年到1940年的流行音乐以蓝调为主，虽然蓝调在很多方面与爵士乐类似，但两者不论是在节奏还是歌曲组成上，都有着较大的不同。

1940年一群有能力的音乐家（比如Charlie Parker、Dizzy Gillespie）开创Bebop风格的爵士乐，其影响很大以至于很多人认为Bebop象征现代爵士乐的开端。爵士乐的复杂程度，在Bebop的影响下显著上升，也变得越来越像我们今天所认识的爵士乐。这种音乐的特殊之处在于歌曲的速度很快，歌词也大都是像"Bebop！"这样的象声词。

从1950年开始，爵士乐迎来它的黄金时代。自由爵士在John Coltrane等一行人的带领下发展起来，爵士乐开始变得无序、深沉而愉悦。我们所熟知的 Ella and Louis 的 *Under a Blanket of Blue* 和 *Can We Be Friends*，还有刚才提到的 *My One and Only Love* 也属于这个时期。2000 年之后，各种关于爵士乐的纪录片和研究问世，但这种音乐的黄金时代和第二次世界大战后的狂欢一起褪去。

为什么我喜欢爵士乐呢？单纯从音乐的角度上来讲，爵士乐展现出很大的随机性和多元性，而这样的随机性能够很好地帮助我释放自己，沉浸在无忧无虑的音乐世界中。在古典音乐与爵士乐方面一共获得九个格莱美奖的温顿·马沙利斯在谈到爵士乐的特点时说过："爵士音乐的特征在于它能够适应并成为音乐世界和当下事物的一部分。"这种很强的适应性，使爵士乐吸收各种流派的特点，比如南美音乐的欢快和布鲁斯的深沉。这种适应性也是我所钦佩的能力。

（2020 年 9 月 13 日）

音乐的逻辑

"啊,我的耳机不见了。生命的意义减少了一半。"我的一个朋友之前开过这么一个玩笑。听歌可能是现代人不可或缺的一个消遣方式。无论是什么时候,音乐总能起到安抚人的作用,让你狂躁或不安的内心冷静下来。但是为什么音乐会好听呢?怎样的音乐可以达到撼动人心的效果呢?那些最著名以及流行的音乐间,又有怎样的相关性呢?我在下面会尝试回答这些问题。其实那些脍炙人口的歌曲之间都有着千丝万缕的联系,只需用乐理稍作分析就可发现其中的联系之处。乐理指的是用抽象的语言符号对声音效果及构成规律的描述。诚然音乐中的各种现象也都可以用物理中的声学来解释。况且当中国古人发现宫商角徵羽的五调音阶时,并没有任何人知道频率、波长和振幅对一个音的影响。

一首歌是怎样形成的?通俗易懂地讲,只要有旋律和节奏就行了。节奏就是快慢,是固定的,但旋律的变化就多得多了。怎样形成一段比较悦耳的旋律呢?旋律的层次感和与低音部的对称是最重要的。弹过钢琴的读者可能有这样的体验,左手的低音一般是辅助右手高音的表达，没有左手的低音，右手这边的弹奏会变得单调且没有层次感。在一些音乐视频中，也经常可以看见某个音乐人抱着吉他唱歌，这个时候吉他的作用相当于钢琴弹奏中左手的作用，人声往往扮演着钢琴弹奏中右手的作用。这种"低音"，在吉他中被称为"和弦"。和弦托起整首歌，旋律音则在和弦允许的范围内进行发挥。这两者相辅相成才能产生一段悦耳的旋律。因此了解和弦，十分有助于我们理解一首歌的结构、层次和编曲难度。换句话说，了解和弦的形成与分类之后，我们就可以开始对各种音乐进行分析与评判了。

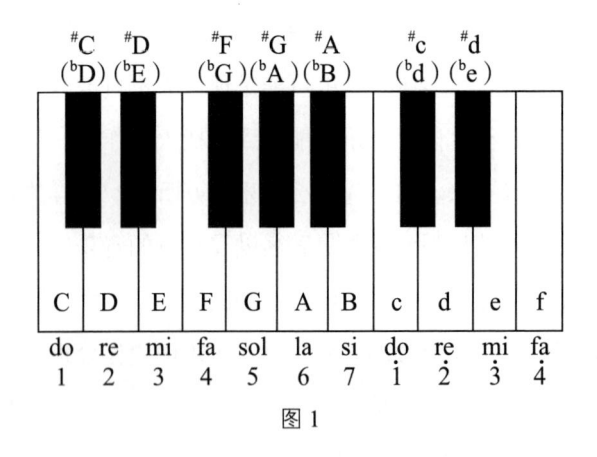

图1

上面是一个钢琴键盘的截面，键盘是帮助我们理解和弦的工具。C、D、E、F、G、A、B 分别对应 do、re、mi、fa、sol、la、si，并且在我们选择以 C 为基调（C=1）时他们分别对应 1、2、3、4、5、6、7，也就是简谱上对应的那些数字。这七个音的间距并不是均匀的，其中 E—F、B—C 之间的距离比其他的要小一倍，这也是为什么在键盘上它们间并没有黑键。钢琴黑键的作用只是帮助定位，如果演奏者不用黑键就知道每个键的音的话，钢琴的黑键完全可以被做成白键，然后与原本的白键并排安放，所以黑键和白键的地位是相等的。现在，规定 C—D 之间是一个全音，那么 C—C#（读作升 C，也就是升了一个半音的 C。C# 在键盘中位于 C 右边的第一个黑键）之间就是一个半音。同理，C#—D 之间也是一个半音，因此 C# 也可以被称为 Db（读作降 B，也就是降了一个半音的 B）。为方便理解，我把所有的黑键都变成白键，使他们并列摆放，下面是处理后的排序。

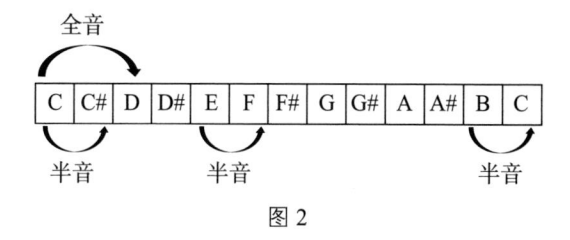

图 2

由此可见，在 C、D、E、F、G、A、B 中只有 E—F，B—C 之间是半音，其他中间都是全音。如果一首歌中 CDEFGAB 按刚刚所说的方式——全音 + 全音 + 半音 + 全音 + 全音 + 全音 + 半音——的方式排布，我们就将这首歌称为一首大调的歌。根据实验与总结，人们发现两个距离为 7 个半音（3.5 个全音）的音符可以形成一个很和谐的组合。在吉他中这个叫和弦，顾名思义就是很和谐的音。

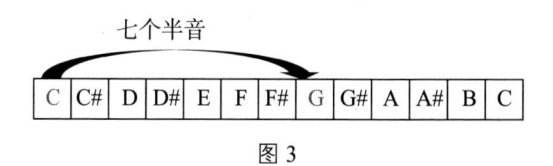

图 3

比方说，如果选择 C 大调中的 C 和 G，我们就获得一个和弦。由 C+G 组成的这个和弦目前只能被称为一个强力和弦，我们并不知道它究竟是一个大调和弦还是一个小调和弦。经过总结，如果第三个音与根音 C 的距离为 4 个半音（也就是 E），我们便得到一个大调和弦，如果这个音与根音 C 距离 3 个半音（也就是 D#，或者 Eb），那我们就得到一个小调和弦。

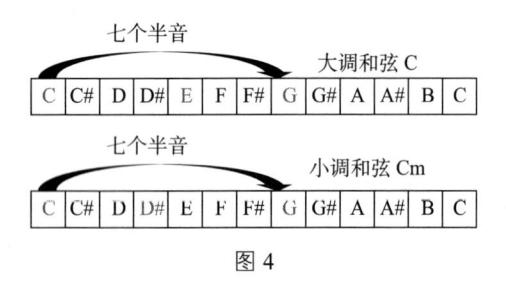

```
          七个半音
                        大调和弦 C
| C | C# | D | D# | E | F | F# | G | G# | A | A# | B | C |

          七个半音
                        小调和弦 Cm
| C | C# | D | D# | E | F | F# | G | G# | A | A# | B | C |
```

图 4

在和弦构成的语言中，4+3=7 或 3+4=7 有着不同的意思。由根音加 4 个半音再加 3 个半音组成的大调和弦往往更加欢快宏大，而由根音加 3 个半音再加 4 个半音组成的小调和弦，却常流露出一股忧郁伤感之情。有趣的是，这种 3+4 或 4+3 的模式可以运用在任何一个音上。只要音与音之间的比例正确，就可以创造出和谐的大调或小调和弦。

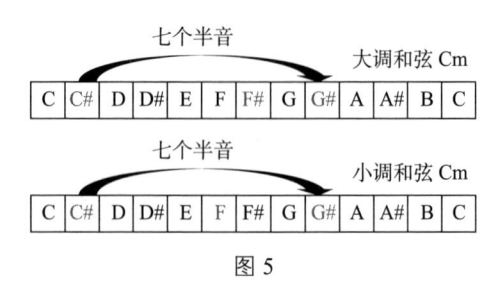

```
          七个半音
                        大调和弦 Cm
| C | C# | D | D# | E | F | F# | G | G# | A | A# | B | C |

          七个半音
                        小调和弦 Cm
| C | C# | D | D# | E | F | F# | G | G# | A | A# | B | C |
```

图 5

选择 C# 为根音，以 4+3 选择 F# 和 G# 后得到大调和弦 C#；选择 C 为根音，以 3+4 选择 F 和 G# 后得到小调和弦 C#m。

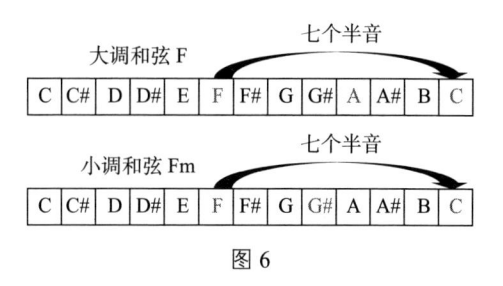

大调和弦 F　　　七个半音
| C | C# | D | D# | E | F | F# | G | G# | A | A# | B | C |

小调和弦 Fm　　七个半音
| C | C# | D | D# | E | F | F# | G | G# | A | A# | B |

图 6

选择 F# 为根音，以 4+3 选择 A 和 C 后得到大调和弦 F#；选择 F 为根音，以 3+4 选择 G# 和 C 后得到小调和弦 F#m。

用这种方法推演，我们可以得到 12 个强力和弦，分解之后成为 12 个大调和弦和 12 个小调和弦。除了摇滚乐中经常出现那 12 个强力和弦外，现在绝大部分的歌曲都由这 12 个大调和弦与 12 个小调和弦中的部分组成。

C	D	E	F	G	A	B
D	E	F#	G	A	B	C#
E	F#	G#	A	B	C#	D#
F	G	A	Bb	C	D	E
G	A	B	C	D	E	F#
A	B	C#	D	E	F#	G#
B	C#	D#	E	F#	G#	A#

图 7

111

如果把不同大调的分布图打出来（如图 7 所示），可以发现一些很有趣的事。因为"全音 + 全音 + 半音 + 全音 + 全音 + 全音 + 半音"的组合，在大调音阶中选择音符构成和弦时只有图 7 圆点下的三列有可能形成大调和弦。除去最右边的一列，左边两列有望形成小调音阶。这张图给我们的启示是，同一首歌如果选择不同的基调，那么这首歌的和弦进行也将不一样。举个例子，在基调为 C 的一首曲子中，和弦进行如果是 C—F—G—C 的话，这首歌在基调为 B 的系统中的和弦进行就是 B—E—F#—B。这个发现的作用，便是使不同基调的歌曲有进行对比的可能。比如，假设甲曲的和弦进行是 F 大调中的 D—Bb—F—C，乙曲的和弦进行是 A 大调中的 F#—C#—D—E，那么我们就可以把这些和弦都转化为 C 大调的和弦再进行比较。甲曲化为 C 大调（F=1 变为 C=1）后和弦进行变为 A—F—C—G，乙曲化为 C 大调（A=1 化为 C=1）后和弦进行变为 A—E—F—C。于是，这样我们就有对不同基调的歌曲进行比较的平台。现在终于可以开始对音乐的分析。

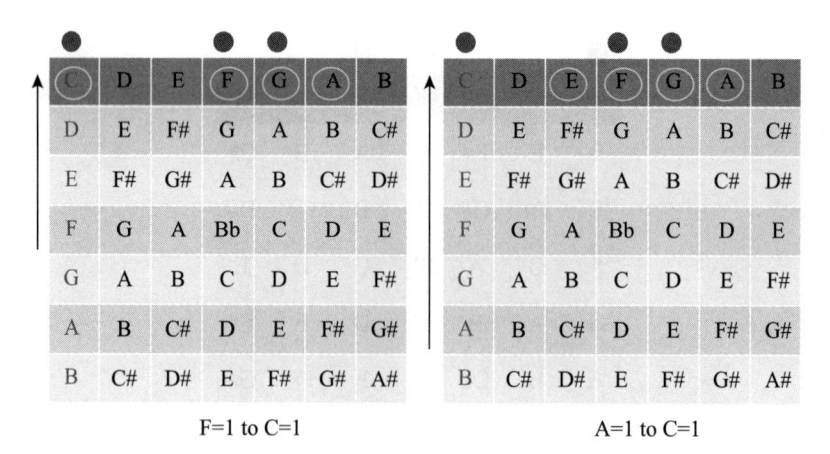

C	D	E	F	G	A	B
D	E	F#	G	A	B	C#
E	F#	G#	A	B	C#	D#
F	G	A	Bb	C	D	E
G	A	B	C	D	E	F#
A	B	C#	D	E	F#	G#
B	C#	D#	E	F#	G#	A#

F=1 to C=1

C	D	E	F	G	A	B
D	E	F#	G	A	B	C#
E	F#	G#	A	B	C#	D#
F	G	A	Bb	C	D	E
G	A	B	C	D	E	F#
A	B	C#	D	E	F#	G#
B	C#	D#	E	F#	G#	A#

A=1 to C=1

图 8

可能没有玩过乐器的人会感到十分惊讶：一首歌一般只是4个左右和弦的循环。虽有时到副歌时，原本的和弦会稍有变化，但整首歌的周期性都非常强。下面我将以《平凡之路》、*Last Christmas*、《童年》、《成都》和 *Fade* 作为例子进行分析。

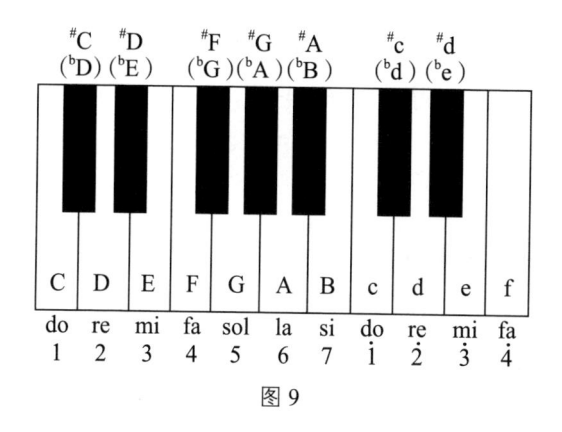

图9

《平凡之路》

这首歌属于一首A大调的歌，整首歌只有四个和弦：Fm—D—A—E，根据上表化为C大调之后可以得到Am—F—C—G。在弹这首歌时，我发现一个有趣的巧合——我因为听太多遍，没有去查和弦，就按照自己的理解，把歌给重新编了一遍。我重编的和弦为G大调的Em—C—G—D，把G大调的这四个和弦化简为C大调的和弦后，得到的也是Am—F—C—G。这时另C=1，Am—F—C—G就可以被写为6—4—1—5。先把6—4—1—5的数据放在这儿，等分析完另外三首歌之后，将数字进行对比，就可以发现很强的关联性。

Last Christmas

因为网上对这首歌众说纷纭，我没有找到一个被所有人认可的和弦，所以我就自己重新编了一遍。在 Taylor Swift 的版本中，*Last Christmas* 是一首 A# 大调的歌，和弦进行为 A#—Gm—D#m—F，把这些和弦简化为 C 大调，我们便得到 C—Am—Fm—G，以 C=1 给这些和弦分配数字，得到 1—6—4—5。

《童年》

这首歌网上说是 G 大调，但我从罗大佑的原版音乐中听出的却是 D 大调。根据我的理解，《童年》的主歌部分为 D—Bm—G—A，副歌部分为 F#—Bm—E—A—D—G—A—D，化为 C 大调后分别为 C—Am—F—G 和 Em—Am—D—G—C—F—G—C。以 C=1 给这些和弦分配数字，主歌为 1—6—4—5，副歌为 3—6—2—5—1—4—5—1。相比于其他歌，罗大佑的这首《童年》副歌部分的和弦变换还是挺多的。

《成都》

《成都》是 D 大调的一首歌，其主歌和弦进行为 D—F#m—G—A，化为 C 大调后为 C—Em—F—G，以 C=1 分配数字得到 1—3—4—5。其副歌和弦进行为 D—Bm—G—A，转化为 C 大调后为 C—Am—F—G，以 C=1 分配数字为 1—6—4—5。

将四首歌对比一下，我们便可以发现它们惊人的相似点。《平凡之路》为 6—4—1—5，*Last Christmas* 为 1—6—4—5，《童年》主歌为 1—6—4—5，《成都》副歌为 1—6—4—5。

Fade

这是 F# 大调的一首歌。这首著名的电音运用的和弦进行为 D#m—B—F#—C#，转为 C 大调后和弦进行变为 Am—F—C—G，也就是 6—4—1—5。

把这五首歌放在一起，就可以发现一些神奇的相似之处。《平凡之路》和 Fade 的和弦进行都为 6—4—1—5，而 Last Christmas、《童年》和《成都》中间都大量地出现 1—6—4—5。这么多首不同的歌，和弦进行中和弦间的距离竟然是如此统一。事实上，6—4—1—5 和 1—6—4—5 这两组搭配已经被用得太多了。因为它们如此简单好听，大部分的流行音乐都是由这样的和弦进行组成的。人们用这两种简单粗暴的搭配写出不计其数的歌曲，究竟该如何评价这个现象？不管是说唱、民谣、电音还是一些比较新的摇滚，6—4—1—5 和 1—6—4—5 似乎占领了所有的舞台。当代歌曲的编曲难度和复杂程度，远远低于古典曲目和一些老派的摇滚乐。随便举一个例子，夜愿乐队的 She Is My Sin 和弦进行为 5—6 个和弦一组（对比现在流行的 4 个和弦一组），整首歌中多组不同的和弦进行（对比当代流行的 2 组）、多次 Vocal 和乐器的 Solo 切换进行，偶尔的整体升降调和雄厚的乐器组成，不管是哪一项，在难度上都远超过当代流行乐。古典音乐的编曲则更是复杂，在这里就不多赘述，有兴趣的读者可以随便在网上搜两首古典曲目并尝试辨认一下，看看一首歌中出现多少种不同的和弦进行方式、多少次变调。

这种由复杂到简单的变化，不仅出现在音乐中，在很多其他的艺术形式中也有所体现。建筑上，我们可以看到从科隆大教堂到朗香教堂的转变；绘画中，我们看到安格尔到毕加索的转变。这种转变究竟是好是坏？这是个不能再肤浅的问题。特别是在艺术层面，对作品的评价都带有感知者很强的主观色彩。很多时候，艺术形式的转变是文化与科技共同作用的结果，如照相机推动印象画派的流行。这种转变既是社会与科技文化相互作用的结果，又会反过来影响社会从而改变文化，推进或减缓科技的进步。因此，从一个客观的角度，我们只能分析一个转变对人类生活各个不同的层面造成怎样的影响。就音乐的简单化来讲，它推动当代娱乐业的发展，也因此带来了不小的经济发展。从社会的层面来看，音乐的简单化使其获得更多的享受者，但同时或许也带来一种较为轻浮的文化。如果一定要让我来主观地判断这一转变的话，我是更喜欢老派那种更复杂精密的音乐。

  这一篇介绍的是以欧洲音乐为母体演变出来的音乐系统。这个世界上还有很多不同的音乐系统：中国的、印度的、中东的、韩国的、非洲的、日本的……每个系统都有着自己独特的文化印记，并与社会经济的发展和跨文明的交流密切相关。在以后的《观察与研究》期刊中，我将发表一些涉及其他文化世界中的音乐系统的文章，把不同音乐系统放在历史的时间轴中进行对比。如果有可能的话，我还会将音乐与其他领域进行并列对比，并尝试回答这个普遍"简化"问题的原因。

（2021 年 1 月 16 日）

吉他的历史：从伍德琴到 Midi 吉他

今天我们看到的古典吉他、民谣吉他和电吉他看起来都十分合理。沙漏形的琴身，金属质地的调音旋钮……但在吉他的发展中，各个时期的吉他和今天的款式有着很大的区别。巴洛克时期的吉他长什么样？文艺复兴时期呢？或者往回走一大步，公元前的吉他有怎样的音色呢？

作为一个音乐爱好者，我最近在接触到关于吉他各种古老变种的视频后，打算写一篇吉他历史的文章。乐器是对时代整体潮流的反映，这篇文章所做的则是尝试把不同时期的吉他放在特定的环境中，描述这些吉他的特征，并将其与现代吉他进行比较。每个小标题下方的音乐，都是由该部分所介绍的乐器演奏。非常推荐大家点开各个不同时期吉他的演奏曲，听听从伍德琴到电吉他各种不同吉他的音色和当时普遍的曲调。

乐器的形态往往会根据时代的需要、科技的发展而改变。我们熟知的吉他也有着非常悠久的演变历史。从一个现代乐器往回追溯，必然能发现很多不同分支的来源。但由于吉他普遍被认为是一个西方乐器，我下面提到的吉他类型也主要是吉他在西方的祖先。

伍德琴（好几千年以前）

吉他最早的祖先普遍被认为是伍德琴（Oud）。整体来看，伍德琴与当代吉他的运作原理是相当的。一把伍德琴，一般有 11 根弦，但这 11 根弦中，除了最低的一根，其他都是以两根为一组的复弦，就像今天的 12 弦吉他一样。

伍德琴有三个音孔，其中两个靠后的音孔包围了弹琴时拨片（没错，一开始的吉他就有拨片了）应该拨的地方，以此放大音量。这些音孔上方有时会有名为 Rose 的复杂装饰，有时也和现代木吉他一样没有装饰。伍德琴的拨片在阿拉伯语中叫 Risha，也就是羽毛的意思。这么叫，很有可能是因为之前的人经常拿羽毛尖的一端来弹琴。当代，伍德琴的拨片变为了一个长塑料片。由于尼龙弦和钢弦尚未问世，伍德琴的弦由羊肠制成。和吉他不同，伍德琴并没有品丝，也就是说，用来按弦的指板上没有那些一条一条用来固定音高的线。伍德琴无品，很大的一个原因是阿拉伯音乐喜欢使用 Microtone。西方音乐体系（现在世界上大部分流行的音乐都扎根于西方音乐体系）中音与音最小的单位为 Semitone，也就是所谓的半音（可以理解为吉他两个相邻品格之间的音差或者钢琴上两个相邻黑白键的音差）。而阿拉伯音乐中使用 Microtone 则是比 Semitone 更小的一个音程。没有品丝的伍德琴能让乐手完成任何不同的音程，不过这也让演奏难了许多。

我们都可以很明显地发现伍德琴独特的弯曲琴头。由于弦的数量很多，琴头要很长才能放下 11 根弦的调音旋钮。如果琴头太长，乐手就不能很方便地对乐器进行调音，所以伍德琴的制造者们把琴头向后折了将近 90 度，解决了距离的问题。由于机械旋钮尚未问世，伍德琴使用的是和今天小提琴旋钮类似的木制摩擦旋钮。伍德琴常见的调弦从低到高为 C、FF、AA、dd、gg、**cc**（两个字母表示复弦，小写代表高一个八度，加粗代表再高一个八度）。

值得一提的是，伍德琴并没有因为新吉他的出现而变得过时。如今伍德琴仍然在土耳其、中东等地有着很大的流行度。

琉特琴（公元 700 年后开始成型）

琉特琴（Lute）是伍德琴的后代。住在北非的摩尔人（主要由阿拉伯人和柏柏尔人组成）于公元 711 年南上入侵了西班牙。在入侵的过程中，伍德琴流入了西班牙，再通过西班牙流入了欧洲其他的地方。得到伍德琴后，欧洲人对其做出了一些改变，改变后的新乐器就叫做琉特琴。明显的改变为减少的音孔和品丝的出现。和伍德琴类似，大部分琉特琴的音孔上都有 Rose 作为装饰。和现代吉他非常不同的一点是，琉特琴的品丝是可移动的。这些品丝由羊肠制成，像橡皮筋一样撑在琉特琴的琴颈上。虽然看似麻烦，但可移动的品丝却能让乐手的弹奏产生更微妙的效果。这种调音系统被称为 Temperament，维基百科对此的解释为：一种通过稍微妥协纯音程来满足其他要求的调音系统。事实上，钢品丝的普及，并不因为其一定要比羊肠品丝好，后边谈到 19 世纪吉他换成钢品时会讲到原因。

琉特琴有非常多款式，在巴洛克时期有些琉特琴甚至会有 13

对（是的！是 13 对而不是 13 根）琴弦。虽说有这么多不同的款式，但比较常见的琉特琴一般只有 6—8 对琴弦。六弦琉特琴常见的调弦从低到高为 Gg、cc、ff、aa、dd、g。最高的一根琴弦被称为 Chanterelle，或者 Singing String（唱歌的弦）。观察一下琉特琴弦与弦之间的音程，我们可以发现琉特琴和今天吉他标准调音弦与弦之间的音程非常相似。事实上，将现代吉他的 G 弦向下调一个半音变为升 F 后，你就可以阅读琉特琴的 TAB 谱来演奏了，两者除了音色外就只有调是不同的。有意思的是，在今天也非常流行的 TAB 谱一直是有品乐器的乐谱，而四线谱、五线谱则是比较晚的发明（四线谱于 11 世纪出现，五线谱于 17 世纪出现）。

琉特琴和伍德琴都大量使用了复弦。玩过 12 弦吉他的朋友们都知道，12 弦和 6 弦相比，声音要饱满、明亮不少，这也是吉他先辈们制造者的想法。钢弦尚未问世，羊肠弦提供的张力不够，声音小而浑浊，复弦便很好地解决了这个问题。有趣的是，刚刚提到的所有调音都是相对而不是绝对的。这是因为在没有准确的测量工具时，每个音的频率并没有一个标准。有历史文献甚至对琉特琴的调弦这么描述："将最高的一根弦调到断之前最紧的位置，再把最高弦的空弦音当为 g 对其他弦进行调音。"

琉特琴在一开始大都使用和伍德琴相似的拨片演奏，但后期为了能同时演奏多个声部（Polyphony），大部分乐手放弃了拨片，选择直接使用手指演奏。但为了偶尔模仿拨片一下一上、一重一轻的感觉，琉特琴的乐手们发明了一种独特的拨弦指法。

文艺复兴吉他（公元 1500 年左右）

吉他这个词第一次被用来描述这种乐器和其变种，世界上的第一批吉他诞生了！文艺复兴吉他不再有琉特琴和伍德琴的梨形琴身，而是有着扁平的背板和沙漏状的琴身。也就是说，文艺复兴吉他在形态上已和今天的吉他有了很大的相似度。琴弦和品丝仍然使用的是羊肠，音孔上方也仍有着 Rose 的装饰，不同的是其琴头直了过来。之前提到弯琴头是为了防止琴整体长度过长，导致调音不方便，直琴头则是文艺复兴吉他琴弦数量少的一个结果。文艺复兴吉他只有四对弦，像一把尤克里里。事实上，文艺复兴吉他的调弦为 G、C、E、A，和尤克里里一模一样，而尤克里里是葡萄牙人于 1550 年左右带到夏威夷后的变种。文艺复兴吉他各个特征都与尤克里里很像——容易按和弦、方便扫弦，等等。尽管文艺复兴吉他只有四对弦，当时的作曲家还是用其创造了很多优美，有难度的音乐。

巴洛克吉他（公元 1600 年左右）

和巴洛克时期的绘画、雕塑、作曲一样，巴洛克时期的吉他也有着非常复杂的装饰。其音孔仍有 Rose 的装饰，不过这种装饰比以前的 Rose 多了一个维度，成了三维的雕塑。

除了装饰上的不同，巴洛克吉他比文艺复兴吉他多了一对弦，其调音也从 G、C、E、A 变为了现代吉他的 A、D、G、B、E，不过少了一根低音 E 弦。为了音色的明亮饱满，巴洛克吉他仍然使用的是复弦。弦的材料，品格也仍由羊肠制作。和琉特琴一样，巴洛克吉他的高音 E 弦为单弦。值得一提的是，巴洛克吉他乐手们对音高的定义与今天不同。拿 A 举例，巴洛克时期 A 的音高（频率）普遍被认为是 415Hz，而当代我们对 A 的定义是 440Hz。也就是说，当代对音高的定义整体比巴洛克时期的定义高了一个半音。可以看到，巴洛克时期的乐手们已经对音高有了一个比较普遍的共识了。刚刚讲到巴洛克吉他的调弦为 A、D、G、B、E，但这个说法由于复弦的存在并不是很准确。严谨地讲，巴洛克吉他从五弦到一弦的调音为 AA、Dd、GG、BB、e。仔细观察，可以发现巴洛克吉他最低的一根弦其实是 D 弦，这和大部分的吉他是不一样的。一般情况下最低的弦是离乐手最近的弦，这对巴洛克吉他来说就是 A 弦。这种调弦的目的是使乐手在演奏一段旋律时可以更多地保留住之前弹过的音——因为弦之间的音程相对来说更近了，乐手要演奏下一个音时更经常地可以在按住原来那根弦的同时在另一根弦上演奏，这就产生了很长的延音，像踩了钢琴的延音踏板一样。

  巴洛克吉他的乐手们发明了一种叫 Rasgueado 的扫弦方式（大概可以理解为弗莱门戈轮扫），该技法常常被使用在弗莱门戈音乐中。弗莱门戈音乐中的凡丹戈（Fandango）于 18 世纪左右在西班牙与阿根廷十分流行，而 Fandango 很重要的一个组成部分就是大量的 Rasgueado。这种音乐十分热血、激情，甚至在当时促发了很多暴力和黄色事件。因此，当时西班牙和阿根廷的警察与教会甚至尝试过禁止这种音乐。

19 世纪的吉他

如果我走进一家琴行看到这把琴，我甚至可能会以为这些 1800 年左右生产的吉他是 2021 年的新款设计。关于现代吉他钢弦（Wounded String）最早的记录出现于 1659 年。用于调音的机械旋钮于 1766 年问世。这一系列的发展，加上第一次工业革命，使吉他发生了很大的变化。上方两把吉他都已经使用上了钢弦，其品丝也因羊肠经不起钢弦的摩擦而换成了钢品丝。有小部分 19 世纪吉他已经用上了机械调音旋钮，有些还使用着古老的摩擦旋钮。由于换成了钢弦，之前的复弦也没有必要了，我们因此有了一把相当现代的吉他。这些吉他大部分的调弦都和今天一模一样，从低到高为 E、A、d、g、b、e。19 世纪的吉他有了单独的指板，这也意味着乐手们终于可以方便地调整弦距了。这些吉他的指板通常有 22 品，在音域上是很大的一个突破。由于钢弦的张力更大，琴桥的设计也发生了很大的变化——为了防止钢弦从吉他上脱落，设计师们将带有一个小头的琴弦穿过琴桥，再使用一个类似大头针的部件把过琴弦的孔塞了起来，这便是我们现在常常使用的弦钉式琴桥。可惜的是，Rose 的装饰不再流行了。

古典吉他（1850 年之后）

说不定你家就有一把呢！机械调音旋钮在古典吉他中得到了完全普及，吉他手们终于摆脱了摩擦式的调音旋钮。和 19 世纪吉他相比，古典吉他的音箱大了很多，吉他的声音也因此变得大而饱满。值得注意的是，尼龙弦在古典吉他出现的初期还不存在，所以一开始的古典吉他仍旧将处理后的羊肠作为琴弦。

当代木吉他（1850年之后）

Carl Friedrich Martin 于1850年左右发明了 X-Bracing System，也就是通过在吉他背板上使用 X 形结构来加强箱体的结构强度。在此之后，Martin 又把比19世纪吉他更有张力的钢弦运用在了体积更大的琴箱上。Boom，我们便有了今天的吉他。

电吉他（1936年之后）

多谢法拉第先生的发现，我们有了电吉他这一优美又残暴的乐器。和传统吉他不同，电吉他并不依赖吉他自带的箱体来扩大音量，这便释放了吉他在形体上的限制，使各种奇形怪状的吉他变得可能。电吉他的拾音器为带有磁铁的螺线圈。磁铁首先将钢弦磁化，随后钢弦在震动时便会使螺线圈的磁通量产生变化。根据法拉第电磁感应定律，磁通量的变化会产生感应电动势，也便产生了电流。电流则进一步被传输到音箱中，使音箱模仿吉他弦的震动频率。由于电吉他弦本身发出的声音大小并不重要，制作者们可以选用轻且柔软的琴弦来方便乐手们演奏。因此，相比于民谣吉他，电吉他的弦要软不少。这也使推弦，速弹和高品位的点弦成为可能。电吉他另一个特点是其多变的音色——乐手们可以给通过接入各种效果器或者旋转 Tone 旋钮来达到自己想要的效果。

今天和未来的吉他

电吉他是时代发展必然的结果。有了电力后，人类真的是想把所有东西都接上电。然而随着计算机的进步与普及，我们又想把所有东西都连入电脑。近年来 Midi 吉他开始的逐渐成熟便满足了这一点。或许以后（现在也差不多是这样了）所有的音乐都由制作软件合成，真实的乐器除了娱乐自己和现场表演外与音乐制作完全脱节。如果是这样，那我们现在看到的吉他可能就是最后一代的吉他了。当然，如果重型音乐继续发展下去我们会有更多的弦。

感想

在写这篇文章时我听了很多各种不同时期的吉他曲，大部分都出奇地好听。这愈发让我觉得乐器只是对时代技术与文化的反映。乐器的发展不一定是进步。从巴洛克吉他到 19 世纪的吉他，我们得到了更明亮的音色，但失去了音孔上优美的 Rose 装饰。或许工业革命后的规模生产使工人们在工厂中造出了带钢弦的吉他，但缺乏了美感。

刚刚说到真实乐器因电子音乐制作软件的普及慢慢过时，但我认为电脑上的音乐制作软件是不可能完全取代真实乐器的。人们喜欢乐器，不管是自己演奏还是看别人演奏。这种很强的互动感是音乐制作软件无法模仿的。向好的方面看，现代科技的发展可以让每个人都成为音乐人。为了方便，我在制作音乐时就使用了这些软件——在需要贝斯、架子鼓、弦乐等我没有的乐器时我就会使用软件合成。

科技的发展不一定会使审美发生变化，但一定会改变我们做事情的方式。或许 300 年后另一个人写吉他发展史，讲到 2021 年的时候就会写道:"这是音乐的新时代,音乐制作的简单化使一大批人涌入了音乐制造业。相比于 Midi 吉他,人们还是更喜欢木吉他和电吉他。吉他扫弦的声音相对来说比较难合成,因此,歌曲中大部分的吉他使用的仍旧是古老的实体吉他。"

短文一组：没有完全正确的角度

选择

我们在生活中要面临很多选择，买东西时要选择，旅行时要选择，乃至做选择题时要选择。每一种选择都有自己的好处，要不然就不会有所谓的选择恐惧症了。既然每一种选择都有自己的好处的话，那又如何选择呢？

我认为选择分为两种。第一种，乃是普通人的选择，这种选择我叫它胆小的选择。那么，另外一种自然就叫大胆的选择。为什么呢？比如中国古时候的一些政变，就是领导人做出来的"大胆的选择"。这种选择风险性高，政变成功了你就可以变成皇帝，失败了就会迎来死亡与酷刑。反之，胆小的选择就是风险性低，这是普通人和追求清静的人的选择。一些特别的人会做出一些大胆的选择，例如比尔·盖茨、扎克伯格选择从哈佛大学退学。但退学并不能使他们成功，他们成功的根本原因是他们努力思考钻研，努力了，事情就会往好的方面发展；不努力，最后就会一蹶不振。之前说的名人都是异常努力的。

人生中有很多的选择，面对这些选择的时候，就是面对着人生迷宫中的岔路口，但是这个迷宫没有死路，每个岔路口带你到的地方是不一样的，在走错路的时候，还可以在下一个岔路口拐回正道。认真对待每一次选择，才能够让自己的人生更丰富。

（2017年5月1日）

手机

只要手机还在，世界上的人们就是低头族。我正在用手机查资料，然后写出来这篇文章。

随着科技发展，手机的出现，人类的生活改变了。手机凭借自己的便捷和有趣，再加上方便的通信，成为很多人生命中的主角。我们的生活似乎越来越离不开手机了。我最近在网上看了很多关于手机的有意思图片和视频，人与手机的关系有两种：

第一种是我们好像在支配手机，天天跟手机说："给我收信！""给我看新闻！""给我导航！""把照片发出去！"然后手机说："是的，主人。"但是，事实是手机天天在命令我们："给我充电！""给我找个有无线局域网的！""有消息，快看！""未接电话！""摇一摇！"然后人就说："是的，主人。"这可以看出，其实我们并没有支配手机，而是手机支配了我们。另外一种，一个视频讲的是手机如何毁灭世界：司机开车看手机撞死自己；工人看手机身上的梯子撞到别人；小孩的爸爸看手机把小孩弄丢了；医生看手机打针，结果把病人打死了；最后一个，核能量研究人员在保护仓里边工作边看手机，结果按错按钮，把世界给炸掉了，因为只有他一个人在保护罩里，所以他是世界上最后一个人，他从保护罩出来的时候，有一颗石头把他的手机砸烂了，这个人就突然窒息而亡。

第一种关系中，人是被手机支配着的，但是手机其实是被人控制的，所以说人和手机就有一种特殊的关系，人控制手机，手机又支配着人，好像全世界的人民自己把自己给锁了起来，而手机只是一个没有思想的物品，人们使用它们将自己锁起来，真是一件奇怪的事。从展现第二种关系的视频中，可以看出来的是，现在的人离不开手机，而走路看手机危害很大。手机固然有它的好处，让我们在隔着十万八千里的地方都能看到别人的脸，听到别人的声音；但是手机也剥夺我们和同伴交流的时间。我们应该在用手机与用自己的眼睛感受世界两者中找到一个平衡点，让手机既成为我们的工具，也让我们的生活越来越好。

（2018年3月18日）

另一面

眼睛看见的不一定正确。

——**题记**

很多的时候，我们只能看到事物的表面，却不能看到事物的本质。在第二次世界大战时期，为了加固自己的飞机，英国和美国开始统计每一架受损飞机的受损部位，哪些部位受损更多就加固哪些部位。然而统计学家沃德认为弹痕少的部位才是致命的,因为被击中那些部位的飞机很少能够飞回来,这就是少数看到事物本质的例子。

其实,在现实生活中这样的事情也不少,我们经常看到失败就予以批评,而不是先考虑事情的因果;也经常看到成功就大力表扬,却不先想想他是不是靠自己的努力得来的。然而事实是,看到本质的人总是比只能看到表面的人更厉害,他们也是我们所说的"有心人"。能在日常生活中看出问题的人,这些人其实就是推动人类进步或者带领团队走向成功的人,比如前文说的沃德,他将己方的飞机变得十分强大。

有时候,带着自己的主观意识来看一件事会得到不同的结果。有一个大家都听过的故事,有一个在战场上连连失败的将军,躲到一个小破木屋里看蜘蛛结网。每一次当蜘蛛快把网结好的时候,网就被风给吹乱了,蜘蛛一次又一次地结网,最后得到一个得以捕猎的牢固的网。这个将军从这件事里联想到他自己,凡事要坚持到最后,于是他带着兵打了胜仗。但是,如果这个将军在蜘蛛把网结好前联想到了自己呢?事情就会变得完全不一样,他可能会认为他就像那只蜘蛛,再怎么努力也无力回天,这就是在不同层面看问题的结果。就像开始提到的加固战斗机一样,如果仅仅通过一时的想法来判断问题,可能就会错,而如果用一种长远的思维来思考的话,就会很大程度上解决这个问题。即使明白这点,很多时候大部分人也不能用一种正确的眼光来看待事情,往往从自己的利益层面思考问题。今天我去参观钓鱼城的挖掘现场,导览的人说:"这里的防御工事明显是站在宋的角度。"因为只有宋人才会认为那是防御工事,而蒙古人却会认为那是可恶的阻挡攻击的城墙。开篇提到的飞机事件，如果我们以生命的角度而不是以胜利的角度来看的话，这些加强的飞机杀死更多的人，造成更多死亡，那这件事就反而是罪恶，而不是荣誉。

有一个名叫《蝴蝶效应》的影片，讲述主人公具有回到日记所记的时间再改变未来的能力，主角不管怎么努力都会有人受伤。这也可以联想到今天讨论的这个看待事物的"面"、事物的"角度"上来。这让我们知道，没有完全正确的角度，只有相对自己有利的看法。

（2018年6月9日）

黑夜的美

"人闲桂花落，夜静春山空。月出惊山鸟，时鸣春涧中。"这是古时候的黑夜，现在身在城市中，还能体验到诗中描述的夜色吗？

黑夜是静的。有一次我去佛罗伦萨旅行，天黑了街市上的喧闹叫卖声像是被调音台拉低声音，所有声音都像是冲进棉花里。我站在旅店的阳台上看风景，远处，只打了几盏小灯，大教堂顶尖的十字架和几只乌鸦的影子投在了墙上。一切都是那么静谧，听得见自己轻轻的感慨声和呼吸声。街上偶尔的一两声狗叫，让黑夜更静了。

黑夜也是暗的。在一次坐游轮旅行中，我意识到了这一点。船驶出港湾很远，离下一个港湾也很远，那时在船舱外是完全没有光的，你看不见任何东西。那时凌烈的海风往脸上拍吹，让你精神清爽。抬头一望就是满天星。忽明忽暗，但是密密麻麻。

还有一次，黑夜也给我很深的印象。那是在很远的陈余村，我和爸爸妈妈在晚上出去散步。村子里还没有路灯，天上也没有星星，向前只能看见一些轮廓，那是微微的月光。但是这个黑夜可不静，而且还很吵。几百只牛蛙一起吼，满树的蝉叫得不亦乐乎，那声音似乎可以冲爆你的耳膜。

"床前明月光，疑是地上霜。举头望明月，低头思故乡。"自古以来黑夜是带有一种淡淡的悲伤的。可是在现代喧闹嘈杂的大都市中，我们还能找到这种感觉吗？

（2017年1月8日）

观麻省理工学院的
《微观经济学原理》：知识的复利

假期开始前几天，我偶然在哔哩哔哩上找到麻省理工学院（MIT）的《微观经济学原理》，有 20 个小时左右的课程视频。于是我便抽了一些时间把整个课程大概看了一遍，对微观经济学的原理有一个基本的掌握。这个写作也便算是对课程的一个总结。课程由 Jonathan Gruber 教授讲授，这位教授是对制定美国公共卫生政策有贡献的经济学家。

顾名思义，课程内容就是微观经济学的基本原理，Jonathan Gruber 教授使用一些贴近生活且有幽默感的例子，使这种原理类的课程变得十分有趣。在 Deriving Demand Curve 中发现教授使用的效用方程产生无差别曲线的相交，我写信去请教，得到与教授共事的助教的回复，让我认清所选用的公式只是因其内含边际效应递减的特征，被选来模拟无差别曲线帮助理解，对此我十分感谢。因为课程中专业的内容很多，并且使用大量的数学公式与图表来进行解释，这里只能简单地勾勒一下课程的总体框架，作为最浅层面了解这门课程的一个方法。

课程由两个部分组成——概念与实践。首先是最重要的市场供求关系分析，这是对整个机制的一个解释。当价格提高时，生产者愿意生产更多，消费者购买更少，价格降低时情况相反。在这个基础上再分开讲述生产者与消费者，具体阐明为什么价格变动时会出现这种现象。基于这个基础，Jonathan Gruber 教授按顺序讨论以下方面：弹性，即决定价格、收入等变量对消费和生产数量造成影响的程度大小的值；效用，即消费者决定是否进行购买时的可量化考量因素；需求曲线的根源，即边际转换率（MRT），边际替代率（MRS）和无差异曲线之间的关系；价格改变对个体进行效用或者利益最大化选择产生的影响，即替代效应与收入效应；生产曲线的根源，即等产量曲线、等成本线与边际技术替代率（MRTS）的关系以及自由竞争中公司利益的最大化；考量市场对社会的福利的方法，即福利经济学；不同竞争类型，即垄断与寡头、垄断性竞争与自由竞争；生产者背后的生产者，即要素市场。之后进入实践板块，即不确定性、资本供应、效率与公平公正之间的权衡、政府限制、美国社保项目、医疗保健经济学。课程中也经常有学生的提问，教授也根据提问进行一些拓展性的讲解，使学生对于微观经济学有一个初步的认识。

感想

微观经济学基本上是一种判断个体如何做选择的工具。研究时间、地点、环境等因素对做选择所造成的影响，也可以说是一种用来理解个人与市场、公司与市场之间行为的方法。有趣的是，我们所做的选择往往有"中"的含义。对于消费者来说，如果购买下一单位商品带来的效用大于购买下一单位所带来的损失的话，这个消费者就应该购买下一单位的商品。反之，如果下一单位商品所带来的效用小于下一单位商品所带来的损失的话，就不应该购买下一单位的商品。就这样，消费者的选择就被这些边际夹在中间的那一点，最自然的那一点，也是能带来最大效用的那一点。这和吴清源的"中的精神"好像在某种层面上形成共通。这个道理对生产者同样适用，他们也是在寻找那中间的一点，来做出能使自己利益最大化的选择。然而在一个垄断市场里，对于公司（提供者）最好的那一点常常不是对社会最好的一点，因此政府便常常进行干涉。

谈到对社会最好，效用其实也是个模糊的概念。最大化社会盈余在图表里的面积究竟能代表什么？教授在倒数第三四节课讲了一下效用的具象体现，但也是拿出几个代表多方不同意见、不同认知社会利益角度的公式来进行表达。这或许可以使治理者治理的社会短暂的表面的"好"最大化，但是深层次的"好"却无法用简单的公式来表达的。西南联大的一位在历史与翻译界颇有名望的教授何兆武先生说过："我想，幸福的条件有两个，一个是你必须觉得个人的前途是光明的、美好的，可是这又非常模糊，非常朦胧，并不一定是什么明确的目标。另一方面，整个社会的前景，也必须是一天比一天更加美好，如果社会整体在腐败下去，个人是不可能真正幸福的。"因此，回到这个问题上来，如果社会的机制是好的，那么总体的好就只是一个时间的问题。单一地想在现有状态下，短期时间内完成资源的最合理化配置，或许并不能促成长远的真正的社会幸福安康。

"而那就是实证经济学的难处所在。" Jonathan Gruber 教授一般在这个时候会说,"很多事物都可以被两种完全不同的方法解读"。垄断者的区别定价可以将消费者的盈余全部收入囊中,对更需要这个商品的人收取更高的价格,对没那么需要的人收较低的价格,把价格牢牢地压在与消费者购买意愿趋近相等的水平。讲到这一点的时候,有一个学生问了一句:"MIT 要我们填写收入,是为了根据这个收入来给不同的人定不同的学费吗?"这个问题有一些暗示麻省理工垄断教育,进行区别定价来吸光消费者盈余。教授这样解释:"这是为了公平公正,让贫穷家庭的孩子也能读得起麻省理工,所以区别定价。"具体 MIT 有没有区别定价我也不清楚,可能这只是学生基于上课内容提的一个略有冒犯性的问题,而教授也不是很清楚,于是做了一个这样的解答。但不管怎样说,这就是一个事情的两面性,关键看你怎么理解。

课程的大体内容还是比较容易理解的,但如果要把里面的每一点都详细掌握则会花费很多的时间,因此最后两课因临近开学我也只草草地过了一遍。在假期看一看国外大学本科课程也是一种学习方式。上半学期学习的英语和微积分基础,刚好能让我理解这门课,有一种水到渠成的感觉。在学习这门课时,用来理解的图像、用来量化的数学和承载思想的语言合在一起,帮助我理解微观经济学。我爸经常说:"所谓的学科,其实只是为了帮助你更快地学习理解。知识都是相通的,而只有当你把这些学科分界线打破,融会贯通,建立一个自己的知识框架后才能叫真正地把这些知识内化了。"在课上 Jonathan Gruber 教授经常提到在经济里理解一个事物的三个角度,那就是直觉上、图表上与数学上理解。在 Deriving Demand Curve 一节课中我一直无法理解，价格改变后无差别曲线为什么会向远离或靠近原点的方向移动。当时选用的效用公式是 U=（a*b）^（1/2），a 和 b 是两种不同商品被购买的数量。因为无差别曲线的斜率是 MRS，因此我认为符合同一个斜率的函数只能上下平移，不能斜着移。困惑好几天后发现当价格改变时 MRS 里面的一个因素也随之改变，因此才会向内或外移动。想明白这个问题时，我心中充满快感，这是任何其他事情都无法比拟的。这个数学上的理解侧面强化了我在直觉和图表上对该知识的领悟，这使我对"知识相通"的体会尤为深刻。

同样的知识，今天所学所带来的好处永远比明天更大——现在学到的知识可能会与明天的自己发生碰撞，从而产生新的理解。可能这就是知识的复利吧。

（2020 年 2 月 13 日）

杭州三日游：记太空城市设计大赛

"不能困在自己周围的环境中，要有更宽广的视野。"参加这个比赛前两周，我爸经常在我耳边叨唠着。

太空城市设计大赛（International Space Settlement Design Competition，ISSDC）是美国童子军协会于1983年创办、由NASA提供各项支持的工业模拟游戏。之所以说太空城市设计大赛是一个工业模拟游戏，是因为这个比赛除考察参赛者的设计能力与科学知识外，还将考察参赛者们的沟通管理能力。一支队伍平均有50—70个人，每个队伍的参赛选手将被分配到四个不同但相互关联的板块，并通过分工合作在24小时内完成一份投标申请书。不像一些硬核的学科竞赛，太空城市设计大赛像是一个大型的角色扮演类游戏，这也是这个设计大赛能在很多中学拥有相关社团的原因。我们队这次作为重庆南开中学的代表队之一，来杭州参加中国区决赛，队里面有参加过多次比赛的太空城市社的社长、副社长和前社长，是一支挺有竞争力的队伍。

从重庆到杭州我们乘飞机，黄昏时分出发，抵达时已是晚上10

点。同行中有三个高一的同学,其中一位小学妹到了之后不停地抱怨飞机上没有按机票信息上显示的一样提供晚餐,这给我们在航站楼门口无聊的等待增添几分乐趣。从机场到比赛的酒店有组委会安排的中巴接送,我因个子比较高被安排到副驾驶位置,也因此在路上和开车的师傅聊了两句。这位师傅有一儿一女,女儿已经大学毕业,正在阿里云工作,儿子则还在读浙大附中,准备考浙江大学。师傅虽没出生在杭州,但已经在杭州待了30多年,在杭州有三套房。三套中一套在钱塘江边上、一套在杭外边上、还有一套我想不起来。有一套在钱塘江边上的房子,司机便可以经常去钓鱼,据他说"一钓就是一大桶,一整周都吃不完"。杭州现在随便一套房子都要三五百万吧,这个司机师傅能在杭州拥有三套房应该已经是非常富有,不知道为什么他还要这样费力地开车赚钱。或许每个人都需要通过劳动来体现自己的价值吧。

酒店的地理位置不错,走路5分钟就可以到钱塘江边。酒店周围的商业虽算不上繁华,但各种饭店和活动场所都会开到很晚,说明附近还有不少的居民。酒店的一到三层在晚上变成夜总会,在电梯里因此常常遇到一些穿着奇装异服的男男女女。酒店的房间不大,目测一套双人间也就15平左右。即便如此,好不容易从学校溜出来的我们还是在狭窄空间里玩着狼人杀、开着在电梯奇遇的玩笑,熬到深夜。

比赛的第一天早上是各种讲座。第一位讲者是个哈佛大学毕业的物理学博士,他和我们一起探讨宇宙。当时坐我边上的一个理科很好的同学抱怨道:"为什么他不给我们讲一些硬核一点的东西?"我当时想了想说:"可能因为对他来讲,我们觉得简单的和我们觉得硬核的，都是简单的。"当一个人到达一定高度之后，可能方向就比具体的知识要重要了。之后可能是大家听困了，或是讲者不知道如何把专业的知识以一种吸引人的方式呈现给听众，场上的同学大都做起自己的事情。

比赛在第一天下午终于有趣起来，与杭州外国语学校和北京十一学校的同学互相认识，并选择我们的公司 Rockdonnell 的管理层。总体来讲，我认为像北京和杭州这些发达地区的同学都很擅长表达。在竞选 President 和 Vice President 的时候，这些同学能把可以展现自己领导力与知识水平的案例很大方和自然地展现出来，让人听得心服口服。我们参加 President 竞选的同学本身能力虽然很强，在台上却没能把自己的优点和强项很好地展现出来，也因此没能成功当选。当然，能人不一定会包装自己，会说话的人也不见得能干好事情，这在以后的比赛中也有体现。我在一个类似找朋友的环节认识两个挺有意思的人：一个在后来被其他人描述为"长得像白馒头的朋友"，一个说话速度快到不让你喘气，上来就是一句"大哥您贵姓，欸欸，咱交个朋友吧"。和他们聊了聊，我才知道这次我们公司内有两支杭外的队伍，一支来自杭外普高，一支来自杭外国际部。那位说话飞快的小哥其实是杭外普高的学生，虽然后来落选 President，但还是可以看出他不俗的英文实力（竞选 President 要用英文做一小段演说）。太空城市设计大赛的比赛流程是全英文的，不管是 RFP 的文字、最后的展示还是介绍我们的设计文案。杭外普高的同学竟然能比较轻松地完成这些任务，确是挺出人意料的，可能这就是地域差别吧。很多杭外的同学虽然要参加高考，但也学了A-Level 和托福，这样在高考后就有留在国内和出国两种选择。

我成功竞选人居部与安全的主管,本应该在下午比赛结束后安排我们部门的人互相认识,但因为来了杭州水土不服,头疼得厉害,只好躺在床上休息,很有可能是杭州昼夜温差大的原因。几个小时候后,我感觉好些,便和三个同学一起去钱塘江边散步。杭州的空气比重庆好很多,每次摘下口罩,我都会贪婪急促地深呼吸几口。在钱塘江边和朋友们一起呼吸着新鲜的空气欣赏着杭州的夜景,真是很享受。有这样宜人的江边步道的城市不多,基本上不是没有就是修在不友好的快速公路旁。钱塘江边的这条步道宽度大概有10米,步道上可以看见骑车、跑步、散步和跳绳的人。有的三三两两,有的独自一人,总之大家都在享受着优美的夜景和江面吹来的徐徐冷风。能同钱塘江边的步道媲美的,我目前只能想到巴黎塞纳河旁的石块路了。塞纳河边的步道虽然没那么宽,却总是生机勃勃。大人坐在石椅上,看着路过的游船聊天,小孩漫无目的地在旁边的几棵银杏树下奔跑,老人也可以从非常友好的低坡度无障碍坡道慢慢地走下来,来到靠着河堤的步道上。在江边散步时,我以读文言文的腔调,倒着读起了江边的标语,另外三个同学还真的以为我在背诵什么诗歌,之后我主动揭穿自己,大家都笑得停不下来。"我还以为自己听懂了!""是啊是啊,我觉得还挺应景的。"(大家可以试一下,比如把"考试复习得不好"倒过来,变成"好不,得习,复试考",再加上一副忽悠人的腔调,听起来就是文言文无疑了。)我们慢慢地往钱塘江三桥的方向走去,突然对面2021亚运会会场的灯暗了,钱塘江三桥的两个立柱的灯也灭了,杭州睡着了。想到时间不早,我们也慢慢走了回去。

比赛在第二天早上8点开始,第三天早上8点结束。这次的任务是设计一个火星上的研究基地。我所在的人居部与安全主要负责研究基地内部居民区的规划、基地与外界的防尘、居民楼和娱乐活动的设计。一开始我对组内成员上午的工作不太满意，尤其是负责建筑设计的这一块，可能是因为初赛时我就是负责这个部分。很快我就发现这种不满会造成组员的不快，进度也迟迟不能推进。后来想了想，我认为合作其实就是一个互相妥协以达到整体最佳效果的过程，所以就把要求放低了一些，到了下午整体进度果然快了不少。当部门主管，需要走来走去和各种人沟通，给组员提建议，传达 President 和两个 Vice President 的信息给组员，和其他部门的主管接头，等等。沟通的时间花得多，就没有精力做自己真正想做的事情，也就是参与到人居部的设计中。如果做得好，大家会说这个主管"提高了大家的效率"；若做得不好，怕就要被其他人在背后说"这个人一天就知道走来走去吆喝别人，自己什么忙也没有帮"了。中午吃饭时遇到结构的主管，她表示自己对此深有同感。本以为效率高的我们不需要熬夜，没想到在晚上 8 点的预答辩提出一堆类似"运动类活动不足"和"实验室设计过于简单"的问题。为解决这些问题，人居部的同学们大部分都熬到凌晨 1 点多。

其实现在回想一下，我那天晚上没有做太多事情。除了和人居部的两个要在次日早上向评委做汇报的同学修改讲稿外，就是四处转转，看其他几个问题修改得怎么样。因为次日汇报时精神状态很重要，负责汇报的同学还需要 5 点半参加彩排，做得差不多，我就让她们回去睡觉了。还有个小插曲，本该留下来进行课件汇总及加工的 VPM（Vice President of Marketing）很早就回房休息了，为了在第二天早上 8 点前完成任务，我们组的 Howard 同学主动顶替 VPM

的位置,并熬了一个通宵把四个部门的课件修改汇总。关于 Howard 我还想说两句,在竞选 President 和 Vice President 的时候,他因发现自己学校没有人参加,没有做太多准备就去竞选了 VPM。虽然他当时没有竞选成功,我还是很佩服他的勇气与集体荣誉感。

凌晨 3 点半,我的脸皮不知为何苦涩地颤动起来。场上剩下的人不多,几个结构的同学,围着自动化部门里的一台电脑做渲染,管预算的同学和 CO-CEO 半摊在椅子上聊天,人居部负责娱乐活动的同学呆呆地望着电子画板做最后的修饰。整个比赛场地十分安静,让人联想到海明威描述的一个干净、明亮的地方中深夜的小咖啡馆。可能是怕打破这一份沉寂,每个人都屏住呼吸做着自己的事情。我终于撑不住了,本想着在会场小睡一会儿,但颤动的脸皮是身体给我的最后通牒,我只好收拾东西回房小睡几个小时。

酣睡三个小时后,回到场地,原来满满的五六十个人,只剩下零星星十几个人,散布在大屋子里。自动化有个朋友静静地玩着空洞骑士,Howard 坐在运营部的椅子上改着最终的课件,几个结构的同学呆呆地盯着屏幕,讲台的白板上画满各种示意图。8 点了,我们在最后几分钟内提交纸质的课件。熬了一夜,我的大脑基本处于宕机状态:我可以听见别人在说话,但声音仿佛是从某个遥远的门缝中传出来一般难以分辨。因为状态不好听完我们组的汇报后,我没有吸收任何信息,唯一的感想就是:啊,大家的口语都好好。

汇报完的心情就像考完期中考试,你觉得自己做得还好但不知道其他人考得如何。这时心里会想"或许可以做得再好一点",或"没事,都汇报完了已经没有补救的机会了",像极了考试后的自己。

下午我们队不少同学去了西湖，拍了些不错的照片回来。我因太困没有一同前往，看着他们拍的照片，我还是觉得有一丝可惜。钱塘江也很美，西湖就留给下次吧！最终我们没有成功竞标，赢家是南开中学另一个队所在的 Vulture Aviation。当时我并没有太沮丧，只是没有搞清楚他们在哪里优于 Rockdonnell，但我其实已经不太在意了，所以也没有去深究。得知最后结果，本该是最令人兴奋的时刻，我在那时却十分平静。

虽然这次比赛的主办方在很多方面做得比较欠缺，但整个比赛还是给我带来不少收获。RFP 这种将问题分类为主要板块的方法，对我以后组织各种活动应该会有不小的帮助，同时我（自认为）的组织管理能力也因担任部门主管多多少少有了提升。这些收获中最重要的，可能还是眼界的扩大。我看见来自中国各地和我同龄的同学们的状态，知道了在对比中认识自己的优缺点，也在这个过程中结交好几个不错的朋友。

在回重庆的飞机上，我用椅子背后的小屏幕看着《流浪地球》，看着人类解决了各种技术问题，稳健地驶向他们的新家园。"真正的难处，真的是技术吗？"看着覆盖着地球的成千上万个发动机，我想道。修建太空城是对技术的一个考验，但当太空城被建好、人类抵达新家园时，等待着他们的究竟是繁荣的未来还是战争与极度分化的社会呢？

（2020 年 11 月 20 日）

认识乡村：一个高中生的下乡调研日志

DAY 1——这是一个孤独的世界

此次调研的对象是位于 SZ 县的 JH 村。与我一同参与此次调研的是三位同学和两位大学生哥哥。

从主城区到 JH 村附近，要先乘坐一个小时左右的动车到 SZ 县，再转中巴前往 HS 镇。动车出发 20 分钟左右，就进入比较偏僻的山峦中。沿途的山体间偶尔会出现一两个鱼塘，房子零零碎碎地分布在山腰间，看起来并没有很紧密的联系。进站前 10 分钟，车外房屋又密集起来。出站时要求用手机扫码登记，看来有智能手机与有流量已经成为中国人的标配。乘坐中巴不久后，又进入偏僻的山峦中。

与在动车上所见不同的是，我们邂逅一个美丽的湖，并经过漫山遍野的莼菜田。莼菜是当地特产，对水质有很高的要求。种植莼菜的水池必须有偏酸性的水，水中还不能有太多的杂质。这里的条件非常适合种莼菜。令人担忧的是，在全球变暖的趋势下，这样的平衡很有可能被打破。谁也不希望看到漫山遍野的莼菜田因一两度温度的差异遭到荒废。

下车后的第一感受就是 HS 镇很凉爽。这个镇平均气温比主城区低十多度，成为当之无愧的避暑胜地。午饭后，我们在当地的一个农家乐内稍微午休，便开始第一天的乡村调研。

我们来到下蒋家大院。这里早已空无一人，但产权还属于老去一代人的子女。整个房子保护较好，正屋和厢房都有着相当大的规模。背山向水，建筑的堂屋面向着西方。这是一个典型的老建筑。下蒋家大院应该是家大户，厢房左右分别延伸出去，右边还保留着一个小天井。底层的屋檐里有两三个燕子窝，并且燕子窝下面都有人为加装的竹篾网。据说燕子是吉祥之鸟，因此农村的人才会把筑了一半的巢挂在檐廊下吸引燕子来。虽然这下蒋家大院已经没有主人，院坝外一层一层的莼菜田却长得很茂盛，可能有附近的农民管理。离开院坝，我们走到莼菜田的田埂上。小荷叶般的莼菜成片地浮在水面上，豆娘成对乱飞，刺眼的阳光因莼菜的遮蔽也变得温柔起来。

同学们在访谈中

我们来到下一组要参观的房屋。这组房屋中住了一位 70 多岁的老婆婆，三只鸡还有一只白鹅。老婆婆向我们抱怨生活艰难并表示希望得到改善。后来我们才听说老婆婆希望批块地修猪圈，而修猪圈并不需要批地，老婆婆的诉求好像不太能让人明白。其实她家的房子质量还挺好的。

乡下的人家之间相去甚远，称不上典型的聚落。在人与人交往很少的情况下，究竟是什么维系了人之间的关系并使 JH 村为一个完整的村落？我们带着这个问题来到第三个院坝，房屋保存较完整，里边住着一对老夫妻，我们因此有提问的机会。这片楼所有与院子连接的门上都突出一对木桩，住这儿的老奶奶讲木桩的用处是摆放牌匾。老两口的孩子都进城打工了，过年时还会回来。老两口的孩子还很小时，这个院坝里住了三户人。"小娃儿在院儿头疯跑，当时地上都没有长草。"老奶奶说道。然而现在的院子已经长满及膝高的野草。

参观老房子

第一天的主要感受是每个农户间相距较远，联系太弱，这可能是重庆乡村振兴的一个难处。根据今天的调查，农村住户的生活基本自给自足。有些老人甚至表示自己一年只去一次场镇，其他时间都待在家里种田。

DAY 2——"我没什么缺的，生活很快乐"

7点半起床，吃过农家乐老板亲自做的稀饭和馒头后，我们开始今天的调研。从住所出发，车行五六分钟，我们就到达了SGL。下车后，我们慢慢步行前往目标老房子，一座三四米高的石台阶猛然出现在视野中。尽管切石、移石的技术在几百年前就算不上什么新鲜事，但这种宽十多米、高十多米的大石台阶还是令我惊叹不已。

住在这儿的也是一对老夫妻。老爷爷耳背了，老奶奶听见声音，从屋中走出来，看到我们便咧开嘴笑了起来。石台阶体量很大，以至于我们从下往上仰视时，一个古稀之年的老婆婆竟也给人一种威严之感。"我们过得很快咯（乐），很快咯。"老婆婆乐呵呵地说道，随即将我们请到了屋内。

这栋房的门梁上也突出两根雕花木桩。屋内采光不太好。堂屋侧边是一个黑黢黢的厨房，满是蜘蛛网的铁钩上挂着腊肉，下面是生锈但有油光的大铁锅。聊了一会儿，我们得知老婆婆心脏有问题，老爷爷消化道有问题。他们生活基本自给自足，只是经常需要到镇上去买药。赶场的路上，老爷爷因为消化道有问题，需要去十多次厕所，十分不方便，因此赶场一般是老婆婆一个人去。社保加医保一共有600元，老爷爷一年365天都需要服药，因此600元根本不够用。有时候，两个人都病了，老婆婆还需要自己爬起来去找药（老婆婆是这么说的）。他们的房子会漏雨。即使如此，老两口还是很乐观，表示他们生活得很快乐。

走出挂了腊肉的厨房，门口的老爷爷把半片竹子摆在拧开了的水龙头下。水经过竹子流了下来，老爷爷再把手放在水流下面洗手。

竹子其实起到一个引流的作用，可以将水引到四面八方，这做法其实挺聪明的。我们问他们有没有想过搬到城里去，老爷爷表示适应不了，觉得还是乡下方便些。要走时，老两口喊我们中午留下来吃洋芋饭，真是好客又乐观的两个老人。

老婆婆在厨房里和同学们闲聊

下一站我们来到一个孤零零的老婆婆家，看到我们，老婆婆高高兴兴地请我们坐下聊天。与其他家类似，这个老人的孩子也是在外地打工。聊了半天，我问老婆婆有没有什么想要的，本来只是想了解一下当地农户的需求，她却回答道："我没什么缺的，生活很快乐。我不想要帮助，什么事自己做就好了。"老婆婆自己养了鸡，并在房子后面的山头种辣椒、水稻和包谷。整个梯田都是她一个人修出来的。我们一行人走在田埂上，吹着农村的微风，好不舒服，可我却一脚踩到水稻田中，拔出一腿泥巴。

下午，我们参观的一套房子是旧料重新利用建成的——主人请了匠人用一所废弃小学的木料重建了一套房。利用木柱原有的凸起和凹槽进行拼接，一栋美观的木结构建筑就这样建成了。因为现在是假期，几个在外地打工的年轻人就回来了。聊天中得知两个年轻人都在浙江的皮革厂打工，他们的妻子也都是在打工时认识的。平时打工没啥好怕的，也不会被欺负，就是担心家里老人生病。两人认为在外打工只能糊口，不能赚钱，便叮嘱我们好好读书，他们认为在中国只有读书才有出路。我们问他们有没有考虑以后回到农村，他们都表示只能回来。因为50岁后在外干体力活的农民工买不到保险，继续打工风险太大，就只好回到乡下自己种地。

我们来到下一栋房子，这栋房子的每个门洞上又都出现之前提到过的木桩，但木桩上面不到五厘米就是第二层楼，因此木桩显然不是用来放牌匾的。每扇门上都出现相似的木桩，这样的数量也证明木桩有一个比放牌匾更普通实用的功能。果然，住在这儿的老人跟我们说，这种木桩是用来压邪的。这栋房内摆放了两个巨大的棺材，两个回乡的农民工还很得意地向我们说："我们这里的棺材才是最好的。"这种棺材在后边的调研中，我们也看到不少，看来是当地的一种文化。

整个下午，我们遇见一个记性好的老人、老村支书和一个自称为调皮农民的伯伯。在与他们的对话中，我们了解到JH村的演变历程：JH村是由原来的SJ村和GH村合并而成，SJ村和GH村都是以前的生产大队，生产大队下面就是生产队，也就是现在说的组。

"天高皇帝远，地广人稀吃不饱，于是大家就合了。"调皮农民告诉我们。

DAY3——"好多人啊！"

昨天晚上的讨论中，覃老师提出土家族建筑分代的问题，她讲到土家族的建筑大概可以分为三代。这两天看到的房子大都是第一代和第三代的。第一代是最古老、最传统的。这类建筑讲究风水、讲究父子兄弟的尊卑关系，因此建筑大都呈传统的堂屋—左右"人间"—厢房布局。第二代是在人民公社运动结束后建成的。那个时候大家关系平等，建筑的条条框框也就没有了。大家修的都是一条正屋，这时建筑就不是传统的L形、凹字形或四合院了。第二代的建筑会按一条线依次向外延伸，形成长七间、长九间或更多正屋的建筑群。第三代的建筑在排布上与第二代相同，但都成为一楼一底的双层楼。

上午我们一共要去五处地方，前两处都是第三代建筑。可能因为人民公社刚结束时大家都聚在一起并互相认识，第二代建筑所处的区域普遍展现出相当的活力。第一处建筑名为SZ，大部分房子是20世纪80年代所建，院子中一共有七户人家，每一户都有老人看管。一个大院内有着七八个老人，与前两天去的地方相比可以算是十分有规模。我们到达时，七户中有六户都在附近的田里劳作，只有一个老婆婆站在院子里看着她的小孙子骑自行车玩。闲聊间老婆婆听到我用普通话与同学交流，把我们错认成来村里做检查的人，因此老婆婆显得有点抵触，不久后就拿着农具到田里劳作了。

回到农家乐后的讨论

第二处建筑群住着三户人家，现在大概住 10 个人左右。三户人家的老人平时都住在这里，稍微年轻一点的都在外地打工，不过有些是去 YL 镇，还有些人是 HS 镇。院子里还有一个九岁的正在读小学二年级的小妹妹，小妹妹在一个离 JH 村比较近的镇子读书。在问到去哪里赶场时，这里的人表示一般会去 YL 镇。在这里我多次被外出打工放假回来的农民工递烟，可能是我长得太老成了。

几天的调研使同学们都挺疲倦的，因此下午不出门，让大家写调研记录和整理照片。我们从农家乐搬到 HS 镇的一个旅店住下来。旅店在一个广场边上，透过窗子可以看见下面打乒乓球、打篮球和跳坝坝舞的人。广场中施工的声音使我们十分苦恼。旅店不是很好，房内唯一的光源只有两盏床头灯，晚上无法在桌上写作或阅读。桌子配的椅子质量更不好,我们四个中最轻的一个刚坐上去,椅子就断了一条腿。

访谈中

傍晚,大家整理得差不多了,打算去镇子里逛逛。由于疫情,HS镇今年旅客数量至少减少一半,但大街上还是有很多前来乘凉的游客。大批人集中在向街面延伸的饭店里,暂时还不会出现一不注意就走散的情况。街上的商铺大抵只有五种——门面店、饭店、特产店、建材店、家居用品店。除了店铺以外,附近还有一片小区和一个带有广场的剧院。街道没有什么特色,每一处都是类似的配置。

昨天回乡的农民工跟我们说,HS镇唯一吸引人们来旅游的地方就是夏季20℃的气温,现在看来还真是这样的。慕名而来的旅客在此买房，因此才会出现很多门面店。新房的购买又刺激了家具和建材市场的发展。饭店又给前来旅游的人提供一个就餐去处。但这种发展的持续性并不是很强，当附近的房产被卖完后，经济发展的步伐会大幅度减慢。当地如果除了吃喝以外，没什么文化底蕴，就很难吸引购买能力强的年轻人。均质化的发展可以很快满足各个地方的基本需求，但如果要使旅游业在 HS 镇有长远的发展，就必须使各个区域形成自己的文化。

观察老房子

欧洲很多城市的发展都可以借鉴的，每个区域都能提供当地人的各项基本需求，但都有自己的特点。这就像柏林的博物馆岛区和勃兰登堡门附近，这两个地方可以吃喝玩乐，但各自又有着很鲜明的特点：博物馆岛是一个文化区，而勃兰登堡门有更多商业，并且是当地居民进行政治活动的场所。均质化发展在 HS 镇的景点中也得到很好的体现，附近有一处游乐公园和剧院，这两种设施在中国任意一个地方都很常见，它没有体现当地特色的旅游景点。但多样性与本土化发展，对于 HS 来说是困难的，困难之处就在于像 HS 这样的小乡镇很难将自己的文化以一种合适的方法呈现出来。它没有福建土楼那种成规模的文化遗产，村子离场镇远且内部发散。或许现在的 HS 镇已经算是发展得很不错了。

晚上回来后，和同学在旅店昏暗的灯光中玩到 12 点半后散伙，这一天也算圆满结束。

DAY4

买了下午回主城区的动车票，我们还有一上午在镇里乱晃的时间。我们先去镇上比较有名的早餐店，享用当地的豆浆油条。原定每人吃两根，但油条被端上来时才发现一根油条和普通成年男子的小臂一样大，最后我们实在是吃不完。我去小卖部买了瓶水，顺便了解附近的情况。之前听 JH 村里的老人讲过今天要赶场，店老板说最近是旅游旺季，每天都有人赶场。老板坐在一个塑料板凳上，眼盯着远处，他对每种水的价格不熟悉但却对附近每一家店铺了如指掌。小卖部边上的两家早餐店生意一直很好，卖豆浆油条的一家是本地人开的，另外一家是外地人开的店。HS 镇每年就只有两个月热闹，其他时候都因太冷而人很少。

帮家里卖东西的学生

早饭后我们到农贸市场看赶场，但从门口测体温的人口中得知，赶场在明天。农贸市场很大，有些是固定的店而有些是可以移动的摊位，农贸市场外部一片遮阳棚下还有些铺子。这个农贸市场展开铺平，大概有一个半足球场大。市场内卖的东西无非还是各种农产品，只是土豆、玉米和莼菜的占比，会比其他的农贸市场多一些。在熙熙攘攘的人群中，偶尔可以看见一两个与我们年龄相仿的年轻人坐在摊前帮家里卖东西。令我印象最深的是一个十六七岁的女孩，当时她坐在一大包土豆前看书，不一会儿又把胳膊肘放在腿上，用拳头顶住下巴，做出一副"思考者"的姿势。走出农贸市场，我们在门口发现当地的中考光荣榜，光荣榜上大概有 30 个学生名字，成绩从 700 多到 606 分不等。光荣榜上写着"上线率 64.54%"，也就是说 100 个人里约有 65 个人有读高中的机会。

回到旅店，吃过午饭后大家收拾一下行装便走上回家的路。来时大家在巴士上兴致勃勃地观赏沿途风光，回去时却一个个都倒在座椅上睡着了。上动车后，想到即将结束的旅程，四个同学又想方设法地把位置调到一起，玩了"最后的扑克""最后的大富翁"和"最后的象棋"。旅程结束，与同行的哥哥、同学们依依惜别，终于在黄昏之时回到家边的地铁站，见到了几天没见的爸爸，他在站门口等着我。

总结

这次活动的主旨是"认识乡村"。那我就来谈一谈这次旅程结束后我对乡村的认知。

重庆的乡村是孤独的

村子里不仅人少，家与家之间的互动也少。村庄并不是一个人与人之间关系紧密的聚落，而仅仅是一个地理上的概念，这与我想象中的传统村落有很大的出入。我预期的传统村落是这样的：尽管空心化严重但仍有大量的老人与小孩聚集在一个片区；生活中，村民之间互帮互助；村委会的组织和管理渗透到村民生活中的方方面面。然而现实是村子不仅空心化严重，村民之间还几乎没有任何交往。村子缺少一个中心，因此人与人之间的关系是断裂的。这样的结果就是，老人独自在家住，一年只前往几次场镇，没有人际交往。在这种情况下，乡村振兴就比较难实现：一是因为基础设施建设不能照顾到散落在大山内的家家户户，二是产业振兴与组织振兴因村民过度分散难以实现。

重庆的乡村是美丽的

"暖暖远人村，依依墟里烟。狗吠深巷中，鸡鸣桑树颠。"这样的场景真实地出现在重庆的乡村中。一脚踏进门框后闻到的一股腊肉的熏味，随风摇曳的一片片的莼菜田，不用菜都能满意地吃上两碗的洋芋饭或老房子那粗糙又有年代感的木墙，都让人感叹重庆乡村的美丽与迷人。到县城后，我们被问到愿意住在县城里还是村子里，给出的答案惊人的一致，每个人都更喜欢乡下。

村民大都淳朴善良，对劳苦的生活也能积极地面对

在我们采访的对象中，大部分都是留守老人。他们生活不便、儿女远在外地、十分孤独，但他们都十分积极。"嘿嘿，住不惯城市，还是乡下方便。""生活挺好的，过年娃儿还要回来。"原本以为村民会因为我们是来自主城区的对农村不了解的高中生，而不想与我们谈话，但事实是他们十分热情好客。有一次拜访完一家后，那家的老婆婆还跟着走到下一家继续听我们讲话。如果是早上去了有人的屋子，屋主人还会热情地叫我们留下来吃自己做的洋芋饭。

乡村振兴，究竟是怎样振兴？怎样评判一个村子是否振兴？这是需要思考的问题。诚然乡村振兴的最终目的还是为老百姓好，但怎样才是好？农民可能有着不同的看法。一位同学几次抱怨乡下的卫生环境不好，是因为她在用城市的标准评判乡村。如果我们以城里人的标准去发展乡村，那最后村民真的得到好处了吗？村民会因

为想快速发家致富而破坏乡村原有的很多老东西吗？而专家们看重文化保护与经济发展的双管齐下，怎么实现？

　　这是一个漫长的过程，那如果现在这批留守老人都走了，振兴的主体又是谁呢？是人，是这片区域，还是这栋房子呢？我相信以惯性思维来进行乡村振兴，只会毁坏乡村，那怎样才是一个好的乡村振兴方案？上面的每一个问题都没有固定的答案。权衡利弊，以不同的角度思考问题，才有可能使中国的乡村繁荣美丽起来。

　　最后，这次下乡，与我同行的六个人都教会我很多东西。在这里感谢：见多识广的凡哥，活泼可爱又很会思考的子桐，做事认真的沛沛，一路上给大家解答各种疑惑的知识渊博的覃老师，很会做调查的很有求知欲的ZZY哥哥，一路上和大家说说笑笑的YP，还有一路上送我们的叔叔和深山里的村民们。

和同学们在一起

四天科研体验：对未来的一次展望

假期里的四天中我和同学们参加一个与制药、DNA 相关的实验室科普体验活动。指导老师是重庆大学药学院创新药物研究中心的李教授、张博士和钟、赵两位助教。

DAY1

早上 7：15，天还有些冷，我们乘车前往重庆大学虎溪校园。路上有些小堵，但我们还是按时到达校园。疫情仍未结束，虎溪校园对校外人士的管控还是十分严格，我们也因此出示了身份证和活动证明。DNA 是高一上学期生物课的内容，我在来的路上复习了一些相关的知识。

虎溪校区一如既往地美丽。阳光斜射在简洁的红砖图书馆上，令人心情愉悦。药学院就在图书馆旁。人齐之后，我们爬上大楼梯，进入重庆大学药学院。药学院的地板是由特殊设计过的橡胶皮铺就的，人在上面行走时，鞋与地板的摩擦声像旧门般刺耳。大厅右侧有一架钢琴，据说是任正非先生赠送。李教授很快充满活力地走出来，在李教授旁边的是张老师和赵、钟两位助教姐姐。张老师是北京大学的博士，他16岁进入北大，后在北大前沿交叉学科研究院、生命科学联合中心做博士研究生。张老师笑的时候，眉毛会像漫画中的人物一样，卷成很弯的圆弧，眼睛眯成一条细缝。除了第一天早上的讲座，之后的实验是由张老师与两位助教姐姐带着我们完成。

早上的安排是让我们对制药业有一个基本了解以及参观实验室。李教授先给大家上了一堂科普性质的课。关于药物意义的讨论中，李教授认为人离不开药物，药物能救人命，能提高人类的生活水平，因此药物是像柴米油盐酱醋茶一样不可或缺，对人类有特殊意义。我认为药物的重要性在于，它与人最真实的幸福感紧密相连，而在提高人类生活水平方面，药物的重要性与其他的科技发明相当，都起到一个改善现状的作用。

上午听完介绍性课程后，我们去实验室转了转，看到研究生们在假期还辛苦做科研。我们在一食堂点餐时被认成大学生，解释后对方表示不可思议。吃完饭后四个同学一路走到莲花池，刚到莲花池却发现时间已经所剩无几，便抛下眼前的风景，回到药学院简短午休。

李教授的团队使用核酸编码化合库筛选技术，这种技术允许他们跳过药物制造时的高通量筛选。为寻找能与特点蛋白相结合的分子，该技术将数百万个小分子盛在一个小容器中，每个分子通过共价键连接一小段DNA。投入目标蛋白，振荡清洗后观察目标蛋白上残留的小分子，再通过阅读小分子上所含的DNA，确定小分子的类型。下午我们进行第一个实验是带DNA的小分子水溶液配置。配置过程本身并没有什么亮点,不过,几件比较酷的实验设备却抓住我的眼球。一个是极其精确的移液枪,最少可以移动 1μL 的液体,也就是 1/100000 升;另外的就是离心机和振荡器,它们可以保证管中的溶液溶解均匀并停留在管底。

下午还有两个目标,分别是掌握酶标仪测定 DNA 样品浓度的原理及方法,及了解 LC-TOF-MS 机的基本原理。我在这里做一个基本的记录。酶标仪的工作原理是,通过光照检测出溶液的消光系数和光程,再通过该溶液特点的透光率,使用郎伯比尔定律计算溶液的浓度。我在使用酶标仪时,由于眼镜花了,随手拿一张刚刚吸过酶标仪中溶液的纸巾擦拭了一下,后来才发现自己往镜片上抹了一堆 DNA。LC-TOF-MS 机使用动量守恒定理、紫外线和磁场三个工具对溶液进行质谱。具体的原理今天没太弄清楚,打算回家查查。

DAY2

今日有两个实验,分别是硼酸 Buffer 溶液的配置和乙醇沉淀纯化 DNA。上午配置硼酸 Buffer 溶液,并为下午纯化 DNA 的实验做准备。缓冲溶液的 pH 在遇到酸或碱时变化较小,这种特性使它在工业、化学、生物领域中都有着广泛用途。缓冲溶液之所以能稳定 pH 是因为其中有着不能完全电离的弱酸。在今天早上的配置中,这种弱酸就是硼酸。硼酸在水中能部分电离成氢离子和硼酸根,硼酸根因具有结合氢离子的能力而呈碱性,这也是为什么硼酸根是硼酸的共轭碱。基于硼酸在水中的电离不完全，且是一个平衡反应，根据勒夏特列原理反应物浓度与生成物浓度的比值为一定值。因此，当往水中加入酸性物质时，酸与硼酸根反应，pH 下降的幅度变小，硼酸进行更多的电解来补充反应消耗的硼酸根。当往水中加入碱性物质时，碱与游离的氢离子反应，pH 上升的幅度减小，硼酸进行更多的电解来补充反应消耗的氢离子。由于缓冲溶液在 pH=pKa 时缓冲能力最强，明日又有一个需要 pH=9.4 缓冲溶液的实验，我们选择使用硼酸（硼酸的 pKa 也在 9.4 左右）。配置时，各个溶液需要取的量都已经被精确地计算好，但我还是觉得不踏实。于是便带着数据自己计算一遍，得出的浓度比预期的要稀，看来整数倍的配置是不可能实现的。配置时因忘记缓冲实验的原理，还不停地向张老师求教，张老师也很认真地把大学《分析化学》的教材拿出来，对着书向我们讲解。

在两位研究生姐姐的得力讲解与帮助下，我们很快就完成硼酸溶液的配置，下一步是将 pH 调到 9.4。但实验室的 pH 计好像需要重新矫正，矫正的过程比较复杂，我们等待了半个小时左右。调 pH 的试剂是 NaOH（氢氧化钠），每加入 1mL 的 NaOH 都需要将用于配置的玻璃瓶（之前没有见过这种玻璃瓶，所以叫不出名字）摇晃均匀，伸入 pH 计测量氢离子浓度再拿出 pH 计。整个调 pH 的过程可能花费十分钟左右的时间，看来我们还是太生疏。在 pH 等于 9.3 时，我小心翼翼地一滴一滴加入 NaOH 溶液，紧张好一阵子才终于把 pH 调到 9.4。两人一起操作仪器，进行调配，这是一项有趣的团队合作。我和我的伙伴分别负责 pH 计的操作和 NaOH 溶液的滴加，在操作一半之时互换任务。除了 Buffer 的配置，我们还为下午的实验准备 5MNaCl（氯化钠）溶液、0.2DMT-MM Buffer、70%（v/v）乙醇溶液、10*TBE Buffer 的配置。但以上溶液的配置都无特别技术要求，因此这里不再赘述。

中午有幸请到张老师与两位研究生姐姐到虎溪校区的三食堂一起吃午餐。食堂中熙熙攘攘，看来就算是放假了，大学生们还是很忙的。饭后太阳直晒，我们乘着校园内的"小白"回到药学院午休。晚睡早起加上一早上的实验，大家都很累了，以致一位同学睡太熟，闹钟也叫不醒。今天早上听说李教授的研究生需要每天 7 点开始讨论，讨论时长从一小时到一个半小时不定。门卫也说："跟着李教授可以学到很多东西，他是这栋楼里最敬业的了。"与他们相比，我们的强度简直是算不上什么，却已经这么累，看来认真做科研需要一个好身体和充沛精力。

下午的 DNA 纯化实验，主要目的就是将溶于水中的 DNA 提取出来。在反应结束后，如果要将带有 DNA 的生成物提取出来，就需要这项技术。实验的第一步，是在不破坏 DNA 结构的情况下，使带有 DNA 的小分子沉淀。第二步，则是要除去使小分子沉淀的物质。DNA 整体带负电，由于同性相斥，DNA 在水溶液中不会沉淀。因此，通过往溶液中加入 NaCl 溶液，使 Na 离子与 DNA 带负电的磷酸基团结合，便可以使 DNA 变为电中性的物质。再通过离心，带有 DNA 的分子就可以被沉淀到 EP 管底部。实验中还有一个操作是使用冰乙醇溶液消除核酸的水化层，使磷酸基团暴露出来。这样带正电的 Na 离子才有可能与带负电的磷酸基团结合。当 DNA 呈电中性后，使用一分钟 13500 转的低温离心机，就可以将其沉淀在 EP 管的底端。出于溶解度的考量，加入乙醇与氯化钠溶液之后的带 DNA 小分子，还需要在 –80 ℃ 的冰箱中进行两个小时的冰冻。实验室的其他科研人员，可以在等待时，阅读其他的学术文献或为以后的实验做准备，我们却只能无聊地回到最初的会议室等待。在会议室写了一会儿记录，时间就到了，但之后的低温离心还需半个小时的等待时间。大家都百无聊赖地倒在会议室，等着时间一分钟一分钟过去。第一次离心之后需将 EP 管中的上层清液吸出，再加入 70% 的冰乙醇进行离心，通过 DNA 不溶于乙醇、钠与磷酸基团形成离子键的性质，将钠离子从 DNA 表层分离。实验最后一步，是对残余的液体进行真空离心，蒸出剩余的液体，从而留下目标的 DNA 粉末。

虽然今天实验的很大一部分时间是等待，但实验步骤之间也展现出相当紧密的关联。上一步操作与下一步紧密相连，缺一不可，逻辑性极强。我们作为体验项目的参与者，自然没有参与到实验的设计中，但为达到某一目标，对各种物质、仪器的性质进行全面思考，而提出一套完整试验流程的过程，应该是相当复杂且考验想象力。很感谢张老师与两位姐姐全天的帮助，这真是很有收获的一天。

DAY 3

昨天的作业是了解 PCR（聚合酶链式反应）技术的原理，并在今天早上进行口头讲解，我讲完后，大家像前几天一样穿上白大褂开始今天的实验。早上的实验是一个生物兼容反应。这种反应，指在与另一物质反应时 DNA 的碱基排列没有被破坏，保持其本真的性质。今天早上生物兼容反应是一个酰胺化反应，要求使用 Hp-p 溶液、对羧酸苯甲醛、硼酸 Buffer 和 DMT-MM Buffer。第一天的实验其实也是用的 Hp-p，其实它就是一个小分子上结合一条 bp=38 的 DNA 的化合物。这个小分子上有一个很容易发生反应的氨基，今天的实验就是要让这个氨基和对羧酸甲苯荃中的羧基发生反应——结合并脱下一个水分子。硼酸 Buffer 和 DMT-MM Buffer 的作用好像是活化 DNA，这里我没太弄清楚。按顺序加入这些物质之后，要进行一小时的离心，离心之后还是和昨天一样，使用乙醇进行 DNA 的纯化。

有了昨天下午两个小时无聊等待的前车之鉴，我们一开始就进行了一个需要等待的实验，并把等待的时间安排到午休的两个小时。这个花时间的实验就是大名鼎鼎的电泳。在一个小时的离心时，我们一起配置用于电泳的胶块。这种胶块允许分子缓慢通过，但又因其内部较密的排布可以提供足够的支持力，使上面的 DNA 不至于直接掉下来。配置用于电泳的胶块，需要用到大量奇奇怪怪的化合物。实验原理不懂还能问，但化合物连名字都没听过，化学原理都不知道，这种面对未知化合物的无力感，是我在这次体验活动中最强烈的感觉之一。

下午要进行电泳并使用 LC-TOF-MS 机测早上酰胺化反应产生的分子的分子量。电泳的作用是知道一条 DNA 大概的碱基长度并分离不同碱基数的 DNA。由于 DNA 呈负电性，DNA 会在电场中向正极移动。碱基数量越多，DNA 走得越慢，通过与 Ladder 进行比较，就可以知道一条 DNA 大概的碱基对数量。电泳是一个比较缓慢的过程，从开始到结束一共花一个半小时左右。经过几天的实验，同学们也疲惫了，所以有些同学就在实验室里趴倒，有些同学开始玩起实验室制冰机产出的冰。电泳结束后，将凝胶片放入蛋白发光成像仪进行成像，就可以得到清晰的拥有不同数量碱基对的 DNA 的具体位置。

虽然第一天我们已经接触 LC-TOF-MS 机，但那时我们并没有进行操作（前几天机器在维修）。LC-TOF-MS 机可以进行两种制谱，它们分别是对紫外线吸收量的制谱和对质量的制谱。首先待测溶液中的分子将经过一条通道，这条通道能快速地使分子量不同的分子分散开来。之后，拥有不同分子量的分子会按照不同时间进入一个能使其加速的电场，并通过接受紫外线的照射来进行紫外线的制谱。被加速后的分子将飞过一个烟囱形的筒，这时机器就会通过动量守恒与电场力的公式，还有分子飞行时间，计算出分子的分子量。早上实验合成的分子的分子量为 12540，加入我的溶液进行测定后，发现实际的分子量为是 12541，应该算是比较准了吧。

下午实验结束后，我与顾同学在会议室下国际象棋。张老师看到后在旁边观战，并告诉我们他所上的小学是一个国际象棋特色小学，每个同学都必须下国际象棋，期末还会有等级考试。看来这个世界真是无奇不有，但也多姿多彩，正是因为有各种各样的人与事，我们才不会陷入单调、极化、无聊的循环中。

DAY 4

今天是活动的最后一天，没有实验。几天的活动虽然强度不大，但有条不紊进行的实验与早出晚归的作息使我疲惫。上午听取张老师关于新冠肺炎的一些与医学和生物相关的科普讲解，下午是对这次活动做一个小汇报。

传统的授课形式总是容易让人犯困,尤其是对于一个已经有一学期没有好好睡觉的人来讲。早上我是硬撑着才没有睡过去,至于讲了什么内容自然就不是很清楚。后来想到自己好不容易有了一个这样可贵的活动体验机会,自己必须听进去一些知识,我便开始向张老师提问以消解睡意。

其实下午的计划原本是讨论,但在中午沟通后讨论就变成汇报。我在半个小时内做了可以讲20多分钟的PPT。平时实验时感觉并不强烈,我是在整理工作时才发现自己竟然在短短几天内学到这么多的原理与实验技巧。作为一个高一学生,因为知识面的局限,我来到大学的顶尖研究所,肯定有着诸多不清楚之处。在张老师和赵、钟两位助教小姐姐的耐心解答下,我的疑问得到解答,错误的实验操作也得到纠正,真的很感谢他们。当然,一个高一的学生不可能在这样的顶尖实验室中学得什么高深的理论,这也只是一个科学体验项目,让我体验一下做科研的过程,这也很可贵。

同学们下午的汇报,风格迥异,各有千秋。沛同学的汇报涵盖我们所有的行程,她还在最后提出一种病症并与李教授探讨原因,在结束汇报时她因此获得了赞许。顾同学由于种种原因没有使用PPT,进行一系列关于这个实验室的评判,显得很有思想。李同学使用流利的英文,介绍我们大概的日程,展现一些有趣的瞬间。介绍完日程之后李同学进行七八分钟的与新冠肺炎、科学研究相关的英文演讲。

可能是对实验原理比较感兴趣,我的汇报中原理的比重较大。整个汇报内容讲下来我感觉还不错,几页PPT讲了很久,中途还偶尔穿插着一些幽默搞笑的事件来提起听众的兴趣。汇报的最后，我把话题拉回第一天时提出的"药的意义"的问题上。当时李教授认为，对于人类药与柴米油盐酱醋茶一样，是不可或缺的，但我却觉得药与其他任何的工具一样，是为拥有者效劳，助其获得利益的手段。第二次世界大战期间，青霉素的发现大大推动同盟国的胜利进程并加快轴心国的失败速度，而轴心国的人也是人，因此在这个层面上，药并没有服务全人类。李教授听完我的发言后，仍觉得从广义上来讲药物对人类还是一个必备品。一个人在生病时宁愿要可以救命的药也不要一台苹果手机。我觉得教授讲得很有道理，于是又重新塑造我对药物的看法。当人类生活质量在一点一点提高时，背后是药物支撑起我们身体的健康，从而允许我们从事更多的工作与娱乐活动。

汇报结束，我们邀请老师们一起到校园外吃了一次火锅便散伙了。张老师还在最后跟我们说"保持联系"。虽然与老师们只认识4天的时间，但要离开时还是挺不舍的。饭后和几位同学一起去玩了一趟密室逃脱，被吓得半死之后便愉快地回家了。

李同学汇报的题目是"A Glimpse into the Future（对未来的一次展望）"，这次活动确实名副其实。对于个人来讲，这次展望是对未来潜在的专业或职业的了解。往外走一步，了解当今的生物化学与制药技术，其实是对将来人类命运的一次窥探。

（2020年9月8日）

人、访谈与旅行

第三部分

游乐场变迁、真实性与革新

前半个月我陆续听了来自谢菲尔德大学准教授 Helen Woolley 关于游乐场变迁的讲座，和纽约城市大学社会学教授 Sharon Zukin 对于真实性与革新讨论的讲座。

Woolley 提到，游乐场的出现是工业革命的结果。快速的城市化，使交通系统得到发展，城市人流、工厂密集，孩子的安全受到威胁，于是游乐场被设计了出来，将没有自保能力的小孩子圈了起来，不让他们乱跑。这是游乐场发展的第一阶段，也被称为监狱时期。往后的发展则将游乐场单纯的保护功能，提升到了培养孩子社交能力，让孩子试错、感受大自然、认知科学方法和适应新环境的高度。Woolley 因此设计出一套可量化的游乐场评判标准，尝试在游乐场领域做出一些改进。

Sharon Zukin 教授提出一个很有趣的问题：如何找到快速发展与真实性的平衡点？根据教授的调查，连锁超市、连锁饭店、画廊、大型公司等和经济密切相关的产业，都在多多少少地破坏着街区的真实性。以美国当时的一个街区为例，大批的移民在几十年间创造出这个街区的文化和相对其他街区的优势，那就是廉价皮革。然而大公司以更高的生产效率、更时尚的设计、更低的价格，卖出更好的皮革，夺取这个街区的市场。同时这片区域的经济发展导致房价的飙升，迫使许多原本的商家离开，取而代之的是连锁商店，破坏了本街区的传统和多元。

我十分赞同 Woolley 对于今日游乐场所需具备的功能的想法。童年是培养儿童思维方式与社交能力的阶段，而游乐场能让小朋友们亲身体验与同龄人交流的过程，提高一些辨别和观察能力。比方说有一棵树，上面坐了一些人，你要是想坐上去，就得和在树上的人协商，看怎么样腾出来一个位置。抑或是选择坐在某根树枝上，这一次这根树枝断了，下次就不会再选择坐在类似的树枝上了。现在的游乐场设计变得越来越好，设施多样，可锻炼孩子多种能力，当然是一件好事，但孩子游玩时如出现安全问题，必然要追究责任。我觉得还是有解决方案的，或许政府出台的一些政策能够打破瓶颈。

Zukin 教授提出或许是当下社会最激烈的问题。我们生活在一个全球化的时代，一个信息化的时代，一个互联的时代，一个经济、科技等快速发展的时代。但是正在失去"我之所以为我"的特征、特长和文化，我们在失去自己的身份。另外一个值得思考的问题是，因发展改变的社会难道就失去其真实性吗？真实性，指的是一个人的思想和行为的一致程度，所以城市发展的真实性，就应该是"城市应该如何发展"和现实状况的一致程度，而不是将一成不变当做城市的真实性。那么问题又来了，城市应该如何发展？我相信发展一定是要向前的，但又不能过多地破坏居民们原有的美好记忆，这就需要发展和当地文化有机结合，因地制宜地发展。大公司的兴起虽然赶走了原本可以一直把生意做下去的店家们，但是也提供更多的就业岗位和税收。

经济发展带来的利润，一定大于因发展丢失的文化和历史吗？经济发展能直接带来社会进步吗？大公司促使经济增长的同时也带来社会阶级的分化，怎么解决这个问题？如果我们找到那个真实性与革新的平衡点，人类也许就会在这些问题上，有一些新的见解，取得一些突破。

（2019年11月9日）

互联网时代的实体书店：从西西弗书店谈起

线上学习和逛实体书店是我一直在做的两件事情。高一的生涯规划课上，我和肖、胡、夏、袁四位同学做过一个名为"疫情时期实体书店的发展"的小课题。那次，我们以西西弗书店为对象，采访了重庆万象城门店的店员和店长，之后对西西弗书店西南片区的区域总管进行了一次访谈。

关于线上学习，我在高一时曾写过一篇关于互联网中的免费资源如何可能促成教育公平的社论，并用它参加了《纽约时报》的社论写作比赛。现在回想起来，那篇社论稿的观点和讨论很缺乏深度，当然最后也没有获奖。

前几天有机会采访西西弗书店的总经理刘娅女士，又使我对互联网时代的实体书店这个话题提起兴趣，便打算谈一谈这个话题。作为一个高中生，我对商业并不了解，这篇文章是通过一些背景知识加上自己的思考写成。调查疫情时期的实体书店、访谈不同的对象，对我而言是个学习的过程。

太空探索技术公司（SpaceX）的创办人埃隆·马斯克认为，在今天知识是免费的。这句话在十多年前或许还是妄想，但对于互联网的熟悉运用者而言，轻而易举就可获得免费的知识。书店作为人与书本（知识的载体）的桥梁，在互联网时代下，必然受到了不小的打击。同时，哔哩哔哩、喜马拉雅等平台让知识——不管是散文、小说还是专业知识——更便捷被大众接受。

如果说书店是人和书本之间的桥梁，它们同样也是出版社与读者间的媒介。不过，在这个层面上出版社与书店常常属于共生关系。代销是常见的策略，书店在卖出之前不付购书款，卖出之后则将部分收益交给出版社，剩下的收益留给自己。然而，线上购物的大规模普及，各类线上书城的出现，则改变了原本的出版社—实体书店—消费者的销售链，使读者得以绕过实体书店，以更低的价格买到书。电商的出现无疑增强了图书零售业的竞争。

需求下降，竞争上升，当下的实体书店处于怎样的环境之中？当下的实体书店与传统书店相比，作用有何异同？当下的实体书店要怎样面对市场，才可以避免被免费知识平台或电商的低价碾压？

作为实体商业，我们必须讨论书店的地理位置。书店一般建在什么场所？仔细想一想，会发现大部分的书店都位于商业综合体内或商业街旁。"等等，为什么会这样呢？"你可能会问。无论是怎样的商店，都应该建在其目标客户边上，或是一个方便目标客户前往选购的位置。按照这个逻辑，书店不应该都建在学校或者住宅区边上吗？这个问题的答案将展示当代书店的两个特质（文化象征，商业、大众化）。大牌实体书店往往能在商圈中，获得比其他商店更低的店面租金。同时，商圈中的高客流量也给实体书店提供了可依赖的客流量。为什么地产商愿意给实体书店低租金，并邀请其入驻？

首先，实体书店能提高商圈内的文化氛围，更有文化的购物氛围可以吸引更多的人流量，这是对商圈价值的提升。其次，大型书店或多或少都有自己独特的风格（温馨的西西弗、大气的方所……），这些书店也因此成为一个个消费者出门时心中的目的地，这同样也增加了商圈的总人流量。中国社会科学网的文章《独立书店如何妙选商圈》提到，"在广州，方所和太古里的结合已有很好的效果。广州方所眼下不仅实现了盈利，更给广州太古里贡献了10%的人流增量"。可以看到，书店已经和商业综合体形成了一个有机的结合体，它们互帮互助，构成了相互的生存环境。

从这里可以看出互联网发展并不会使实体书的需求出现致命性的减少。书籍并不只是知识的载体，书籍是与商圈中的衣服、皮包等价的商品，书籍是展示消费者教养的生活方式，书籍是在逛街走累时喝的一杯精神咖啡。互联网发展产生的"知识免费"，只面向一小批读者，这一批人停止购买实体书，对整体需求的影响是微小的。2016年，西西弗书店的董事长金伟竹在接受百道网的专访时表明，西西弗的目标消费者是"大众群体"，也就是要让那些"可读可不读的人群"在商场逛街时进入西西弗书店走两圈，并且他们"进来后可能就会买两本书"。金伟竹认为，西西弗书店所处的市场中并没有什么竞争，因为"中国的阅读市场并不成熟，人均读书量相当低，所以市场潜在空间很大"。

如此看来，互联网时代，实体书店面临转型问题。如果书店真的仅仅是一个各类书籍的陈列室，它怎么有生存下来的可能性呢？因此没有转型的传统书店只有死路一条。那么，今天可以在商圈遇到的这些大型连锁书店，究竟经历了怎样的转型呢？

我和小组成员在2020年对西西弗书店进行了采访，获得了这样的数据：按规划，西西弗书店将于2020年在全国开140家新店，但因疫情影响西西弗书店只能开40家左右的新店。在新冠病毒肆虐全国的2020年，各类实体商业都受到严重打击，西西弗书店仍旧开了40家左右的新店，这是一个非常可观的数目。正是西西弗书店"现代"的、与传统书店不同的特质，赋予了其顽强的生命力。

首先，西西弗书店有一套非常强大的运营系统。根据金伟竹先生的介绍，西西弗书店在商品体系内建立了商品采控、商品流控和商品调控三大模型。这些模型都是以每个门店的运营和大数据为基础建立起来的。这三大模型使整个运营模式标准化——所有的采购、摆放、库存量全部由模型计算而来，每一个动作都有背后的逻辑。其次，西西弗书店也十分注重培养自己的工作团队。西西弗书店的人事模型大大缩短了各类职员的培养周期——如今，培养一个成熟的店长仅需要短短的三个月。我从采访中了解到，西西弗书店团队内部的关系比较密切，而且职员们大都能在自己的岗位上取得可喜的进步。那西西弗书店的团队到底有多大呢？根据采访，西西弗书店的员工数量为5000人上下。5000是什么概念？大一点的高中，一个年级可以有1000多人，2000人在做操时便可以把标准足球场的草坪占满。如果西西弗书店要把所有的员工聚集在一起，则需要站满两个半标准的足球场。

我看到的是一家什么店？它不是在巴黎石钉路转角处的，由一个戴着老花镜的老奶奶开的满是书香的二手书店。相反，眼前是一家分工明确、运作良好的现代企业。我们直觉上会很自然地把互联网购物和电子书的崛起看成实体书店的敌人，然而这种认识具有局限性。互联网的普及，自然也意味着新型商业模式的产生，静态地把社会对传统书店的认识，作为标签强加在新式书店上，是不合适的。通过大数据建立的采控模型、与运营系统相符合的扩张速度，这些是互联网时代下企业的新王牌。

回到一开始的问题，当下的实体书店究竟处于怎样的环境之中？书店最受益的地理位置，也就是商圈，要求书店有一定的规模和品牌。像西西弗书店这种运营模型的建立，需要大量的初期投入。刚才提到的这两点都对小型民营书店非常不友好。不能转型，书店就是传统书店，是要被互联网时代淘汰掉的。所以，可以把实体书店所在的竞争市场看为一个书籍零售的寡头垄断市场——只有几家主要的书店在市场中稳定运营。但是，根据金伟竹先生"不存在竞争"的说法，我们又不能把寡头垄断的说法强加在这几家大书店之上，或许传统的经济学模型并不能解释一个发展中的市场。

实体书店并不会因互联网发展而消失。相反，传统的实体书店在互联网时代下，因各种新技术的支持而获得了新的生命。

最后，我想谈谈这些新型书店对社会的意义。它们运营理念发生变化，是否也意味着其对社会的意义也发生改变？从总体来说，书店的转型能给社会带来不少的益处。既然卖书是一门生意，而且这些书店也意识到了中国是一个很有潜力的市场，它们便会使用各种方法来鼓励大众参与到读书队伍中来，而读书对社会的益处自然不必多说。这些新式书店的快速扩张，同时也可以提高整体文化氛围。这就像哪天环保事业突然能赚钱了，马上就出现了一大批致力于改善环境的人，这样经济也发展了、环境也保护了。但是商业化的书店能否坚持住文化的底线，是一个值得每个书店思考的问题。

为了利润，书店可能变为咖啡店，还很有可能大大降低所卖书籍的质量。如果一进门看到的都是仅仅为了迎合大众口味而写出的读物，这家书店可能已经失去了理想。西西弗书店能做到 80% 营业额来自图书，20% 则来自文创与矢量咖啡，这确实是一件了不起的事。

"我想要一个充实的下午。"我对自己默念道。

于是，拿起钥匙和书卡，我走出了家门。

（2021 年 5 月 31 日）

访谈赵燕菁先生：
"他站着都会想，做梦都会想"

几年前，赵燕菁老师到重庆大学做了一次关于雄安新区规划、漳州老城保护和三亚城市规划的讲座。讲座很精彩，听讲座的人济济一堂，气氛热烈。那场讲座，我第一次了解到他。赵燕菁，1984年毕业于重庆建筑工程学院（现已并入重庆大学），是我爸的学长。老爸很推崇赵燕菁老师，和我聊天常会提到他。因为对经济学比较感兴趣，在几年前的那场讲座后，我陆续读了一些赵燕菁老师的文章（有些大致能懂，有些还不能理解），在网上看了他的讲解视频，很钦佩他。这次回漳州我有幸采访赵老师，也很谢谢赵老师在百忙之中接受访谈。

赵老师读高中的时候是怎么学习的？有什么兴趣爱好？高中结束后为什么选择城市规划专业呢？

赵燕菁：我高中的时候兴趣特别广，最喜欢的是画画。考大学时，我实际上根本就没想学城市规划，真正想学的是建筑学。但我高考的时候没有发挥好，分不够，而建筑系在重建工是第一系，收分最高。当时是全国统考，北京的录取分是全国最低的，而录取的学生中，有三个北京学生分数最低，我是其中之一，所以也就是全校最低分。我是进到学校后，自己折腾进建筑系的。当时，建筑系学生入学后要加试美术，因为高分学生中有些不会画画，所以只好转到别的系，这时建筑系就有名额空出来。那时建筑系有两个专业，一个城市规划，一个建筑学。我和另一个北京同学一起折腾转系，我们都想学建筑学，但他的家长是学校校友，我就只好退而求其次，转到城市规划。虽然城市规划不是我的首选，但来之不易，我还是非常珍惜，由于接近自己的兴趣，学习也特别努力。特别是设计课程是我的长项。

那后来为什么又转向经济学这个领域呢？

赵燕菁：我大学毕业后一直想进设计所，但阴差阳错被分到业务室。业务室相当于单位办公室，虽然也有研究项目，但领导觉得重建工毕业的，研究能力肯定不如清华、北大、南大学生，所以派我去搞管理。说是搞管理，其实就是非专业性质的工作，讲难听点，就是打杂。当时业务室有一个国家课题，研究小城镇政策，参加课题的同事都是名校毕业。后来，中规院又参加了一个国家科委和美国东西方中心合作的城市化道路课题，参加课题的都是领导、大咖，总得找一个年轻人做助手啊，就让我去了。当时参加这个课题的还有社科院（北京）和来自天津市的专家，我在这里认识了很多规划行业以外的大咖，其中也有经济学家。另外一个项目是国务院特区办委托的全国沿海城市调研，我也是拎包的，但一直留心学习，末了我还写了一篇文章。领导渐渐发现我还有点研究能力，有类似的研究开始让我参加，包括国家科委普及型轿车的研究。通过这些项目，我开始接触经济学知识，不过现在看来，那时的认识还是非常肤浅的。

通过这些项目，我意识到城市规划不完全是我在大学里学习的设计。现实对规划提出的问题，原来学习的以设计为主的知识说不清楚。所以我就转到了地理方向，当时正是经济地理向规划渗透的阶段，像周一星先生、胡序威先生、吴友仁先生等在规划业内影响很大，我的很多同事也是从北大、南大经济地理专业过来的。这就给了我很多学习的机会。而经济地理的很多模型，比如说克里斯塔勒中心地理论，底层支撑其实都是经济学。图能本人更是被经济学界视为边际理论早期的代表人物。从这个时候开始，我就对经济学感兴趣了。

后来开始做项目，需要给甲方提出你方案设计的理由，图画出来，得有个说法，这个时候就需要引用一些经济学观点。而经济正是地方政府特别注重的。你的方案若能说出点经济学理由，就会显得与众不同。当然这也和城市发展有关。一开始甲方需要你解决工程问题，随着城市建设的升级，甲方问你的问题开始变了。这个时候他不是问"这个路该怎么修"了，他问的问题是"我们怎么发展"？就好比以前甲方会告诉建筑师，他需要一个医院，他需要一个学校；但现在甲方会咨询你"我要建一个什么最好"。问题变了，你就要学会新的规划工具，这个工具就是经济学。是现实而不是老师决定你真正要学什么。

前段时间看1980年拍的讲述美国资本主义现状的纪录片《资本主义：一个爱情故事》(*Capitalism: A Love Story*)，里边讲到美国人民甚至一些飞行员都要通过政府发的粮食券来过活，工资真的很少，就是吃了上顿没下顿。在中国，就算是很穷的人都还多多少少有点储蓄。这是不是说明储蓄越多越好？

赵燕菁：美国商品经济高度发达，只要货币出问题，就必须政府出面救济。我们看上去反而问题不大，这不是说我们比别人强，而是说在货币出现问题时，我们更加能扛而已。当然，储蓄也是一个原因，如果一个社会有很强大的救济能力，个体还需要储蓄吗？储蓄恰好说明集体抵御风险的能力不行，需要较多依赖个体的储蓄。储蓄是退出经济循环的闲置财富，要从社会总财富中扣除掉。储蓄越多，当期的社会财富越少。因此，储蓄不是越多越好。中国历史上很多朝代就是毁于此，比如汉代的厚葬、明代的货币窖存，都曾因大量财富从经济循环中退出导致经济凋敝。

我之前看一个宏观经济学的课程，一个密苏里州立大学的教授说，中国经济的飞速发展其实是因为中国人喜欢存钱。我们把钱存在银行里，企业就可以从银行贷款进行很多的投资，和这个有没有关系呢？

赵燕菁：如果答案这么简单的话，中国早就发展起来了。改革开放之前，中国的积累率，也就是储蓄率，是世界上最高的。为什么那时候没有发展起来？中国人储蓄率为什么会高？真正的原因是，改革开放之后中国的货币是通过负债形成的，也就是所谓的贷款生成货币。那些储蓄归根结底都是债务。美国的储蓄为什么低？因为美国资本市场发达，债务体现在股市上而不是银行储蓄。如果说储蓄就是债务的话，美国一点都不低，恐怕是世界最高！真正的问题是，以前为什么不能负债呢？或者说穷国为什么负债低呢？是因为没有抵押品。比如说我们去买房子，借银行 100 万付首付，银行为什么借我？因为我要买的住房值 200 万，房子就是我的抵押品。开发商拿走 100 万又存入银行，就创造了等值的储蓄。所以储蓄是买房时负债创造的。储蓄是负债以后生成的货币存银行里了。因此，现代储蓄不是真正创造出的财富，而是未来的财富，其本质是负债。现代经济发展必须有债务，传统经济是挣 100 元存 50 元，社会财富是 50 元。现代经济是挣 100 元，吃 100 元，还借了 100 元，储蓄了 100 元，社会财富是 200 元。家庭如此，政府、企业也是如此。所以，看起来好像是中国人喜欢存钱，其实就两条：（1）中国比以前抵押品多了（土地财政），能负更多债；（2）中国是以间接融资为主（银行贷款）而不是以直接融资为主（股票市场）。

上次在学校听过赵老师的讲座，特别是关于漳州古城保护和三亚的旅游规划，特别精彩。怎么才能够在一般性做法中发现问题和提出创造性的策略呢？

赵燕菁：我们这个行业，本质上就是医生，城市就是病人。每个城市都有它自己不同的问题，就得想办法给它解决。给三亚看病，就要找到制约三亚发展的症结。一般而言，城市化发展和经济发展，最终胜出的一定是大城市。这是因为，城市的竞争力来自公共服务，而大城市的公共服务因为有规模效益，一定比小城市便宜。比如，这条路上有一辆车走和有 100 辆车时，修路的总成本是一样的。但是，一辆车走的时候，所有成本都摊在这一辆车上；100 辆走的时候，每辆车负担的成本马上就变成原来的 1/100 了。在大城市它修再豪华的设施，摊成本的人多，实际上比小城市更差的设施都便宜。三亚这样的小城市一定是修什么都比大城市贵，从长远看是没竞争力的。即使今天，全世界的城市还在向大城市集群集中。这是一个必然的结果。像北京这样城市的规划，闭着眼睛瞎规划，它也可以发展，甚至规划不让它发展，它还是会发展，因为它有规模的优势。你看伦敦、东京，都一样，他们都曾限制发展，结果还是越限制城市越大。新古典经济学与规模经济、报酬递增不兼容，完全竞争下的规模没法收敛，所以得出结论，要均衡分布才能发展经济，而现实却正相反，现代经济特点是集聚发展。

好了，三亚这个病人让你做规划。它问你："我这样的小城市怎么活啊？"你不能把这些道理一通分析，然后告诉三亚："看，你得的是绝症，你想吃点啥就吃点啥吧。"这样的规划师，人家会付你设计费吗？你是医生，就得给人家想一辙。人家为什么付你钱呢，就是因为他们的城市发展不起来嘛。人们都是身强力壮，还会有医生这个职业吗？我给三亚开的药方是，不能发展综合性城市，成本高，没有优势，竞争不过大城市。要通过分工，成为大城市的一部分。

而恰巧三亚有这个条件。什么条件？它是全中国唯一一个热带城市，它是独一无二的，而且本地人口少。三亚空间上虽远离大城市，但大城市的人是可以移动的。如果每个城市都有一部分人到三亚这里来度假疗养，就可以分摊基础设施成本，三亚的规模效益就出来了，这些效益摊在很少的本地人头上，就会有很高的人均财富。因此，三亚的最优对策是，与发达的顶级大城市而不是落后的海南分工，三亚要成为上海的一部分、北京的一部分。到这儿来的全都是中国有消费能力的人。那不就是另一个迪拜吗？迪拜不就是同世界最发达的国家和城市分工，成为最富裕的城市的吗？这就是我当时给三亚开的一个药方，我告诉他们，如果试试方子，说不定能活，但如果按照原来那个药方(规划)就一定得死。所以三亚就搞成了一个专业化的旅游城市。

当然三亚的问题其实没有这么简单,单靠规划还只是解决了发展方向的问题。三亚为什么发展不过迪拜?因为三亚只能同国内的顶级城市分工,人员、货币、交通、法律、信息等基础设施的管制,使三亚还无法像迪拜一样成为真正的自由港。此外,国家的税收、制度也不支持三亚专业化。因为我们国家的税收是从生产环节而不是消费环节收的,增值税是最稳定的税源。结果三亚可以成为上海的后花园,但却无法分享上海的税收。如果你是在迈阿密,税收主要来自财产税,只要你在那里盖房子买房子,政府就要收税,每个房子都像工厂一样产生税收。所以三亚的规划,就一定要在经济、税收制度等方面同步调整。而税收是中央政府的事权,三亚说了不算,但起码规划师要告诉三亚向上争取哪些政策。所以,好的规划师不能只懂得规划,开一个药方之后还要开一系列的解决方案。

那您觉得,为什么您看到了三亚的这个问题,但是其他的专家一开始没有看到?

赵燕菁:看不到是正常的,因为规划师没有经过这方面的训练。我们这行是源自建筑和工程行业,这个行业的常规做法是,甲方有了一个工程目标,交给专业工程师帮他实现。比如说你让我设计个楼房,你得先告诉我要的是学校还是医院。一旦告诉我是学校,剩下的就是我的专业范围了,学校有哪些功能,怎样完成,我比甲方还清楚。但就工程目标本身,你要学校还是医院这件事,你自己必须想清楚,这个事我帮不了你。

现在的规划专业恰恰是在这方面遇到问题。今天的规划师发现,甲方常要规划师帮他们参谋他们的工程目标应该是什么。在传统的规划专业里，这些委托"超纲"了，这些题老师没教过呀。但有些规划师不甘心放弃这个市场，于是就衍生出一个新的规划产品——战略规划。在战略规划中，要回答的问题不是怎么建，而是建什么，是为传统规划的合理性提供论证。这就超出了传统工程设计的范畴。

比如三亚委托你做城市规划，你不在乎三亚怎么发展，反正你都会设计，因为三亚让你解决的不外乎是管线、道路之间的关系，然后路和房子之间的关系，工业区在这儿好还是在那儿好，人口和基础设施的匹配……这些对你来讲都是套路啊。现在你要建议三亚要搞专业化旅游城市，不要搞综合性城市，这就是战略。这已经超出传统的规划了。

当然你也可以不回答，说老师没教，但你这个学科也就逐渐衰败了。你去外国学城市规划，发现他们就不回答这些问题，外国规划更感兴趣的是一些社会问题，比如规划和性别歧视、规划和公众参与、规划与社会均等等。虽然他们越来越精致，但城市规划学科也在不知不觉间被边缘化。中国规划师不同，既然市场有需求，我就要去回答，传统的工具不足以回答这个问题，我就去寻找其他工具，找不到我就去发明。这就像医生，你不能选择病人得的什么病，而是要寻找解决办法。因为你在市场上要求生啊。我的观点，不管回答得好坏，先把这个位置占了，然后慢慢改进。战略规划如此，国土空间规划也是如此。一开始，你会看到有规划师开始瞎编，因为我们没有这方面的知识。但编着编着，有的规划师就开始摸着点门道了。就像医生，尝试各种处方和疗法后，有的案例成活率提高了，学科就是在求生的过程中发展。任何学科都没有法定的边界，你回答的问题越重要,你的学科就越重要;你答对的题越多,你的学科进步就越快。

您觉得中国从高速增长转向高质量发展的全球意义是什么?

赵燕菁:首先,得界定什么叫高速度,什么叫高质量。经济学没有规范的标准,区分什么是高速度,什么是高质量,这些都是形象的比喻。我是把经济发展分成两个阶段。第一个阶段是资本增长阶段,企业要盖厂房,政府要修桥,家庭要买房;第二个阶段是运营型增长阶段,企业要卖产品、要盈利,政府要收过桥费,家庭要有就业有收入。我定义的高速度就是第一个增长阶段。必须有资本,才能高速度。如果没钱,增长就是愿景,是废话。印度为什么不能像中国一样高速度啊?它倒是想,可没钱啊,有钱谁都会高速度。中国靠土地金融,靠卖地解决了第一个阶段最大的问题——资本,所以我们很短时间就大体完成了第一个阶段重资产积累阶段。但这并不是高质量。高质量是第二个阶段,运营得赚钱。第一阶段是有钱,是发展快,但那是借的钱,能借到钱是因为相信第二阶段能赚钱。就像工厂一样,盖完厂房,买完机器之后不是就结束了,运营阶段能不能赚钱,才决定发展是否完成。不能指着一大堆设备说我阔了,设备只是增长的第一个阶段。城市也是一样,卖完地后,修完路、修完桥,什么都修起来了,这是第一步。高质量看的是,你的城市赚了多少钱,征的税是否养得起这些设施,是否能支撑后继的服务。借钱把学校建起来了,但还得有老师啊,养老师的钱不能再去借钱了,不但不能借钱,还得把当年建学校的钱还了。这时就得挣钱了,这就需要税收。对政府而言,高质量就是税收。

高质量阶段比的不是谁能快速建设,比的是谁能持久盈利,比的是谁赚钱多。中国高速度阶段为什么发展快？因为我们特别能借钱，多昂贵、多豪华的设施我们都能建起来。但建起来之后，进入高质量阶段，压力就很大。比如你结婚上来就借了一大笔钱，买一个大房子，一下子资产形成了很多。但这只是高速度。然后你要开始还钱、还贷。你的房子多大、多豪华，你还贷的负担就有多重。所以高速度阶段的成功，可能会成为高质量阶段的问题。我们一定要清楚，高速度阶段花的钱不是我们已经挣到的，而是向未来借的。如果建设的道路、桥梁、管线、学校、医院和美国的水平一样，运营阶段又没有挣人家那么多钱怎么办？都得破产！城市规划成功解答了第一步高速发展阶段的问题，但第二步高质量发展还不知道能不能成功。因为规划的理念、目标、方法都和高速度阶段不同。高速度阶段可以有很多城市成功，但高质量阶段可能就剩下几个城市。这个阶段的城市竞争之惨烈，远超我们的想象。看一下汽车、手机、电器这些企业的竞争，大体上就可以看到未来城市的竞争状况。在高质量阶段会有很多城市破产。地方政府一定不能让你的城市成为那个失败的城市，而个人，一定不能选择一个失败的城市。这时，好的规划师就像好的医生，一个规划可以决定一个城市的生死。

那这种转变对整个世界有没有什么影响？比如对其他国家经济的影响。

赵燕菁：当然全世界的经济发展都是这样经历了两个阶段。美国也是从高速度发展过来的。高质量发展问题，对于他们的城市来讲也是一样存在，它现在也遇到能不能继续赚钱的问题。思考一下为什么发达国家很多城市衰落了？当年这些都是很发达的地方。你看美国的锈带，很多高速发展阶段的明星城市，为什么高质量阶段都不行了？规划师必须分析这些城市的死与生的原因，它们是城市规划的宝贵"病例"。现在城市规划做得远远不够。

你看美国，为什么增长速度降下来了？为什么各级政府都负债累累？因为它当年建的道路、地铁等基础设施开始折旧，开始还利息，如果税收不能相应增加，就覆盖不了支出，就必须负债。而在美国，加税是非常招选民讨厌的。所以美国的基础设施越做越破，这不是因为美国人傻，当年美国那些城市都阔过，都牛过，家家都有院子，都有绿地，城市建得又大又散。现在要维持基础设施，成本降不下来，想改回紧凑发展，走TOD（Transit Oriented Development，交通引导开发）公交优先，根本回不去了。美国现在靠以债养债，雪球越滚越大，这就是典型的庞氏骗局。美国发明了MMT（Modern Monetary Theory，现代货币理论）这样的理论，试图证明美国可以违反万有引力持续运行，这些都是痴人说梦。

美国就是中国过河时摸的石头。城市规划不能一开始就按照委托方的需要，怎么豪华怎么来。因为所有的大火车站、大机场、大体育场的折旧，全部都要算到政府支出里头。一旦这些设施挣不到足够的钱，就会像美国那些城市走向破产。所以，你看今天像英国、美国很多活下来的城市，它的基础设施比如火车站、机场都特小。我在英国、法国坐火车，发现有的车站根本没有候车大厅，都在站台等着，自己的火车来了就上去。哪里像我们的高铁站，有空调、有座位，左一个安检，右一个查验。这些都是成本啊。我到英国，去卡迪夫国际机场，我们是最晚一班到达，机场工作人员说"你们赶快走吧"。我们一出去，机场里灯也关了，空调也关了，门也关了。为什么啊？省钱啊。

所以说欧洲那些国家和美国已经进入高质量发展一段时间,且遇到问题了?

赵燕菁:高质量发展是一项本领。我们这些经历过中国城市高速发展的规划师,以前很看不上英国的城市,感觉没有中国的城市那么繁华。但你去了那里之后,会发现英国的城市变化特别小。10年前去是这样,10年后去还是这样。它不老,不旧,就跟这个人的年龄一样是冻龄了。我现在才知道这才是真本事。我们国家现在城市变得很快,几年过去就认不出来了。但在那些光鲜的新区背后,是快速凋敝的老区。这些老区和英国的比,其实一点都不老,但破旧得非常快。30年不到,20年左右,城市就会变得非常旧了。社会如果要运转,收入就一定要与支出相当。都说英国的管家是世界上最好的,其实城市维护也是最好的。人家不要那些花里胡哨的东西,人家这个也收费那个也收费,街道上能省就省。这不是人家傻,人家是要把钱给省下来。高质量阶段,省钱是一种本领。所以城市规划在高质量阶段不是无足轻重的,实际上很多规划在一开始就决定了城市能不能省钱。随着人口和其他经济要素流动性的增加,未来全世界的城市都是要看谁收益最大、成本最低。竞争失败的城市就会出局。城市出局,国家也就出局。

您觉得在一个互联网及全球化的时代,相较以前,高中生学习更应该注重什么?

赵燕菁:哈哈,这个问题应该是你告诉我。我觉得和我们当初肯定是不一样。第一,我觉得你们的知识面和接触知识的渠道,比我们那个时候广多了。我现在教学生的时候不敢乱说,因为我刚说一句话,学生立马上百度一搜,然后说我说得不对啊。所以你们这一代，知识本身变得非常容易获取。但是什么变得稀缺？是你们对知识的态度变得稀缺。我常跟学生说，我不教你们知识，那些知识可能还没有毕业就没用了，比如原来的总体规划，现在突然来一个国土空间规划，大家都傻了。我真正希望教给你们的，是喜欢上城市规划。我个人经历告诉我，那些考试成绩很好的同学，不一定最后达到的学术水平就一定高，真正决定你水平的，是你能不能持续地思考。我高考的时候全校最低分，但是那些高分不见得个个比我好。那我为什么能超过一些比我考试分数高的同学呢？不是因为我的知识比他们多，而是因为我热爱城市规划，工作了，不考试了，我还会一直在思考。所以真正好的科学家，你说要休息会儿吧，他不会。他站着都会想，做梦都会想，没有上班，没有下班。为什么？因为他喜欢。成绩好，只是征服了一个个台阶，只有热爱，才能让你征服整个山峰。所以我觉得让学生喜欢上一个专业，比教授他知识更重要。对于你们来讲也是一样，你要培养自己的爱好。一旦喜欢上这个东西了，比如经济学，到哪里都会拿经济学知识检测一下，当你所有的生活沉浸在里头的时候，你的知识就会自动快速迭代。

第二，我觉得学生要尽快建立起自己的知识框架。你会发现这个世界上有些人的反应特别快，经济学他懂，企业他懂，平台经济他又懂。你觉得这个人好像是特别博学，其实不是。他之所以主意多、反应快，是因为他的知识不是无序地堆放在脑子里，而是有一个自己的框架，知识在里面是相互联系和支持的。一旦你有了框架，你所有的知识都变得有坐标了。比如把窗户、玻璃、门、地板、楼梯拿出来研究，什么意义都没有。就算学习了最高级的楼梯，你也不见得知道它有什么用。但是如果你有一栋房子，这个时候你就知道窗和门是这个关系,门和楼梯是这么一个关系。你可以把好多知识串起来。中国科学和西方科学差别在哪里?不是我们的知识比西方少,而是因为西方科学有体系,它最简单的框架,比如欧几里得几何,把点线面组织起来,它这个框架,特别美。加减乘除简单法则、公理,可以推导出非常远离常识的结论。这是你们年轻人最需要学习的,看上去很难,其实是捷径。我们当年的教育在这方面很吃亏。

比如城市规划,我们中国人的知识是没问题的,我们一代人,建起来其他国家几代人建的城市。但是我们拿出手的理论有多少?理论少意味着什么?不是你不聪明,而是你没有形成知识框架。我现在就是有意地去构建自己的知识框架,虽然还谈不上有什么自己的理论,但已经让我收获很大。比如前面提到的平台经济,很多人奇怪,我怎么连这都懂,其实平台的本质和城市是一回事儿。有了框架,就像有个公式,你代进不同的数就行了。但是别人不知道你有公式,就很惊奇:哎呀,这哥们儿怎么连这个题也会解啊?其实你知道,一点不难,都是一个公式啊。好的规划师,脑子里应该有好多框架,好多公式。一旦有了框架,知识也就有体系。现实中的问题,在你的体系里找到对应的公式,一下就想通了。在我们知识少的年代,好的框架可以帮助我们推导出不知道的知识;在互联网时代,知识特别多,学习就更需要框架,知识无序还不如没有知识,因为这样的知识都是负担。一句话,好的框架可以让我们知识增值。

采访结束后,我们闲聊了一会儿,又谈到了一些很有趣的话题。因为最后谈到了现在高中生的学习,赵老师又提到了"规则的设定"。他讲道,我们不能只在规则中做事情,有时候要跳出规则来看问题，甚至设计自己的规则。他说："中国人很擅长参加比赛，让我们参加奥林匹克竞赛，几届后金牌就都被我们拿走了。无论托福还是奥数，只要是考试，我们就有办法，我们很擅长在给定的规则下把事情做得很好。但你有没有注意到，中国拿了这么多奥运冠军，有没有哪个比赛是中国人发明的？制度设计是另一个维度的比赛，在这方面，我们的比西方特别是英美差得很远。"赵老师提到了麻省理工和厦门大学在厦门合办的一个夏令营。这个夏令营由几十个来自全国不同学校的学生和七八个麻省理工的学生构成，老师发完言之后，就是学生自己发挥。麻省理工的学生就马上向全体学生提出了一个方案——每个人要做一个自我介绍，限时多少分钟，以怎样的顺序进行介绍……"介绍的时候，我们的学生和麻省理工的一样精彩，但在设定议程和规则上，我们的学生和麻省理工的学生的差距一下就拉开了。这件小事，体现出我们的教育缺乏'制定规则'的训练"。赵老师觉得这可能和我们的法系相关，西方是习惯法系，中国是成文法系。体现在城市规划上，今天从工程角度来看，很多古代城市没有什么规划，但其实这些城市是按照规则而不是规划在运行，只不过我们的规划不能识别这些规则，不能将规则纳入城市规划的学科之内。

最后一个问题和关于规则的讨论都对我很有启发。"站在规则外来解决问题"这个观点我暂时还没有理解，不过随着以后经验的增加，希望我可以得出自己的理解。

"不是因为我的知识比他们多，而是因为我热爱城市规划，工作了，不考试了，我还会一直在思考。"这是我感触很深的一句话。为什么赵燕菁老师可以在经济和城市规划的领域走这么远？因为他很喜欢城市规划，并一直在思考和学习；不断思考和学习，研究更深入，就更喜欢城市规划。像一开始说的，他高中喜欢画画，所以就想学建筑，后来是误打误撞地跑到了城市规划专业，这么多年一直保持努力和学习热情，很难得。我也希望可以找到一个自己很有热情的方向。

我前段时间一直有个想法，就是对于同一个问题，每一个学科都可以给出一个解决方案。但每个学科给的解决方案不一样，因为它底层的逻辑不一样。那这个时候就需要对多个学科有所了解，综合思考，才可能给出一个最优解。三亚后来的规划之所以成功，也是因为赵老师这种跨专业研究精神与学习积累的知识。其他规划师没有发现问题、解决问题，因为赵老师这样的训练，而他的训练其实是自己对自己的训练。从城市规划到地理学，再到经济学，是缺什么学什么。这愈发让我觉得学科只是工具，最关键的是你想要解决什么问题，然后就一步一步用着这些学科的工具，去寻求问题的答案。因此我觉得通识教育非常重要，给学生提供一两年的时间来发现一个大概的问题，然后再开始对某一个方向进行钻研，而不是不知道敌人是在天上飞还是在地上走，就全身心地投入防空炮的使用练习。

对制度的讨论，是我之前从来没有涉及过的，制度就像公理一样无须证明。赵教授在最后讲到制度对现状的影响，让我觉得制度也是在解决问题时需要注意的一大因素。为什么建筑长那个样子？除了建筑师的审美以外，还要考虑各种设计规范。制度其实也是一个平台，所有的玩家都在这个平台上竞争，那么制度优越就是竞争优势，制度处于劣势就会造成一些问题根本无法解决。那么这个时候如果不对制度做出调整，所有的举动都是治标不治本。

（2021年2月21日）

素描老爸

原本想于父亲节用文字给老爸画一幅"素描",但由于时间紧张,这件事做了一半后,被拖到这个高考假期间。

和老爸一起看展览

谈到对人物的描写,我就想到儿时的一次旅行中爸爸对我的指导。"描写一个人,应该要从不同的角度入手。首先,为了产生画面感,你需要在文字中表现出你对这个人的第一印象。深夜时,推门进屋,看见一个人坐在油灯前,那种温暖的感觉是描述的切入口。其次,慢慢走近,你会发现一些值得注意的细节——这个人的姿态,他的表情,等等。坐到这个人面前,你需要使用自己的文字,勾勒这个人的五官。而五官中的眼睛,作为人最重要的感官,往往需要特别关注。眼睛蕴含了一个人的心理状态和气质。"那年暑假我们在平遥度过,一家人在一个小院子中练字,看伦敦奥运会,捉水缸里的苍蝇幼虫。在那次旅行中,我描写了打呼噜的爷爷、住在院子另一边的小朋友们以及还是满头黑发的爸爸。

八年过去了,丁宁打赢李晓霞夺得女单冠军的那场比赛,还多多少少地存留在我的脑中,爸爸却已经从一个年轻人变成他自认为的"年轻人",我也从一个高不过家里柜子的小胖子变成一个1.86米、戴着黑框眼镜的高中生了。

初中有一段时间感觉父母与我是遥远的。他们总是出差,他们是石柱文化中心的设计者,是中益场镇总体设计,并被《光明日报》报道的夫妇,是816核工洞改造的设计师。给我印象最深的是,有一次三天未见面,只能通过电话聊天,或通过QQ互相问候。当然这样的情况只在少数,在初中大部分的时间里,父母都是与我亲密无间,天天生活在一起的。那个时候,虽然对自己所问的问题不是很懂,但我还是经常向爸爸了解他的研究,并偶尔尝试从他那里获得一些书本外的知识。有一段时间,我每天回家后爸爸都会给我讲一则历史故事,这在我构建知识体系的过程中起到很大的作用。

上高中后与爸爸在一起的时间更少了。虽然在开始高中生涯前接受了"70%时间用在学校的学习,20%时间自学和玩耍,10%的时间陪爸爸妈妈"的要求,而如今我与父母的接触却被局限在了短暂的午饭时间，和从晚自习后回到家中五六分钟的闲聊。每天晚上回到家，爸爸大抵是或坐或躺在沙发上看书或看电视。回家后的我总是匆匆忙忙想赶去学习，却偶尔会被他喊到客厅玩一会儿乐器，看一会儿电视。我们一家人是爱旅行的，高中前的每个假期，没有繁忙的假期补习班，我们都前往不同的城市，去探索异域的风情。但不管是繁荣的巴黎还是清静的里尔，每次旅行完回到小区门口，爸爸总会说："生活就是一天一天重复，而我们的旅行却是这种重复中的一点点不同之处。然而，在一个更大的层面上来看，我们一次次的旅行其实也处于一个更大的循环之中。"一个人如果没有休息，没有从常规生活中暂时逃离是不行的。创建卫生城市之前小区门口有一片烧烤区。在烧烤摊开得热火朝天的那段时间，爸爸经常会在晚上23：30后突然提出要吃烧烤。于是父子两个人便冒着雨、打着伞，从楼里冲到小区门口买烧烤。带回撒满孜然和辣椒的海带、茄子还有外焦里嫩的鸡肉，一家三口便坐在客厅开始吃烧烤、看电影。上高中后这种时刻越来越少，爸爸也从买烧烤的爸爸、讲故事的爸爸、下棋的爸爸，变成躺在沙发上的爸爸和整天坐在电脑前工作的爸爸。

爸爸特别注意对互联网的使用。"会在森林中寻食，你才能生存下来。"他常常这么说，"现在的食物就是各类的知识，只有拥有在互联网中找资料的能力，才能成功。"老爸认为互联网教育的普及和印刷术普及的意义类似，知识都有一个大众可及的载体。在过去，获取知识的唯一途径是向老师学习，但随着各类好资源在互联网上的发布，所有人都可以坐在家里听世界上最好大学的公开课。会使用互联网者变得强大，不会的则被时代抛弃。受这个理念的影响，互联网学习已经成为我现在学习很重要的一部分。

爸爸做事情严谨。有一次，我把为演讲准备的PPT展示给老爸，却因部分字体大小不一和没有删除"单击此处添加标题"的框，被批评了一顿。发现我给老师发的邮件没有按照标准的信件格式，老爸指出了我的不足。但这种严谨没有影响他的创造力和工作时的灵活性。半个月前，我为一个与观察社会相关的比赛选题苦恼。了解我的情况之后的一天，爸爸和我一起走向公交车站，路上，他说道："看到地上的盲道了吗？曲曲折折，断断续续，盲人根本不可能使用。这难道不是社会问题吗？真正的观察是在日常生活中的。"

这就是我的父亲，是我严厉的老师，更是我的球友和观众。在这里补上一句迟来的祝福：父亲节快乐！希望爸爸身体健康，不要终日皱眉，多笑笑！

（2020年7月7日）

浓缩的时光——2020 年事记

常感叹于时间的飞逝。2020 年这一年，许多珍贵生命因疫情逝去，面对他们的不幸，作为个体，我深感无力。十分庆幸的是，身边的熟人全都平安无事。被隔离在家，过着一天又一天的同质生活，一年的时间不知不觉中就过了 1/4、1/2，以至到了岁末时我才恍然大悟：今年就要结束了呀。

我的 2020 是相对平静安稳的。隔绝了外界的干扰，人们反而可以发现原来被忽视的重要状况。就像一个科学实验，把和待测对象不相关的变量控制住，剩下的才是可以写入方程式中真正重要的因素。

思考与实践

2020 年做了好几个活动，其中印象最深的就是学校生涯规划课所要求的社会实践类活动。我作为小组的组长，确定了"疫情时期实体书店的发展"这个题目。整个项目由三个部分组成：初期讨论与资料搜索整理；实地考察（采访书店员工、店长及区域总管）；归纳总结和后续宣传类活动。现在前两步已经完成，第三步可能因为我的组织问题和渐渐变多的事暂时还未完成。

在初期讨论及资料搜索时，我首先把"疫情时期实体书店的发展"进行关键词的分解，列出每个关键词中隐藏着的特性，如："实体"背后可能就隐含着"线下交易""受地理因素限制"和"线上的对立面"等特性。其次，在不同关键词所分解出的各种特性中寻找关联，尝试以此建立某种逻辑关系并借此做出推断，如：由"疫情"所分解出的"人群不能聚集"，则与"线下交易"产生冲突，因此可以推断实体书店在此次疫情中可能将更多的商品服务移到线上。而"书店"的"以舒适氛围作为一种服务"的特性，却和"商品服务向线上转移"产生矛盾，因此刚才的推断可能并不属实。

有趣的是，在大量进行这样的思考之后我却陷入一种心神不宁、整日惶恐的状态，为什么呢？因为这个活动没有得到实质性的推进。时间感觉没有得到很好利用。思考取得了思维上的进步，但并没有推动事情向前，很多时候只能帮助参与者更好地认识这件事。如果能多进行几次采访、多讨论一些案例的话，相信这个活动会比现在要好不少。

思考的目的，很多时候是为了更好地实践。前段时间参加了一个写作比赛，到交稿截止日期前三天才想起来这件事，于是我便把能挤出来的时间尽量都用来写那篇稿子。最后虽然花了不少时间，但交稿后整个人都被充实的喜悦占据。当时因为时间不够，并没有花太多的时间构思，很多想法都是在写作的过程中涌现出来的。再经过一次重写和好几次修改，最后写出一篇自己觉得还可以的文章。

或许在实践中进行思考，才是最高效有用的方法吧。

学习与娱乐

2020 年我最大的乐趣可能就是玩音乐了。年初开始玩吉他，现在已经可以弹一些简单的曲子。上学期的音乐课是音乐创作，我发现自己在编曲这方面有一些"天赋"，这学期再次选修音乐创作课程后，又得到老师对我编曲和扒谱能力的肯定。校园歌手大赛虽然在初赛就被刷了下去，但学校吉他社的朋友冲到决赛后，我也因担任乐队鼓手去决赛场地玩了几把。年末国际课程中心对音乐感兴趣的几个同学说是要组一支乐队，于是固态水银（Solid Mercury）乐队便成立了，我在乐队当吉他手。前两天元旦晚会时表演了 Nirvana 的 *Smells Like Teen Spirit* 和 ACDC 的 *Back in Black*。

由于早申和常规录取都会在高三上学期完成，我和同学们在高三大概率会有比较多可供自己支配的时间。我经常听到同学谈到"等我到了高三，我要去学日语""我在高三也要学吉他""我高三要去学钢琴"一类的话。其实我并不认为自己高二应该拼命地学，高三再没什么顾虑地一直玩。学习是不会停止的，就算我 ED（Early Decision，提前决定录取）就申上理想的大学，之后的时间还是会保持阅读与写作，所以我并没有把高三看成十分轻松的一年。至于高二，适当的娱乐也有助于一个人的成长。校园中偶尔传出来几首令人放松的音乐，难道不美妙吗？再说，音乐、电子游戏和体育运动都是很好的娱乐方式。每个人的爱好不同，也应该有适合自己的娱乐方式。

在学习方面，我发现自己对与社会相关的一些话题愈发感兴趣了。读书时，发现书中写的东西与身边事物都存在着联系，很多文章就是这样写出来的。

外部因素与独立

需要找中介吗？要去外面上课吗？要参加这个活动吗？要参加那个比赛吗？这类问题常常困扰着我。在做决定时，我很自然地倾向于咨询他人的意见，这自然不是什么坏事。如果能得到一些相关领域权威人士的指导，比如父母、老师或任意一个对某个相关领域比较熟悉的人，当然非常好。但随着要做的选择越来越多，我发现自己也必须有某个遥远而宏大的目标，并自己判断而后独立做些决定。

"我是谁？"的问题变得越来越重要了。只有朝着这个方向不断地逼近，一个人才有可能变得独立起来。很高兴自己能在 2020 年意识到这一点，因为总有一天我需要帮自己做出负责的决定。

希望在 2021 年所有人都可以平平安安，这个世界也恢复往昔的平静。

（2021 年 1 月 1 日）

想象宋蒙时期的钓鱼城

钓鱼城在宋蒙战争中起到重要的战略作用，使南宋至少晚灭亡30年。我对此很感兴趣，于是在空闲时和爸妈前去拜访钓鱼城。重庆文化遗产研究院的袁叔叔带着我们参观。我们首先来到正在挖掘的遗址，该遗址被认为是南宋衙署的所在。泥土间有一个精美的水池，水池上方残缺而又精致的外壁，展现了修筑者的用心。平整的转角，笔直的缝，外壁最上方还雕着类似麒麟的动物。衙署周围的墙已经无法辨认，但可看见保存较完好的库房墙壁。考古现场有一个小牌子，上面写着"文化遗产人人保护，保护成果人人共享"。

在钓鱼城，我们体会到当时蒙古军队进攻的困难。山很高，山坡很陡峭。我们又去了临时的考古工作站，看到许多挖掘出来的东西大多已经破损不堪，有专业的人辛苦地一件一件修补。最吸引我的是一个锈得呈暗红色的铁球弹，它可能是世界上所有手榴弹的始祖吧。钓鱼城里还有几个宋代墓葬，上面的石刻非常精美。

时间（年）	1127	1235	1240	1243	1259	1271	1279
事件	南宋建立	第一次宋蒙战争开始	钓鱼城建立	余玠主导改建钓鱼城	钓鱼城之战	元朝建立	南宋亡，钓鱼城投降

图 10　和钓鱼城相关的重大事件的时间轴

我回来后查了一些资料，绘制了时间轴（如图 10 所示），了解到钓鱼城最初建立于 1240 年，甘闰奉四川制置副使彭大雅之命修筑钓鱼城山寨。后来进入宋蒙战争第二阶段，余玠任四川制置使时，采纳冉氏兄弟修建山城防御体系建议，将钓鱼城建成一座坚固的城池，利用曲折的地形限制蒙古兵的进军；又因三面临三江，钓鱼城有山水之险，但交通方便，物资充足，有效地抵抗西路蒙古军队。不幸的是，无能的南宋政府解除余玠的兵权，余玠最后郁郁自杀。后朝廷又命王坚为合州知府。钓鱼城的攻防战开始，蒙哥驻扎在石子山，先后进攻镇西门、东新门、奇胜门、护国门等，但王坚和张珏守城得力，并经常发动反击，使战争处于僵持状态。

后来蒙哥战死，蒙古内讧。再后来忽必烈改变策略，不攻击钓鱼城，而是攻取钓鱼城周围军事要点，使钓鱼城孤立无援，腹背受敌。最后四周只剩重庆城和合川两地时，张珏任王立为安抚使和合川知州，尝试连接重庆和合川，互相照应。战事更加激烈，重庆城战败投降，张珏被俘，王立在蒙方承诺不杀钓鱼城内一人的情况下，接受了投降。

钓鱼城的秘密和一些问题的质疑

在蒙古大军的围攻下，钓鱼城固若金汤，还不时进行小规模反击。一字城、水军码头和天池可能也起到很大的作用。这可能是钓鱼城能坚守很长一段时间的秘密。

1. 一字城、水军码头和天池

钓鱼城于公元1240年开始由甘闰主持建造。其防御特色之一就是它的一字城。从图11可以看见钓鱼城向南北两边伸出的两条一字城。城内的守军可以随时冲出主城沿着一字城杀到水军码头,有保护水军码头的作用。面对蒙古军队的猛烈进攻,守城人员同样可以沿一字城前往南北码头,接收顺流而下的涪江、嘉陵江和渠江的粮食,还可从嘉陵江顺流而下向重庆府请求帮助而不受攻击。

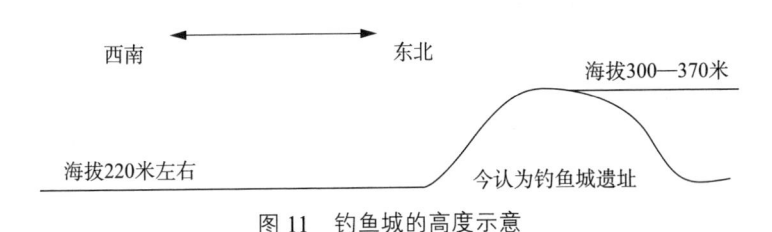

图 11　钓鱼城的高度示意

(注:高度示意是根据相关资料整理绘制。)

一字城是用砖石搭建的,这样才经得起水的侵蚀。守城人可攻击沿河通过的敌人,又阻止蒙古军队从西向东的进攻,这样就给了半岛一片相对安全的空间。城内土地可以用于耕作,提供必备的粮食。西南一字城和东南一字城之间围出的空地可用于集结部队。始关门、出奇门的设置也可以验证这几点。

宋代李纲所写《梁溪全集》中提到南宋的战船叫车船,其中的动力系统应该是由轮子和桨叶组成的,这种船行进速度特别快,文中写道车船"鼓蹈双轮势似飞",看到的人夸赞造船人"功夫若鬼神",可看出当时除了陆上的防御,水路上宋对蒙的反击也是比较猛烈的。由于蒙古是从北方内陆地区打过来的，水军必然没有南宋强大，所以在水战方面应该吃了亏。水军码头是钓鱼城防守的江防要塞。

天池位于钓鱼城的中心地带，处于山岭之间，可以接收从山顶流下的雨水。交战时，守城将士不可能提着桶到布满敌军的江边打水，天池则为城内人提供用于饮用和灌溉的水。王坚任合州知府之后扩大天池的范围，同时开水井 92 口，新建 13 个小水池，为钓鱼城以后持久的战斗打下基础。

2. 关于人口数量等的质疑

在《钓鱼城史实考察》根据实地测绘的地图中，钓鱼城城墙的长度约 6900 米。根据圆的周长等于 $2\pi r$ 倒推得到圆面积 3.8 平方千米，实际因为城墙的弯曲，面积不可能那么大。百度百科给出的是 2.5 平方千米。如果借鉴清代重庆府城人口密度（面积 2.18 平方千米，人口约 5.5 万人，已经是很高的人口密度）来比照计算，钓鱼城人口大概在 6 万人左右（很可能还要低一些），与《钓鱼城史实考察》中的"十数万人"的大城不太一致，城里也可能装不下那么多人。关于钓鱼城之战的蒙哥兵力，说法不一，10 万和 4 万分别多次出现。蒙哥进攻钓鱼城的兵力实际上不是很准确的。

最后的想法

钓鱼城有两个粮食来源：一是靠半岛的土地进行耕作，二是通过嘉陵江、渠江和涪江进行物资运输供给。而通过天池获得主要水源。一字城在防守时起到拖延敌人进攻的作用，同时保护着南北水军码头。

宋蒙战争的后期，忽必烈改变进攻策略，跳过钓鱼城，攻陷余玠所放置的"点"，破坏他"守点不守线，连点而成线"的防御计划，使钓鱼城孤立无援，最后自己投降。但是我以为最后投降的王立并不是一个叛国贼，也不是一个糟蹋前人成果的坏人。作为一个领导，应该考虑到城内军民的安危，为保全城中数万民众最终选择投降，但他后来接受元代官职的做法，又使人们对他的印象变得不好。

钓鱼城迟迟不被攻陷归功于余玠防守得力、冉氏兄弟的防御规划和张珏、王坚等人的固守，但也因南宋灭亡而无法独存。

13世纪的蒙古像洪水一样在欧亚大陆上四处扩张。我小时候的历史绘本中，经常会出现蒙古人的剽悍形象，他们征战四方，烧杀抢掠，蒙古鼎盛时期的势力范围甚至触及黑海一带。如果作为"上帝折鞭处"的钓鱼城没有抵抗住蒙古强悍的大军，蒙哥没有死，蒙古没有内讧的话，势力范围可能就会更广。如果钓鱼城没有在一开始停止蒙哥的步伐，并且打死蒙哥，后来的态势就会很不一样。所以说钓鱼城的历史是构成中国历史重要的一部分。

（2019年5月—2019年6月）

让人内心触动的大足石刻

在一个寒冷冬天的早上,我与陈阿姨和南姐姐前往大足去观赏石刻。这是一个十分宏伟的工程,始建于唐,但是没有建完。没有建完,很可能是因为当时出现战乱,所以工程就搁置下来了。

大足石刻的主要题材是宗教。整个石刻先从组织雕刻的人的师傅讲起,然后讲到地狱,地狱里的各种酷刑、天堂、天堂的上中下三等、天堂里如何生活,再到各个佛的故事。其中我最感兴趣的是关于地狱和天堂的故事,它们十分有趣:地狱有十八种(不是十八层),每种都无比地残忍。

有罪的人可能是做的恶事太多而下地狱,或是从天堂的下等降到地狱。他们的灵魂会先被叶秤称量,再被叶镜照,最后判定这个人究竟应该到哪一种地狱。其中,最残酷的是阿鼻地狱,在里面要永远受苦,不可能再从里面出来。其他的还有刀山地狱、金汤地狱、刀船地狱、寒冰地狱、毒蛇地狱等。其中最令人匪夷所思的是刀船地狱,竟然是针对生前养鸡的女子的地狱,因为她们为吃鸡的人提供帮助,助长了罪恶。天堂又有三等,即上等、中等和下等，每一等都又分上中下。上等的人由释迦牟尼和众菩萨亲自迎接，中等和下等的人则需要继续向上修炼，要不然就会往下掉。

大足石刻中最著名的就是千手观音了。很好看，但我不是很喜欢，陈阿姨应该会比较喜欢。千手观音早就有了，只是最近几年修缮了一下。但是修缮得过度，所有地方都镀上了金，并且重新上了颜料。这个景区还有好几个地方改造的痕迹都很重。我竟然看到一个栏杆的装饰是老爷车！

我最喜欢的是一个小石刻。它刻的是一只老鼠爬到一根细竹子上躲避一只猫，很不舒服。那只猫也想吃老鼠，却吃不到，两只动物都十分痛苦，导游说这是最厉害的一种痛苦，好像叫"不得苦"。它们雕得惟妙惟肖，并且被保存得特别好。还有一个石刻我也很喜欢，讲的是释迦牟尼诞生。石刻上雕有九条龙，最中间的一条龙嘴喷出水，水落到双手合十的释迦牟尼头上，两旁有两个金刚保护他。这些水又通过九个弯曲的露天排水道排到另外的一个水池里，寓意是九曲黄河。

之后，我们又去了北山，但是因为没有导游，我们一会儿就看完了，也没发现什么有趣的地方。在这次短短的旅行中，还有一个小插曲，那就是在北山门口我看到有人卖小摔炮，这些东西，不需要点火，只需往地上一砸，或者是用脚一踩，就会爆炸，只有烟雾和声音，没有火。于是我就在上山的台阶中间放了很多小摔炮，可以想象，后面的人踩到以后会吓一跳。我在下山的时候检查了一下，结果发现，全被踩了！

这次旅行还是很有意思的。听导游讲解，初步了解到中国宗教中的各种故事。古人竟然雕刻出这么庞大的石像，我感到惊奇。唯一遗憾的一点是，听导游说现在的保护措施很不好，说不定再过几十年就看不到这样保存比较完好的石刻了。希望能把这个地方保护好。这里是一个可以让人内心触动的地方。

（2018年1月30日）

模拟城市：澳门

他在 Steam（计算机游戏发行平台）上看到了一款新的游戏，即模拟城市：澳门（模拟城市是一款以城市规划与运营为主题的系列游戏）。"有趣"，他心想，"模拟城市竟然还会以单独的城市为名称出游戏。"20 分钟后，蓝色的下载条变成了绿色的"开始游戏"，他迫不及待地点了进去。游戏中有着一个已经被创立的存档，创立时间为 1999 年。

"1999 年？是新游戏的漏洞吧。不管了，我先进去看看有什么。"

电脑突然开始倒计时，声音很尖锐："10、9、8、7、6、5、4、3、2、1。"随着加速的倒计时声，整间屋子如遭遇地震般晃了起来。似乎一道闪电出现，从空中击到了电脑机箱上。"砰！！！"然后便是消音室中一般的寂静。

"你！不要趴在路中间！"听到说话声，他揉了揉眼睛，从地上坐了起来。面前站着三个戴着红色帽子、身穿蓝色制服的……应该是警察。

"好的。"他应道，站了起来，打量起了四周。左手边的一家店用黄底红字写着"神赐押"三个大大的繁体字。右手边的大楼上写着"利奥酒店"和"娱樂場"几行大字，也都是繁体。"你的口罩呢？"戴着红色帽子的警察问道。他打量了一圈附近的行人，所有人都戴着口罩。这让他想到了他的城市——现在除了坐公交，其他场所大部分人都不戴口罩了。他下意识地摸了摸口袋，还好有口罩。

　　天上的云飞速地流动着，仿佛慢慢汇聚成了几个硕大的字"模拟城市：澳门"。一位身穿西装的女士从街角走了过来，他觉得女士十分眼熟。女士说："您好，我是'模拟城市：澳门'中的市长顾问，请跟我一起在城市里转转吧。"原来如此啊，她是模拟城市中那个给你提供各种建议的顾问。

　　"那我们先去赌场转转？"他问道。

　　"不好意思，市长先生。鉴于您还未满21岁，我们不能进入娱乐场。"顾问答道。于是，他们便沿着利奥酒店往前走去。

　　"哼，左边是当铺，右边是赌场，这个设计很'周到'啊。"他略带挖苦地说道。

　　"博彩是澳门的一大财政收入。"顾问像慈母一般看向了赌场，"政府85%左右的财政收入都来源于对博彩的征税。"

　　"那是相当大的一笔收入呢。"他喃喃道。

　　"当然了，上个月澳门博彩的总收入为105亿澳元。政府对澳门赌场的博彩总收入征收税率是35%，但对赌场博彩总收入的其他征税实际上将税率提高到39%。因此，上个月，市长您带领的政府在博彩中获得了41亿澳元的财政收入，这是很大的一笔收入呢。"顾问说道。

　　街的尽头是一片绿地，许多小朋友在各种游乐设施上玩得不亦乐乎。顾问说："在城市中修建绿地，能提高居民的幸福感并提高附近的地价。"

他突然想到了什么，问道："附近有什么学校吗？"

"澳门城市大学和澳门理工大学，我们先去更近的澳门城市大学吧。"

粉红与白色相间的方格地砖上，快速出现了一些颜色较暗的点，下雨了。澳门的雨并不冰冷，打在人身上只会让人觉得又湿又热。他们赶紧躲入了路旁的便利店中。看着这突如其来的雨，顾问说道："澳门属于亚热带季风气候，最近都是高温多雨。雨都是一阵一阵的，我们在这里等两分钟再继续走就行了。"

"还是保险一点，买两把伞吧。"他说。

但便利店的微波炉加热一个鸡肉卷的工夫，雨果然停了。行人又出现在街上，他们也继续往澳门城市大学的方向进发。他们穿过了巴黎街、布鲁塞尔街和罗马街。

"这些路牌的风格都挺有意思的。"他看着一个个颜色与青花瓷相近但图案却有欧式风格的路牌说道。

"这些路牌都是以葡萄牙的瓷砖画风格制作的，不过烧制时使用了青花瓷的技巧。"顾问解释道。

"中西合璧，哈哈。"

走在路上，他觉得这个城市挺美的，街道各处都颇有设计感。地铁口由绕成半圆的铁管作为支撑，外部为一层浅蓝色的玻璃。一辆黑色的小摩托车耷拉着脑袋靠在地铁口，是哪个来去匆匆的外卖小哥留下的吗？柱廊与地铁口相呼应，柱与柱之间也建成简洁大方的半圆。在街道口左转，就遇到了颇有漫画风的澳门世贸中心。

"WTC"像蝙蝠侠的标志，嵌在了大大的红箱子上，与边上的老旧居民楼产生了很强的对比。然而，老旧居民楼依旧有着其独特的美。它们并不破旧，每一层看起来复杂却风格统一，极具设计感。两栋楼肩并肩站在一起，就像是仍旧健壮的老子和正值壮年的儿子。新旧的冲突在这里并没有让人感到丑陋。

"天哪，这里也太热了。"他喊道。雨后的空气更加湿润，他的裤子像伞一样拢住了一股股的水汽。虽然只穿了一件短袖上衣，他并未感到凉快，潮湿闷热让他仿佛置身蒸笼。此时，一滴雨再次滴到了他的脸上。

"打上伞吧，淋雨后不换衣服，在澳门的大街上走着，只会让你更难受。"顾问贴心地说。

他们打上了伞，但在海边的大风中那片薄薄的塑料布却变成了帆，他也因此被吹得东倒西歪。他把伞迎向了大风以躲避斜上方飞来的雨，伞骨几乎被吹成了直角。顾问看到了街边的一家饭店，拉开门走了进去，他也跟了上去。这家店非常地温馨，橘红色的灯照着店里所有的木制桌椅板凳，让人感到温暖。爸爸妈妈带着他们的两个孩子，坐在最中间的一桌，他们唱着生日快乐歌。唱完，边上一桌的几个欧洲面孔也向小寿星鼓起了掌。那闷人的大雨，在饭店玻璃上打出一片片透明的斑点，却怎样也无法进入。

"我们在里面先躲躲，尝尝澳门的美食吧。"她把服务员喊了过来，"来四个葡式蛋挞，两个猪扒包。"

"太棒了，这里有空调。"他高兴地说道。

"市长，现在终于有机会同你坐下来聊一聊了。澳门现在面临着一个很重要的问题。"

第三部分 人、访谈与旅行

"什么问题?"他问。

"一个人的优势往往会成为其最大的缺点,这个道理对城市同样适用。澳门的六张赌牌给她带来了繁荣。记得在 2013 年时候,澳门博彩业的收入是拉斯维加斯的整整 6.4 倍。2017 年虽有下滑,但仍旧是拉斯维加斯的 4.7 倍。拉斯维加斯每年的博彩业收入基本不变,这样一对比,我们博彩业的收入也没有持续地增长。"

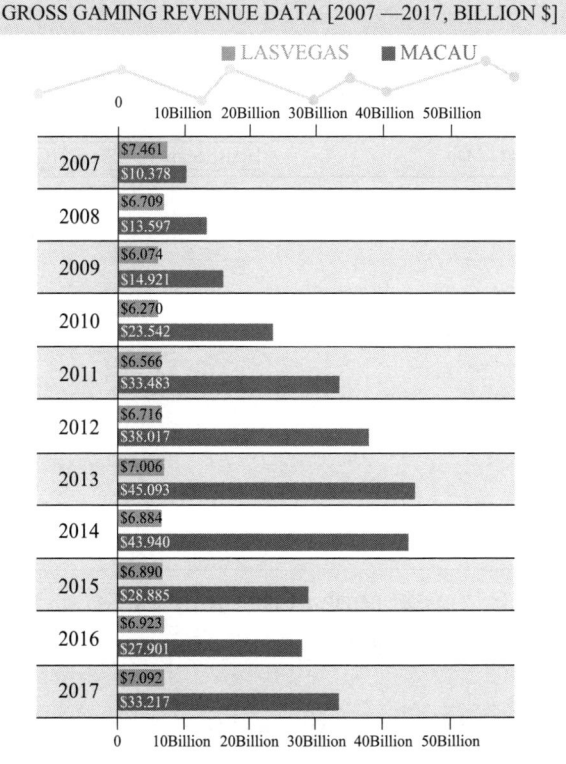

GROSS GAMING REVENUE DATA [2007—2017, BILLION $]		
	LASVEGAS	MACAU
2007	$7.461	$10.378
2008	$6.709	$13.597
2009	$6.074	$14.921
2010	$6.270	$23.542
2011	$6.566	$33.483
2012	$6.716	$38.017
2013	$7.006	$45.093
2014	$6.884	$43.940
2015	$6.890	$28.885
2016	$6.923	$27.901
2017	$7.092	$33.217

澳门和拉斯维加斯 2007—2017 年博彩业年收入(深灰色为澳门)

(出处:https://www.casinonewsdaily.com/2018/02/21/las-vegas-macau-casino-revenue-comparison-report-infographic/)

"所以，我们应该想办法增加澳门博彩业的收入吗？"他问。

"这不是问题的关键，市长先生。首先，当别人 GDP 都在稳步增长时，澳门还在原地踏步，这是一个很大的问题。2014 年后澳门的博彩业收入遇到了两年的低谷期，2015 年度相较 2014 年下降了 34%。2015 年澳门的 GDP 相较 2014 年则下降了 18%。18 个百分点的 GDP 下降！2016 年博彩业收入与 GDP 继续陷入低谷，这证明 2015 年两个数值的同时下降不是什么巧合。"

澳门 GDP（1998—2018 年）

（出处：世界银行数据库）

"先生、女士好，你们的葡式蛋挞好了。"服务员拿着四个金灿灿的蛋挞走了过来，打断了他们沉重的对话。

"谢谢。"他说道，随即捧起一个开始端详。

"葡萄牙人留下来的东西，可好吃了。"顾问也拿了一个，用嘴抿了抿最外层的脆面皮。

"所以,我们刚刚说到哪里了?"他皱起了眉头,脑袋中飞速地处理着刚刚接收到的所有信息与数字。

"市长先生,我想说的是,澳门现在面临着产业结构十分单一的问题。我们的城市发展依赖赌场,但也被博彩业的起起落落控制着。2018 年博彩占了澳门 GDP 的 50.5%。第二大的产业,也就是房地产,只占了 9.6%。再之后就是酒店业,但这些都只占四五个百分点。至于制造业,澳门的制造业仅占到 0.5%,甚至连一个零头都算不上。而房地产和酒店业又怎能和博彩分得开呢?都是这条链上的点,服务的对象还是博彩。"

"2020 年,澳门受到的影响应该挺大的吧。"他叹着气问道。

"全澳门的赌场大概只关了两周的门,但澳门整体的 GDP 还是下降了 56.3%。"

"不敢想象。"

"好在,澳门的人均收入仍旧是全国最高,但这种收入是十分不稳定的。"

"制造业如果只占了 0.5% 的话,澳门的各种产品全都是进口的吗?"

"基本上是这样的。"

"哎,产业多元化说起来是简单,但又该怎么执行呢?让我想一想吧。"

服务员端着两个猪排汉堡走了过来:"猪扒包好了,请享用。"

"谢谢。"他说。

倾盆大雨早已停止,他们已经走到了澳门城市大学的门口,大学位于冼星海大街。

"我的直觉带着我到了这个地方。"他说道。

"胡说，是我把你带到了这里。"顾问反驳道。

"快看！"他指向了城市大学的门口，"那不是我和我妈吗？"

只见一个一米八几的男同学，穿着被淋湿的灰色体恤，往门内跑了进去，一个身穿黑衣、背着蓝色斜挎包的女人紧跟其后。"妈！把我的健康码发给我一下。快点！我 ACT（American College Testing，美国大学入学考试）要迟到了！"

顾问笑了一下，"那些只是游戏里的 NPC（Non-Player Character，非玩家角色），只不过长得像市长罢了。"

"我得走了！"他突然大吼一声。

"市长先生，可是……"

"我想到解决产业单一的方法之后，会回来的！"

"不是这样的，您还没有存档。现在退出会丢失所有游戏记录。"

"我该怎么存档？"

顾问从她的口袋中掏出了几枚硬币，说道："去转角的自动售卖机买罐饮料。"他接过了硬币，冲向了转角的自动售卖机。"有意思，这上面写着港币。"他喃喃道。"咣当"一声，他手里已经拿着一罐冰凉的柠檬汽水了。

"现在我该怎么做？"他朝站在原地的顾问吼道。

"喝掉柠檬汽水，市长再见！"

咕咚咕咚……他的身体慢慢地飘了起来，速度越来越快。一分钟后，他已经像一颗飞速的棒球，在空中冲刺了。"再见，澳门！"他往地面大吼道。在空中，他看见了满身黄金甲的新葡京大厦，细成一条线的港珠澳大桥，直戳天际的澳门旅游塔和美丽的南湾湖。

新葡京远景

……

"起来！不要再趴着了！"

他颤了一下，心想："怎么回事，难道还要重新来一次？"

"你在干什么？怎么还不起来！"

"抱歉，警察先生，我这就起来。"

"我看你是睡糊涂了，什么警察先生。车要到了，你再不起来我们就赶不上飞机了，你还想不想考 ACT?"

"什么？"他坐了起来，发现自己正乱七八糟地躺在自己的床上。

"在和谁说再见啊？是不是在做什么好梦啊？"

"啥呀，妈。快点让开，让我起床！"

"第一次去澳门，兴奋吗？"妈妈问道。

他微笑了一下，说道："快点走吧，要赶不上飞机了。"

（2021 年 6 月 24 日）

雅典与慕尼黑

一

到了希腊的雅典。这里并不是我想象中的样子，我以为雅典是一个古代的城市，带着浓重古典韵味。这里同样变成现代的城市，令我有点惊讶。这个也可能有点像一个外国人到中国来，发现中国不像书中描写的唐代的样子，感到非常惊讶，因为我也是看了希腊相关的书才来的。

说到雅典，我的第一个反应就是：哦，帕特农神庙，雅典娜女神。现存的帕特农神庙不像照片上的那样完美，剩下的基本上就是一堆柱子。至于雅典娜女神，之前在帕特农神庙里有一座用黄金和象牙来装饰表面的神像，可是后来都被毁了。前面的这些事情让我觉得书白看，还好后来去了卫城博物馆。

到了卫城博物馆里面，映入眼帘的是一些石膏模型。模型展现的是不同时期的雅典，从雅典刚建成到现在，可以看到从一堵城墙开始，房子越来越多，包括修建帕特农神庙，后来房子太多修到城墙外，再后来帕特农神庙被损坏……买票后，我们就到了二层，这一层有很多希腊雕像。我突然意识到读的书有用了，开始向爸爸妈妈讲美杜莎的故事、伊瑞克先神庙的人型柱、赫墨尔的和平手杖，等等。我惊讶地发现，命运三女神的雕像也在这个地方！发现帕特农神庙的很多东西也被搬到这个地方了，包括神庙里的一些浅浮雕、柱头！我觉得把一些历史文物搬到博物馆里很不合适！爸爸说，因为神庙的柱子承受不了这些东西，所以把它们放到博物馆里，我却认为放在神庙边要好一些。

总之，这个地方是没有想象中的那么好，把我对雅典的一些美好想象打破了。

博物馆里的卫城模型

二

今天去了雅典的帕特农神庙，现存的神庙只剩几排柱子。虽然只剩几排柱子，可是我还是想去看一下这个历史遗迹。去神庙要爬山，爬了一会儿，看见这里的第一个山门，这是由一大堵墙围起来的一个门——这堵墙可能是雅典卫城的城墙。从山门上往下望，可以看见一片橄榄树林，进了山门再爬一段路就可以看见神庙。

这里除了帕特农神庙，还有挨在它旁边的伊瑞克提翁神庙和一些很小的不知名的神庙。帕特农神庙是由 8×17 的多立克柱子围成的。现在有些柱子还完好无损；有些断了一截，断截部分用新的石材补上；有的完全不行了，只剩下柱头，便不再补了。现在神庙在维修，我们不能进去，在外面绕一圈就去看其他神庙。现在我们看不见帕特农神庙的原貌了。我问爸爸，为什么不把它重新翻修一下，爸爸说最好保留原貌，要留下历史的痕迹，稍微修补一下可以。我认为翻修一下要好一点，爸爸说我们不能剥夺子孙后代看到帕特农神庙原貌的权利。

帕特农神庙

伊瑞克提翁神庙有一部分用的是人像柱。什么是人像柱呢？就是雕刻成人像的柱子，这些柱子雕的是希腊的女战俘，被罚永远站在那儿,变成柱子。神庙其他的地方采用的是艾奥尼柱式,也是女士柱式。据我看的书里介绍,帕特农神庙是为了女人修的男士建筑,伊瑞克提翁神庙却是为了男人修的女士建筑。这些神庙都进不去,而且变得破烂不堪,爸爸说希腊政府可能不重视。在这里有一个用石头砌成的台子,从这个地方远远望去,看见雅典城,城中分布着很多低矮平房。

远眺雅典城和卫城博物馆

三

我们还去了雅典旁边的佩罗斯岛、埃伊纳岛和依德拉岛。其实2/3的时间都是在船上的,我们坐两个多小时的船才到第一个岛。清晨的风浪简直太大了!我在船最前面的甲板上,一开始船很平衡,十多分钟后,船开始晃荡,我还觉得挺好玩的;但是半个小时后,船身开始剧烈摇摆起来,落差一下子就有两三米。先是拱上去,一下子又落下来,让我感觉到失重。妈妈叫我千万不要跳,跳的话,头就卡到船顶遮雨的铁板。我还是小跳一下，铁板是没撞到，差点被船抛下去。前半个小时还好，到后来就变得很无趣了。而且船摇呀摇，我们回船舱的时候，门就左撞一下右撞一下，还好有人把门撑住。风浪一直没有变小，很多人都有点小晕，很快就有人来发呕吐袋了。还好我睡着了，醒来后听爸爸说很多人都呕吐，他也呕吐了。最后船终于不那么晃，也快到了。

停靠了许多船的小岛

上岛了，海边风景很好，天空特别蓝，像我的蓝色油画棒一样，和旁边的白云形成鲜明的对比。我们在岛上买了些甜点，又买了一个艾奥尼柱式的纪念品和一个用铝做的盘子，盘子中间还有一块黄铜的浅浮雕。

很快又到第二个岛。这个岛只给了半个小时的游览时间，从顶上的小塔下来后时间就到了。这次我们坐到船顶上，船的鸣笛声把我吓了个半死。一路上风景很好，望着远方的海平线，看着飞来飞去的海鸥，感觉非常舒服，风大了起来，把我的衣服吹得鼓鼓的。

到第三个岛，我们几个人再次出发，看这里的很多小巷。我们进了一家店，店主热情地招待我们。虽然语言不太通，但还是听到他跟我们介绍阿伽门农的黄金面具。爸爸好奇为什么这里总是有猫头鹰的雕像，便问店主，店主解释道，之前雅典有一个非常聪明的教授，他的身边总是有猫头鹰，后来猫头鹰就代表智慧了。在小岛上逛了一会儿，又坐很久的船返回。在船上，我们唱歌跳舞，让漫长的返程不那么乏味。

一个很安静的院子

四

终于离开希腊。这一天早上 5 点多就起床,坐出租车去赶国际航班,我们要去的是德国慕尼黑。路上爸爸和司机闲聊,司机说这里年轻人的失业率高达 60%!意思是三个人里就有两个人没有工作!闲聊中,爸爸还得知司机一个人养一大家,非常辛苦。早上这里并不堵车,20 分钟就到了机场。简单地办理行李托运及安检以后,我们就在候机厅一直等着,直到飞机到来。

在飞机上,我一直在想,德国是一个什么样的国家。听爸爸说,德国人做菜都要用量杯来做,德国人都很认真,这种做法被人嘲笑,但把认真态度用到科技这些地方能使研究更加精准。快降落的时候,我在飞机上观望,看见这里有很多很多的田野,房子也很稀疏,没有想到呀。买地铁票,坐 12 站到酒店,我们休息一下就出门了。

我沿着马路数车子,看看有多少宝马,一数发现居然有 1/3 的车子是宝马,对此我非常惊讶!我听爸爸说是因为德国产宝马所以才这样的。天空下着雨,我们一路穿行,来到中心区,看了两家店,在教堂外待一会儿。因为早上很早就起来了,我们很困,越来越累,也没有去什么景点就回家了。

五

到慕尼黑的第二天起得比较晚,还好酒店的早餐供应到 12 点。我刚要自助取餐的时候,服务员阿姨却叫我们坐下,随后端了一大盘东西上来。这些东西真是琳琅满目啊!面包片、果汁、奶酪、咸肉、腌肉、火腿肠、鸡蛋、番茄、水果沙拉、可可、咖啡、茶……多得数也数不过来。我先给自己做一个汉堡，吃了汉堡，又吃其他东西，最后吃得站不起来。

我们出门了，天空下起大雪，我真开心呀！雪花从天上飘下来，感觉有点像装鹅毛的布袋破了一个口子，落下来许多鹅毛。雪落到我的衣服上，被我的冲锋衣弹开了，我高兴地甩着衣服上的雪花，感觉非常有趣。

宝马中心

坐了11站的地铁，我们到了宝马中心。刚进门，映入眼帘的就是三辆宝马。往右边走，就可以看见一辆全充电的汽车。这辆车是白色的，车门框上有两道浅蓝和黑色的装饰，看起来很有未来感。继续往里走，我们看到一辆黄白色的宝马，这辆车看上去比较一般，可是再一看它的介绍，这是一辆可以自动驾驶的宝马！介绍视频上，一个人按了一个按钮，车子就自动地移到他的身旁，这让我想到变形金刚大黄蜂。他坐到车的后座,又按了一个按钮,车子就自己开起来,到高速公路,到郊区,最终到了目的地。

又看了宝马的未来款,它有着非常立体的车身和奇特的排气口——其他的宝马排气口都是有裂缝的,这一款却没有!不知道是怎么排气的。又去看宝马公司的劳斯莱斯,一辆就要七八百万元人民币!车牌都要1000欧元。可是我前看后看都不觉得好看,我认为贵并不意味着好。又去玩了赛车游戏,开的是宝马甲壳虫,这是真车游戏,我一撞到别的车,方向盘就狂抖,抓也抓不住了。后来又去玩宝马的摩托车游戏,好几次翻车了。

我们逛完宝马展览馆后,又去了宝马博物馆。博物馆里面有各种各样的宝马车,不同年代的车,各种形态的车,摩托车、轿车、赛车,还有宝马的船和各种发动机。印象最深的就是这里的各种发动机,多得令人眼花缭乱。最早的发动机是四缸发动机,比较小,动的时候气缸上的铁塞会一直抖动。再往前看,一下子就变成六缸发动机,有两个心脏,可以产生非常大的动力。再往前,啊,八缸发动机,这个不知道有多厉害。妈妈开的汽车是四缸,这里的发动机汽缸数量是她车子的一倍!经过很长的一段路,我看见一个十二缸发动机,它肯定要比我重很多倍。它有各种管线、排气孔,看起来真是"擎天柱的核心"。

我们来到了奥林匹克公园,一个曾经举办奥运会的地方,很多鸭子在地上走,草地上有很多鸟类的粪便,到处充满自然的气息。我捡起一根树枝乱舞,游玩一圈后,我们就坐地铁回家了。

慕尼黑奥林匹克公园

六

这已经是旅行的最后一天，我的一日一记也不会再写了，就讲一讲这个假期最后的故事吧。

早上出发，我们打算去现代艺术博物馆，因为不太远，所以走路过去。德国街道上的红绿灯很多，而且红绿灯时间也很短，还有些地方没有红绿灯，只可以从地下走，我们花了不少时间才到达博物馆。

在路途中，我们参观了慕尼黑国家社会主义历史文件记录中心，这里展现了德国纳粹时期的历史。我们先到记录中心最顶层，从上面逛下来。有一处记录让我很吃惊：一个很受人尊敬的犹太律师抱怨警察，然后被警察抓了，警察就叫他光着脚，在他胸前挂上一个写"我是犹太人，我再也不会抱怨警察"的牌子。接着就见到了希特勒疯狂地把房子给炸了！然后又是犹太人遭到大屠杀。轰掉了华沙城，希特勒跟自己的将士说："在几千年以前，华沙就挡着我们东边的道路。可是到了现在，华沙仍然挡着我们。这样吧，我命令你彻底地摧毁它，用火烧房子，用炸弹轰炸。你可能认为我是非常疯狂的人，是的，我是其中之一。"后来，死伤人数越来越多，战士死伤600多万人，平民就死伤了1000多万。最后，希特勒自杀了。战争是残酷的，这段历史是悲惨的。

慕尼黑国家社会主义历史文件记录中心的犹太人雕塑

我们还到了现代艺术博物馆，我对现代的画作不怎么感兴趣，看了其他展区。我先和爸爸妈妈去了建筑展，这里展出的是贫民窟的东西。我看见一张海报上写着"你们说是贫民窟，我说是我的家"。一栋162米高的大楼修建好以后，公司就破产了，贫民就进去把这里改造成了自己的家。我们又去了家具区，里边有很多根据实际需要做成的家具，茶几上带一个轮子，凳子改弯一点，很小的变动就可以让我们的生活变得很舒适、很轻松。

慕尼黑现代艺术博物馆

（2016 年 2 月 28 日）

巴黎十天

一

飞机降落在戴高乐机场,戴高乐当过法国的总统。机场特别大,从飞机降落的地方到行李提取处,要一直在传送带上走,可能要走个十分钟。搞笑的是,一开始爸爸看传送带上人太多,就说:"算啦,直接走吧。"我和妈妈还是选择走传送带。爸爸不知道传送带这么长,唉……真可怜。

我很喜欢机场的墙壁,墙壁是黄色的,看起来很粗糙,很多地方凸出来,又有一些地方凹进去,看起来就像墙上沾满了爆米花。走近了,用手摸一下,竟发现它有几分光滑,并没有想象中粗糙。到取行李的地方,还要坐很多扶梯,这一次爸爸没有走路了,并不是因为人少。戴高乐机场像一个巨大的洞,中间被巨人打了一拳,整个凹进去了。这样每两层之间就修了一个能容人的塑料管道,再在里面造了扶梯,爸爸没有路可以走,自然就只好乘坐扶梯了。塑料管道很矮,我伸手就可以摸到天花板,姚明乘坐的话,可能得蹲下紧缩着身体才可以。

出了机场后就要坐地铁，巴黎地铁四通八达，地铁站之间相隔不远。如果把巴黎地铁站外的所有建筑拆掉，从空中往下看就是密密麻麻的小点。巴黎和中国有七个小时的时差，我们找到公寓后倒头就睡了。

二

到巴黎的第二天，主要是去逛奥塞美术馆。巴黎大部分的房子都比较低矮，房子大部分都是很老的建筑。我们慢慢地走在塞纳河畔。塞纳河穿过巴黎，把巴黎分为了两半，我们住的公寓在河的南边，现在要去的奥塞美术馆也在河南，所以我们一直沿着塞纳河走就可以到达。塞纳河上，偶尔驶来几艘观光的船。天下过雨，到处都是湿漉漉的，河边的靠椅全都湿了。我突然想到一个好点子：为什么不在椅子两边装转轴呢？下雨的时候，椅子一面被淋湿了，想坐的话，转动转轴，把它转一面，就是干的了。爸爸开玩笑说："你可以变成亿万富翁。"在河边，我遇见一只白天鹅在岸上梳理羽毛，过去与它合影，它竟然也不怕我。

我们到达阿拉伯研究中心。里面不好玩，除了有一个神秘动物的角以外，其他的都没有意思。墙壁是铁皮做的，铁皮上有孔，孔可以放大缩小，因一天中不同时间段光的强度发生变化而变化。我们走到了奥塞美术馆，可是奥塞美术馆前排队的人让我们望而却步。于是我们决定去军事博物馆。军事博物馆里有从古至今的各种武器和盔甲，其中我最感兴趣的是法国的枪械。我在里面看见最好玩的一把枪叫鸭脚手枪，它的手柄很精致，是用木头和铁做成的。鸭脚手枪有三根枪管，像鸭脚一样分散开来，每根枪管都上了很亮的金属漆。这种手枪威力不大，打到人的头部都不会致命，是之前用来驱散暴动的。还有很多的枪，做工非常精美，特别是撞针那一块儿，看起来像艺术品。拿破仑的墓建在这个军事馆里，爸爸说他很有气场，死了都让周边的人对其毕恭毕敬，我也是这么想的。

军事博物馆里的盔甲

三

在巴黎的第三天是个星期天，很多场馆都可以免费进入，我们又去了奥塞美术馆。排了半个小时的队，人还是很多。但是人多的地方就是好地方，因为地方好，才人多。这个美术馆让人越看越惊喜，大师们的真品名画都在这里。梵高的自画像，罗丹的雕塑，还有莫奈、塞尚、毕加索等的画作。这里的世界名作多得惊人。

第三部分　人、访谈与旅行

奥塞美术馆一角

　　这里一共有五层，其中有三层装满了画。我问爸爸说："这里的都是世界名画吗？"

　　"只有名画才可以被挂到这里。"爸爸说。

　　看了很多画，我们走累了，还好这里设了座椅，还是用玻璃做的！什么东西都有艺术感。除了画还有一些物品展，展出大师设计的各种家具。我看见展台上的一把椅子，问工作人员："可以坐吗？"

答曰："不可以。"

逛完展览，和爸爸妈妈的一个在巴黎的同学一起吃晚饭。法国的正餐是晚餐。他们聊了好久，我发呆了好久。还好，我点的菜比他们点的都好吃。爸爸开玩笑说，我们今天是低消费的一天，去逛美术馆不要钱，午餐吃饼干，晚餐还有人请客。

四

在巴黎的第四天，主要打算是逛街，但是后来逛街计划取消了。我们先去了卢森堡公园，那里是鸽子的天堂。我拿了一片饼干去喂鸽子，刚把饼干扔到空中，饼干一下就被吃得一干二净。喂完鸽子后，手一抬，鸽子以为我扔了吃的到空中，也照样飞起来，看起来好像是我的手把鸽子托起来。后来我把小石子扔到空中，鸽子竟然也以为是食物，纷纷飞起来抢食。

离开了卢森堡公园，我们再一次去了蓬皮杜中心。我并不喜欢蓬皮杜中心里的画，觉得这里的画没有奥塞美术馆里的画好。蓬皮杜中心展出的都是一些很奇怪的画。比方说，有一幅画是一张纸，最底下画了一条横线，画的其他地方再没有画任何东西。我笑着说："这张纸还没有废，还可以画。"结果转头一看，一张空白的纸，也是画……还有一些画，感觉是拿了一桶油漆，泼上去，便成了画。甚至有一幅画，看上去是三岁孩子画的，用蜡笔随便涂涂抹抹。

第三部分　人、访谈与旅行

蓬皮杜中心一角

贝西公园里的酷跑

五

在巴黎的第五天，这是快乐的一天。早晨走路去图书馆。路上，我跟爸爸讲骆驼祥子的故事。途中还遇见了一个车站，车站墙壁上贴着钢铁侠穿着裙子的画。车站里面，有两辆自行车，自行车旁连了一个插口，那是给手机充电的。你骑车，手机可充电。

下午我们来到贝西公园。贝西公园有很多运动项目。一个很高的建筑表面是斜的，斜面铺满草。我抓着草向上爬，最后爬了很高，下不来了。我一放手，就像滑草一样滑下来了！在这里第一次看见了跑酷的人！跑酷真是一项神奇的运动！他们在距离很多米的地方，一跳，精准地落到了可以站脚的地方！我在想，他们掉下去会怎么样，在游戏里也会死吧？但那些起跳的动作真是帅气极了！我又第一次看到了特技场地。场地从侧面看，就是波浪形的。特技场里，有人在玩滑板，还有人在玩轮滑和骑自行车。我看见一个玩轮滑的人，动作行云流水。他滑着滑着，一下跳到栏杆上，又滑到坡上，又一跳，在空中翻一个跟斗，再倒着滑。简直太帅了！我马上跟爸爸说想要一双轮滑鞋！

六

公寓附近有一个公园，我们一直都没有去。在巴黎的第六天，我们来到公园，公园里有一个动物博物馆，里面有各种各样的动物标本。前几天在阿拉伯中心看见的神秘动物的角，竟然在这里也能看到。阿拉伯中心里看见的是海怪的角，到这里看见的是一种类似剑鱼的角。我们还看见一种古老的鲸鱼，那个鲸鱼有角，角长204厘米！小朋友们想象角是可以用来烧烤和击剑。二层是非洲的各种动物标本，它们排成一长列，好像动物在大迁徙。因为博物馆离我们下榻的公寓很近，中午回公寓睡了觉才再次出发。

各种各样的动物标本

下午我们去圣心教堂。经过一家古董店，我在店里看见一个印着毛主席头像的徽章，徽章是用黄铜做的，要 8 欧元。我猜徽章应该很有价值，可能是之前某个外国人带过来的，我想买下来，但爸爸不同意，我只好作罢。蒙马特高地上有一个公园，公园里有几个和我差不多大的人在玩球。球被踢下来，我正想帮他们捡，没想到爸爸把我拉住，说："别捣乱。"

"怎么了？"我问。

"你没看见那几个女生吗？他们是故意让她们捡。"

结果那几个女生把球从蒙马特高地上扔下去了，哈哈。

七

在巴黎的第七天，我们计划去路易斯威登基金会的房子。出发前爸爸让我看地铁图，怎么坐地铁，坐几站，都是我负责的。我们先坐 7 号线，从 Place Monge 到卢浮宫站，转 1 号线再坐到路易斯威登。到了路易斯威登基金会，那个房子感觉就像是一块很大的奶酪，奶酪上插着巨型的薯片，好像可以飞起来一样。但那里排队的人实在是太多了！爸爸说："先去看看凯旋门，一个半小时之内都是免费的。"结果停停走走，走到地铁站口已经快一个小时了，最后他没去凯旋门。

我们去了一个公园，公园里有很多游乐设施。我玩了四个项目：第一个项目是走迷宫。迷宫里有镜子，让你看不清楚路，只能用手摸索。我在里面乱撞，撞来撞去，竟然遇见和我一起进来玩迷宫的人。后来我听见了她们的尖叫声，我竟然也走到一个黑色的屋子里，转角处突然跑出来一具女尸，假的。第二个项目是玩过山车。我本来不敢去，看见比我小很多的人都去了，我怎么能胆小呢？我也去了，但是这并不恐怖，我觉得好爽！我的身体像是没了重量，在空中俯冲，和飞行一样！过山车一会儿很高，一会儿又钻到了地下。

我玩的第三个项目，那是一个奇怪的机器，机器伸出来几只大手，我坐在大手上，机器开始快速地旋转。大手忽高忽低，特别刺激，我后面的小朋友一直在尖叫。这个感觉好像是，你会飞，一直往上冲，可是又被按回来，几次反复以后你终于冲破云霄，突然又从云霄一下坠入了低谷。第四个项目是玩旋转飞椅。回来后才听说旋转飞椅经常出事故。

哎，我感觉在巴黎的旅途才刚刚开始，怎么又要结束了呢？

路易斯威登基金会

八

在巴黎旅行的第八天，没想到时间竟过得如此快。我们的主要计划是去东京宫，还有参观工地。早上坐7号线到卢浮宫站，再转1号线，坐两站就到了协和广场。协和广场是路易十六被砍头的地方，也是法国最著名的广场。协和广场其实并不大，有一个方尖碑和一个摩天轮。在半路上，天空开始飘起小雪，我很期待可以打雪仗。

到了东京宫，我们发现那儿有两个入口。我比较喜欢现代艺术展。中间有一个展厅，里面摆了一大堆椅子和一些像是高科技的机器。我跟爸爸说："应该放一点可以动的东西。"突然，椅子都跳了起来，发出巨大的声音，我倒吸两口冷气。爸爸说："回应你。"

下午我们参观了工地。这儿在建设一个"巴黎最豪华的监狱"，是由一个老监狱改造的。监狱有很多层，每个犯人一间屋子，每间屋子有独立的洗手间和桌子；监狱地下楼层还有健身房；全部地方都安装了暖气。

参观工地

九

在巴黎的第九天，很想再去一次贝西公园，就坐了地铁前往贝西。途中地铁突然停了下来。我不知道为什么。一个会说英语的人跟我们说，必须下车了。好吧，既然车停了下来，那么一定是有原因的。我们下了车，看见沿着地铁轨道线全都是古董摊、杂货摊。我购得一个堂吉诃德的雕像和一个滚珠玩具。妈妈购得一个茶壶和母鸡罐子。爸爸得到了一个青铜雕塑和一个木把手。我们都很愉快，现在想一想，法国是一个很有人情味的国家。通过了解，这样的集市一年只有两天。我们遇上了，真是很幸运。

晚上去爸妈的朋友家，我们享用了丰盛的法国晚餐。我和爸妈的朋友下棋还赢了一局呢。（虽然输了好几局！）他的这副国际象棋，是家里传下来的，全是铁质的，我觉得很有质感。

十

这是在巴黎的最后一天了。我还是想去贝西公园，可是下雨了，我们就准备去前一天买杂货的地方。我们悠闲地走了一个上午，终于到达，却发现那里的摊子早已撤走了。还好雨不算大，我们租了三辆自行车往贝西公园进发。这真是悲伤的一天。到处都是湿漉漉的，公园里运动的人都走了。再加上这是在巴黎的最后一天，很快就要进入一个新的学期，可我还紧紧地抓着旧学期不放。

旅行，结束了。

巴黎是购物之都、浪漫都市……这只是书本和人们印象中的巴黎。在巴黎住上一些时间，你会觉得巴黎只不过是一个城市罢了。出去旅行，是换一个地方、换一种生活方式，是一种体验。巴黎给我最深刻的印象，不是埃菲尔铁塔，不是卢浮宫，而是塞纳河。塞纳河是巴黎的一条母亲河，我们基本上每天都在河边散步。塞纳河边有一条繁华的散步道，贯穿巴黎。在我的脑子里，塞纳河被标注出了三个重要的地方。第一个就是奥塞美术馆旁的一小段，那里地上画了格子和迷宫，可以跳格子，玩迷宫。第二个是卢浮宫旁的一段，我记得那里有一个大坡，自行车可以下去。第三个地方只是河边一小段，那里有一个休息的平台，有几棵结着奇怪果子的树，那种果子上面有很多毛，蹭一下就会掉一片。

另外，巴黎的东西都太贵了，根本不能叫购物之都。巴黎的地下交通网密集，几十条城内地铁线，再加上四条通往郊外的线，可以说是把巴黎分割成了千百个小板块。在重庆，高楼大厦并不罕见，但是在巴黎很罕见！巴黎基本上除了埃菲尔铁塔就没有高楼了。巴黎建筑都是一些不高的房子，但是每一栋都很精致。之前很多法国人是反对修埃菲尔铁塔的。据说，当时塔修起来的时候，有一个人每天都跑到塔顶喝咖啡，有人问他本来很讨厌铁塔，为什么每天都来铁塔喝咖啡，他说，因为唯有这里看不到埃菲尔铁塔。巴黎是一个多彩的城市。但是，现在的网络宣传和人们的评价将它夸大了，我认为巴黎并不是购物之都或浪漫都市。而对于当地的居民，那只是一个家。

（2017年2月10日）

赫尔辛基、奥斯陆和柏林

一

8月5日乘飞机抵达芬兰的首都赫尔辛基，赫尔辛基是一个舒适的城市。这是我第二次来赫尔辛基了。上次是两年前的暑假，那时赫尔辛基给我的第一感觉是紧凑，整个城市围绕着一个小小的市中心，市中心有几栋商业楼、数个博物馆、小教堂、音乐厅和一个令人愉悦的公园。从一头步行到另一头，可能最多花一两个小时的时间。两年过去了，赫尔辛基只有一些很小的变化，市中心还是原来的样子，只不过多了几栋新楼罢了。由于这个城市实在太小，大部分有趣的地方，我和爸爸妈妈都已经拜访过了，这一次在赫尔辛基的旅行在很大程度上是一次故地重游。因为爸爸妈妈都是建筑师，我们的外出旅行大多是一个寻找优秀建筑的旅程。

下了飞机，我们匆忙拎行李到住处，那是一个位于市中心的酒店。然后，我们便前往附近新建的一个图书馆。那是一个主要由木头和玻璃建成的大楼,坐落在一个广场前,广场旁还有一块很大的草坪。图书馆下小上大,靠广场的一边呈拱形延伸到首层空间上方,下午的阳光照下来,形成一片阴影,令建筑的外轮廓及其阴影的边界形成了一个 S 形。许多人坐在阴影下喝着咖啡,享用着面包和其他一些点心。不少小朋友在草地上跑来跑去,快活极了。据说赫尔辛基是世界上幸福指数最高的城市。图书馆除了阅读区,还设置了会议室、游戏室、乐队排练室等多种多样活动的场所。房子的顶部也是由玻璃和木板拼接而成,呈波浪形状。我们进去看了看,发现这个建筑有着令人惊叹的外部,内部却有很多不足之处,比如地砖切线混乱,室内植物摆放杂乱等。不管怎样,里面的人都看起来各得其所,十分享受。

图书馆有一个向外延伸的大大的屋顶

离开图书馆,我们一路散步到附近的一个公园。公园中不少人骑着自行车。草地上,许多鸭子在散步和找吃的,导致草地上落满粪便,也许这是生态的一种表现方式。由于这里与中国存在时差,

我们在下午就昏昏欲睡,逛完公园便回到住所休息了。

很舒服的图书馆室内

6日早上我们前往阿尔托大学。校园里绿树成荫,绿地随处可见。阿尔托大学有一座阿尔瓦·阿尔托设计的房子,房子很有特点。给我印象很深的是里面的一个会堂,用三根白色的斜柱子撑起一个很高的屋顶,很多细节处的设计也令我惊叹。建筑外面有一个看台,也是他设计的,看台像一个圆筒被按对角线切了一刀。又从上往下切了一刀,将看台分成两个部分,再把靠外的那一部分整个从上到下铺上大台阶。

下午我们来到芬兰国家博物馆。博物馆展示了芬兰发展的历史故事,从史前到现代,一个文明的发展栩栩如生地摆放在面前,令我很有感触。不可避免地,战争馆再次出现。尼赫鲁曾说:"人类的文明史就是一部战争史。"之前去过无数跟历史相关的博物馆,都展出战争相关内容,战争是历史博物馆里一个永远的主题。

宽看世界：在读写思行的空间中

从酒店的平台上看城市

二

8月7日早晨，慢吞吞地吃完早饭后，我和爸爸在屋里看书，等待妈妈处理完她的事情。将近12点，我们才慢慢地向赫尔辛基的设计博物馆和建筑博物馆走去。一路上经过的很多地方似曾相识，我向爸妈说我们来过这些地方。一开始他们不信，后来才发现这里的大部分街道，我们真的到过，那两个博物馆就是之前路过却因关门而没有前往参观的。令人失望的是，曾经错过的这两个博物馆，展品不多，内容少，呈现物品的方式也很简单。参观设计馆，就像是在逛宜家。两个一同旅行的艺术家的作品占了设计馆一半的空间，关键是我还不喜欢他们的风格——一种尝试将古典与现代结合却表达单调的风格。建筑博物馆只是简单地展出一些平面图和建筑模型，其中很多建筑具有伊斯兰风格的门,这让我印象深刻。

与妈妈坐在楼梯口使用博物馆提供的笔和纸乱画。记得上次也是在一个类似的博物馆中,我也与妈妈进行"艺术创作"。这两次她画的内容都差不多,就是在一个方格中画一些缠绕的线条,再进行上色。逛完这两个小博物馆后,我们慢慢向海边走去。我对这两个博物馆不是很满意,但经常听人说过程是最重要的,想到来的路上令人愉悦的环境,我也高兴了起来,快步向前走去。赫尔辛基是一个港口城市。建城的目的就是与海对面一个港口城市竞争,现在城市很大一部分收入也应该是船运和渔业。

比萨饼店外景

去海边的路上,我们吃了一顿丰盛的午餐,三个人吃了两个布满芝士和肉片的大比萨。由于这比萨实在是太美味,我忍不住感谢了一下厨师,似乎在我们前面离开的两个人也做了同样的事情。之后基本上就是欣赏风景了。海边还有一个大公园,我们呼吸着沁人心脾的空气,一路走回住所。在路上发现两件有意思的事,一是这里有一种随处可见的树会流油，导致地面很黏，真的是"富得流油"；二是赫尔辛基跑车超多，估计当地人很有钱吧。

三

8月8日，到赫尔辛基的第四天。在来赫尔辛基的飞机上，我们遇到一个赫尔辛基大学的学生，她向我们推荐塔林一日游——一个很流行的旅游项目。塔林是爱沙尼亚的首都，也是一个历史文化名城，从赫尔辛基乘两个半小时的船穿越波罗的海即可到达。据说，很多赫尔辛基人会来回坐五个小时船到塔林，买很多箱酒回去，因为塔林的酒便宜又好喝。出于"可能一辈子都不会去爱沙尼亚"和船票便宜两个原因，我们开始了塔林一日游。我们乘坐公交车前往港口，途中看见一尊"皮卡超人"的雕像，雕像帅气极了，那是Supercell（荷兰手游开发商）一个游戏中的角色。上次来赫尔辛基时，我幸运地进入那个公司的总部参观，里面的员工送我一些他们公司游戏的贴纸，我将贴纸都贴在手机背面了。这次到赫尔辛基博物馆参观，大部分的门票也被我贴在了手机上当装饰。前往塔林的船是一种类似泰坦尼克号的大型娱乐船只。船上有客房、酒吧、餐厅、表演厅等。开船时甲板上的风很大，我站在甲板上差点都被吹走了。去程和返程我们大部分时间都是坐在船头听乐队演奏和观看魔术。听着慵懒的爵士乐感觉很惬意。倒是表演魔术的魔术师不够优雅。我承认他表演的运作行云流水，不过表演的配乐和他秀道具时的样子，让我觉得他有点像个小丑。

塔林古城

塔林没有现代化的高楼大厦，几个教堂的尖顶撑起了城市的天空。道路大部分是大小石块交错排列的石团路，路边是保存完好的古老建筑。转过街角便遇到一座令人敬畏的"城堡"是常有的事。这座城市由上城、下城两个部分组成，上城旅游化程度明显比下城高。十个商店里八九个都是卖旅游纪念品，关键是基本上所有纪念品店卖的东西还都一样，这是最烦人的。很多地方都在销售玻璃制品，玻璃制造业应该是当地一个重要的产业。上城有一个高耸的教堂，我们本想参观一下，没想到教堂竟然要收门票钱，我们放弃参观想法。

我们在一家据说是"塔林最好的牛排店"享用了美味午餐。我点了鸡肉，那一大块鸡肉浇上蘑菇酱，一口咬下去还会裂成一条一条的丝，真是太美味了！下城到上城的台阶处有一个演奏吉他的人，他的吉他箱里有几块零零碎碎的硬币，吉他底用黑色的胶布缠了起来，应该是破了。他的音乐使我觉得他并没有在享受音乐，卖艺是一个享受的过程，也是一个分享的过程。可惜的是，他的穷苦使得卖艺成了一种目的性的过程——为获得钱，然而，本末倒置的目的性却使他达不到原始的目的。估计爱沙尼亚国力不是很强盛，作为政治中心的塔林，旅游气氛太盛了。在老城再逛了一会儿，享受一下古城的氛围之后，我们便慢慢地走回了港口。

四

8月9日，这是在赫尔辛基的最后一天。早上我在旅店里看了看书，写了些旅行日记，然后出门闲逛。慢慢走到赫尔辛基音乐厅玩了会儿钢琴。我突发奇想弹了《茉莉花》和《呼伦贝尔大草原》，倒获得一些零零碎碎的掌声。随后我去参观国家美术馆，里面大部分的展品都是画作，整个展馆逛下来我很疲惫，变得昏昏欲睡，也许是因为一些画作欣赏不来。晚上7点，我们乘飞机去挪威奥斯陆。坐的是一架小飞机，降落时我眼睛剧痛，怀疑是飞机的气压出了问题。下飞机后，我很快发现奥斯陆和赫尔辛基的不同。这显然是一个商业很繁荣的城市，机场就是一个超级大的商场。这里的货币是挪威克朗，比人民币稍微便宜一些，汇率是0.7左右。令人震惊的是，从市中心到我们住所这儿步行30分钟的距离，乘公交车竟然花了200多克朗，这个地方的公共交通费用竟如此昂贵。

五

8月10日的早晨，我和妈妈一起前往7-ELEVEn买早餐，遇到了一个会说中文的收银员。那真的是一种很神奇的体验。我用英文问他在哪里可以买到鸡蛋，他看到我们中国人的面孔，说了一句英文后就蹦出中文："对对对，就是那边那家店。"我很吃惊，后来和他聊天，了解到他读完大学后前往台湾工作了一两年，然后就喜欢上了台湾，一待就是18年。吃完早餐，我们漫步到奥斯陆雕像公园。发现这个城市有很多电动车，五辆车中就有一两辆电动车。在一个街头我看见五辆电动车排在一起，这里电动车的普及率太高了。宝马的小电动车I3在这里的使用者很多，另外就是特斯拉。我们走到了雕塑公园，那有一个左右对称、道路呈放射形的绿地，里面雕塑虽然不少，但是大都太小。公园很大，但是所有的道路最终都指向一个雕满了星座的圆柱。早上眼睛一直肿痛，加上出门穿了不保暖的衣服，又遇到暴风雨而只带一把小伞，游玩兴致全无，早上的公园之旅也不悦地结束了。

中午回酒店休息了一会儿，眼睛依旧肿痛。这是第一次在外出旅行时生病，真是很不爽。休息之后打算往城中心走走。路上还是一阵雨一阵晴，这大概就是奥斯陆日常的天气吧。在市政厅门口我们遇到大雨，只好在门廊里稍稍等待，再继续前行。路旁有很多雕塑，其中有一座是丘吉尔的雕塑。在欧洲，丘吉尔雕塑还不少，上次在巴黎的小皇宫面前也有一尊。大概是第二次世界大战时英国在反法西斯战争欧洲战场做出卓越贡献吧。之前听过一个笑话，丘吉尔告诉别人不要在他死后立雕像，免得鸽粪滴在头上。他肯定没有想到，现在世界上有这么多他的塑像吧。

我和妈妈在奥斯陆市政厅走廊的浮雕前合影

又慢慢地走了一会儿，我认为在奥斯陆的行程，更像是在体验这个城市而不是打卡式地逛景点，我和爸爸妈妈都喜欢这样。通往奥斯陆城市购物中心的是一条繁华的商业大街，妈妈开心地买了几件衣服，我也兴奋地买了一件很酷的雨衣，大家都很高兴。晚餐吃汉堡，花了200多克朗，这里的消费水平真是高啊。

六

8月11日，我的眼睛好多了。昨天晚上，我向当医生的干妈描述了眼睛的情况，她在十万八千里之外诊断出我得了鼻窦炎，让我用蒸汽冲眼睛和鼻子。我试了一下，眼睛果然很快就不痛了，没有比这更令人高兴的事情了。今天早上我们依旧是向市中区走去。走了40多分钟，我们到了国家歌剧院，那是一个很有特色的房子。这个建筑位于海边，主要由许多巨型的白色石板和玻璃建成。屋顶用许多石板铺成斜坡，开放式的结构使人们可以在屋顶上面玩耍，看看大海的风景，屋顶上还有穿着时尚衣服的模特在拍照。好几个这种屋顶交错排列，大大小小，中间交错的地方就铺上玻璃，透过那些巨型玻璃窗可以看到建筑里面的情况。站在这个大建筑上，俯瞰着动人的碧蓝色的大海，真是享受。风很大，海鸥有些在飞，有些停在歌剧院的护栏上，一点也不怕人，像庄园主在自己的院子里散步，大步地向前走着。我站在护栏边看着靠岸的一艘艘船，想到挪威是之前维京人活动的区域，维京船是它历史的沉淀，文化中很重要的一部分。然而现代船的出现，使维京战船变得不再实用，但这里很重视对传统文化的保护，将维京船的"实用"转化为"装饰"，抑或是放在博物馆里，也许也是弘扬传承文化的一种方式吧。

站在楼顶吹了吹风，我们便进到这个房子的内部。剧院的表演厅不能参观，但是我们可以在底楼的大厅休息。经常会有一群类似旅游团的人在大厅无缘无故地鼓起掌来，真是奇怪。底楼还有一个放映厅，介绍这里各种各样的歌剧和这个房子本身的故事。我和爸爸妈妈在放映室坐了很久，完整地观看了《我是一所房子》(*I Am a House*) 的纪录片，介绍这个歌剧院和人与歌剧院的关系。纪录片全程播放房子的独白，这里边的房子已经拟人化。纪录片还展示了一些歌剧演员的辛苦排练场景，使我很有感触。吃了一顿极贵的比萨午餐之后，我们便向国家建筑博物馆慢慢走去。

挪威国家歌剧院周边风光

有趣的是，由于没有太关注导航，我们误打误撞地走到一个军事博物馆。那是一个很大的博物馆，展品按时代顺序展出，即：现代、古代、第一次世界大战、第二次世界大战、冷战。展出的武器五花八门：刀、剑、枪、炮、导弹、鱼雷，还有潜艇、坦克、战斗机、直升机，等等。可以发现，很多早期的武器十分注重装饰，有些装饰和武器的形状设计还带有宗教仪式的意味。贵族一般都不大运动，所以他们的刀剑都很小，很多还只是用来表现身份的。武器制造一直都在追求形式美，不管是在哪个时代。但是到了近现代，漂亮的武器图案便消失了。就像现代建筑与古典建筑相比，各种现代建筑的装饰中的浮雕、柱头就少了很多，和武器一样追求实用的功能。《被击中的战舰》模型，博物馆用了黑白交替且有些脏的棉花来表示战舰被击中时冒的烟，再加上逼真的海浪模型，我仿佛置身于激烈的战场上。逛完博物馆，我们便慢慢向住所走去。途经一个城堡公园，里面的风景很不错，还看到了落日余晖洒在海面的波光粼粼的壮观景象。

门框里有一个人是我

七

8月12日早上粗粗地浏览了一下地图,发现距离住所不远的一个半岛有个文化历史博物馆,在它旁边还有一个维京船博物馆,我们便走了过去。一路的风景十分优美,两片森林中有块草地,草地之间有条土路。草地上各种颜色的牛在悠闲地吃草,污泥和牛粪混在一起,散发出难闻气味。终于到了文化历史博物馆,门口馆名却是民俗博物馆(Folk Museum)。整个展览设在一个村子里,展览主题是木头的雕刻与应用。一个较大的展馆比较系统性地介绍了生活的方方面面,其他的小建筑群展示的是比较细节的方面,让你身临其境地感受当地人的生活。

维京船博物馆是一个十字形的建筑,建筑的三条"手臂"被分别摆放了三艘维京船,一条剩余的"手臂"放了一些与维京战船相关的细小的器物。摆了一艘破旧维京船的"手臂"中,有三片放映墙,最中间的放映墙大部分时候放着画风类似《文明》CG动画的立体视频,展现维京人作战中的具体战斗细节。其余两片墙用颇有当地画风的简笔画小人,讲着战前战后进行的活动。最令我印象深刻的是,左边墙面讲述的一个维京战士离开家人的画面,他抱了抱妻子和儿女便离开,或许再也不会回来,在战斗中葬身大海。胜利时将他邦的人民变为奴隶,却不知道自己的家乡或许也在遭受着同样的摧残。整个博物馆的展品很少,逛了不到半个小时我们就出来了。爸爸感叹说,这个博物馆比昨天的军事博物馆差多了。

八

8月13日早上在家雄心壮志地查地图，规划了好几个博物馆后，在正午我们走出屋门。经过奥斯陆皇宫，再次来到中心的商业区。来的第一天，我们在汉堡王吃了很小的汉堡，花了200多克朗。这次想着出门晚，吃个小汉堡也没什么，便再次走进汉堡王，随便点了两个汉堡。出乎意料的是，这次服务员竟然端过来两个硕大汉堡。我吃的是大号汉堡王，夸张地说，这个汉堡可能只比我的头稍微小一点点，夹三层肉饼，每层中间还有芝士片。吃前两口感觉汉堡味道还不错，到后面就感觉有人在往我嘴巴里塞汉堡。

在挪威国家建筑博物馆里

吃完汉堡，我用力地拖着自己的腿向建筑博物馆走去。建筑博物馆有两个展馆，一个关于景观，一个关于住宅。关于景观的展馆本身是一个神奇的房子，一个坡道从外向内地延伸，坡道从底层转上去再从顶层转下来。另一个关于住宅的展馆互动性很强，可以用积木搭建筑，也可以到一个作坊里制作建筑模型，我高兴地拉着妈妈到处玩。在作坊里，妈妈搭了一个大牌子，上面写着奥斯陆的英文"OSLO"，我给牌子造了一个长满灌木的屋顶。管理作坊的人跟我们聊了起来，她很健谈，说到自己的儿子要学中文，并且在听说了我们的行程后，还给我们推荐了一些柏林有趣的地方，最后还一起拍照留念，算是又认识了一个朋友。

奥斯陆市政厅前的杂耍表演

从码头慢慢往回走，看到路边有人在表演吹巨型泡泡，有人在表演杂耍。给我留下不好印象的是，表演杂耍的人站在他的钱盒子前点人头，貌似在说："这么多人怎么没人给我钱？"

第三部分 人、访谈与旅行

九

8月14日，起床第一件事就是怀着忐忑的心，拿出手机查看雅思成绩。回想起之前每一次在学校查月考成绩，都是怀着相似的心情，有时预料自己考得不好时便会很自责，预测考得好时却又有些迫不及待。这次考雅思在测试听、读、写部分时发挥正常，在考口语时自己十分紧张，而且又遇到了一个比较疲惫的考官，她有时说话含糊不清，我不得不让她重复几遍问题，她也不耐烦地问我是否能理解她说的话，考完试，我的感觉很不好。查到成绩总分6.5分，我心中悬着的一块大石头终于掉了下来。不算好，也不是太差，就是我自己的水平，原来那个口语考官还是给了我 6.5 分。查完成绩后，我兴奋地跳下了床，把成绩发给英语老师，也受到老师鼓励，说我第一次参加考试，考成这样已经很不错了。

蒙克美术馆里的各种海报

之后在屋里读书写作，接近中午，我们吃完饭，便向蒙克美术馆走去。离美术馆很近的地方有一个公园，公园里有一个自然博物馆，展出了从宇宙诞生到恐龙时代，再到现代，热带雨林中的各种有机或无机的遗留物。展品有一些矿石晶体、化石、骨骼和仿制出来的动物模型。像我之前说的一样，自然的东西都是美的，晶体奇特又美丽体现了大自然的鬼斧神工，也使我感叹不已。展览内容很多，十分有趣，可惜没有太多英文讲解。

参观完自然博物馆，我们继续前往蒙克美术馆。美术馆的所有画作都是爱德华·蒙克一人捐赠的，他父亲和妹妹患有精神疾病，幼年丧母，姐姐因肺病死亡，一生无妻无子，真是一个很可怜的人。最后蒙克死于1944年，将其毕生画作和雕塑作品都捐给了奥斯陆政府，因此奥斯陆的政府建了一个博物馆来摆放他的作品。他的很多画作都和生与死有关。一幅中心为红衣小女孩的画作吸引了我的注意力。那幅画讲的是，一个人死了，家里的人都很悲伤，好像有一片乌云笼罩在他们头上，唯独那个穿着鲜艳红色衣服的小女孩，她澄澈的眼睛漫无目的地转着，好像那一场死亡对她毫无影响。这又让我想起了电影《辛德勒的名单》，黑白又令人窒息的场景中经常会出现一个象征着生命、天真与活力的小女孩蹦蹦跳跳地走来走去，也许也是想表达相似的情感。蒙克著名的《呐喊》（*The Scream*）被摆在了很暗的灯光下，难道是不想让游客得到高质量照片？蒙克痛苦的童年经历和生活的压力，使他画出了名作《呐喊》。一面墙上贴着各式各样宣传蒙克画作的海报，我惊奇地看见了鲁迅的《呐喊》，可能是因"The Scream"被翻译成"呐喊"，而被选了过来。"但是这两者还是有着很大的不同。"爸爸说道，"呐喊是一种主动宣泄的过程，而尖叫是被动的。""被压迫到了极点而爆发出的尖叫。"我说道。爸爸表示赞同。

十

　　8月15日，今天是离开奥斯陆前往柏林的一天。早上9点我们搭乘30路公交车到达中央火车站，再换乘机场快线到奥斯陆机场。由于到的时间较早，我们在机场悠闲地逛了一会儿，然后便乘上飞机去柏林啦。我们乘坐的是廉价航班，到了一个标志极少的小机场，我很怀疑这是不是大柏林的机场。作为欧洲经济和技术首屈一指的德国的首都机场竟然这么小？从机场到住所差不多花了一个小时，是一个酒店公寓。稍微休息一下后，我们便向欧洲被害犹太人纪念碑走去。说实话，那并不是一个纪念碑，而是一个由几百个方形混凝土石墩组成的纪念碑群，我本兴奋地在其间捉迷藏似的跑来跑去，后又

在欧洲被害犹太人纪念碑里行走

想起这里代表着成千上万犹太人被杀害的史实，便又恢复严肃神态。在一家只收现金的中餐厅吃完晚饭后，我们去柏林购物中心买面包、果汁、牛奶，然后坐地铁回公寓。说实话，柏林的公共交通有点让人摸不着头脑，我们先用谷歌地图，再用纸质地图到处对比才找到了回公寓的路。

十一

8月16日，在柏林逛博物馆。柏林博物馆很多，早上我们前往著名的博物馆岛，那里确实是一个博物馆比餐厅还多的地方。所谓的岛其实不需要乘船去，只是市中心一个被两条小河隔出来的岛，走过一条二三十米长的桥就可以抵达。走在桥上，映入眼帘的是一栋画廊，它在阳光下呈亮白色。动人的歌声飘进耳朵，走近一看，原来是两个女高音歌手在唱歌，她们唱着一些经典的曲子，身体随着音乐在阳光下摇摆着，看起来享受极了。一首歌唱完，围观的过客都鼓起掌来，她们也高兴地笑着。我们走路前往河边寻食，路上遇到了拉小提琴的人、吹风笛的人等。在奥斯陆国家建筑博物馆遇到的一个人跟我们说过，柏林有很多艺人，看来是真的。但是我们也遇到了很多奇奇怪怪的人，有人拿着一个牌子让我们签字，说是为了帮助他人，但又不说清楚具体要干什么，很像骗子。德国的难民政策带来了难民，他们的宗教信仰和习俗与德国人不同，给德国的治安、政治都造成了不小的影响。

在河边一个只收现金的餐厅吃了顿简餐后，我们买了博物馆通票，便去参观了柏林新博物馆。这里大部分的展品跟埃及有关，也讲述了埃及从青铜时代到铁器时代的变化。博物馆中展出的很多古代装饰品都十分美丽。时代变化，但人们对美的追求不会变，古希腊的完美身材在现在看来也是极好的，古代和现在的小型装饰品都很漂亮。一楼的展品中有个很有趣的石水壶，出水口雕刻了一个缓缓倒水的女仆，她的动作和神态雕得很细致。"你在倒水时也是这个动作。"爸爸说道。哈哈，这个水壶太有意思了！脑子里出现这样的画面：两个水壶和两个人，谁知道在天外的宇宙中有没有个外星人把人当出水口的水壶倒水呢？

河边的西蒙画廊

逛完这个博物馆后，我们前往柏林购物中心找吃的，途中又被公共交通给搞迷糊了。到了柏林购物中心，我们在二楼的美食区看到了一张图，是这层楼的平面图，图中各个店面都被标上一面国旗。

267

原来这是一层拥有各国美食的美食街啊！这个想法真好。吴清源尝试使用围棋让中日友好，不是也可以用美食促进世界的交流互助吗？吃完了一碗越南的汤面后，我们在大商城中逛了逛，便回去了。

十二

8月17日，我们再次前往博物馆岛。首先参观陈列着希腊和古罗马文物的老博物馆（Altes Museum）。在博物馆中看到一个十分眼熟的雕像，走近一看，原来是雅典的执政官伯里克利，他在很大程度上给雅典带来了繁荣。进门的第一个大厅里介绍了使用3D打印技术还原破损的雕塑相关内容，很新颖。向外延伸的科学进步也带来了向内的历史研究的进步，这是很有趣的事情。在纪念品店买了一本关于希腊历史的英文小册子，我们便向旧国家美术馆里走去。

给妈妈做翻译

总体来说，我们参观时美术馆的人不多，但是莫奈、雷诺阿、塞尚的画作非常多。我在二楼再次看到一个眼熟的作品，走近一看，名为 *Boy with Throne*，猛然意识到之前看的一本名为《希利尔讲世界史》的书介绍过这个作品。书的作者小时候去博物馆看到这个雕塑就特别喜欢，然后他的妈妈说："小朋友的，雕像有什么可看的？"于是便把他拉走了。小朋友与大人的审美标准不一样，因此我们不应轻易去评判。博物馆中还摆了几幅建筑师的画，其中建筑的细节被画得特别仔细，这些画的侧重点就和其他名画家画作的欣赏点不一样。

参观完博物馆，我们四处瞎转悠，遇到了一个很大的玻璃棚（后来发现那是索尼中心），有很多人在里面吃饭和休息，一架钢琴放在最中间，我便去弹了几曲。

在索尼中心的广场上弹琴

十三

8月18日，去看望昆兹曼（Kunzmann）教授。爸爸之前考虑申请洪堡基金时认识了德国的昆兹曼教授，之后他们就一直有一些学术上的交流。他住在靠近柏林的波茨坦，最近住院了，我们便去看望他。我们乘坐U6到中心车站，再乘坐RE7，花了一个多小时到一个小镇。沿途风景异常优美，蓝天白云，阳光照在一片整齐的麦田上，麦田中有时有一些牛，路边有一些零零星星的房子。到了小镇换乘公交车，那个公交车极小，里面顶多能容纳15个人。上车时遇到一个看似有精神问题的人，他看到司机哈哈大笑起来，之后一直站在司机旁边时不时地笑几声。昆兹曼教授所在的疗养院空气很好，据说这里之前是个肺病疗养所。

从公交车上，我们远远看见昆兹曼教授和他的妻子王阿姨。这是我第一次见到昆兹曼教授。他将近80岁，带了一副椭圆形的木框眼镜，头发基本上都花白了。他比我矮一点，但是气质上却看起来很高大，令人敬畏的模样。他看到我们便站了起来，我才发现他双手都拄着拐杖。他向我们挥挥手，爸爸走过去和他聊了起来。我们坐下来吃了一些茶点，我一直听着爸爸和教授用英文交流，他突然问我能否理解，我表示可以，他再问我长大会不会成为建筑师，我表示还没有想好，他便继续和爸爸对话。王阿姨后来问我有没有一件一直坚持做下来的事情，如果没有，让我注意，因为那是很重要的。我也是这么认为的，但是一直没有找到坚持的事情。几十分钟过去了，我感到有些无聊，便把昨天买的书拿出来看。

昆兹曼教授接着和我们分享他学生时期的事情，那时他可以用三四种语言跟各国的人沟通。之后讲到虽然柏林墙倒了,东西德仍旧存在着很大的隔阂。他说,东西德两边的人再次团结起来至少还需要一代人的时间。现在还有5万名的美国士兵驻军于德国,由于德国不能拥有核武器,美军会保护德国,但也同时看着德国,使德国不能发展军事。而后我们又在疗养院附近走了几圈,途中竟然看见在水中游泳追鸭子的老鼠,真是神奇。

我们坐车回到柏林后,有点累了,于是在网络上找了一部名为《再见列宁》的电影看。电影讲述了一个生活在东德的母亲的故事,这位母亲积极参加劳作、参加社会主义建设,当她看到儿子因游行抗议被抓走了之后晕倒了,在晕倒未清醒的过程中,她错过柏林墙的倒塌和东西德的重新统一。她这位母亲醒来后,医生说不能受到任何强刺激,于是儿子就带上一帮人在母亲的房间里放上东德的家具,录制假的东德新闻,请人来找这位母亲写建议书等,为母亲营造一个假的东德。这部电影通过细碎的描写,全面地展现出了东西德文化的差别,这也许也是导演想表达的吧。

十四

8月19日早上,我们前往卡尔·马克思大街。然后我们便去了亚历山大广场,发现附近没有什么好玩的。我们逛了逛,之后步行走向东德博物馆(DDR Museum),博物馆展品涵盖生活方方面面,但数量太少。令我印象很深的是四个人的模型,有人穿着农民的衣服,有人穿着西装,他们是代表。一个把手可以切换表决的内容,但是不管什么内容,他们永远都把自己的手举起来,没有一个反对者。东德的一切物品给人带来一种历史感,有贴纸般的广告,完全整齐的房屋。有一个很有趣的桌子，那个桌子上有两个洞，有一盏大灯照着，把肘关节放到洞上去之后，再把手放到耳朵上，利用骨传导技术你听得到桌子另一端的人说话。事实上这是东德时的审讯桌。看完博物馆之后，我们立马前往德国历史博物馆，详细地展示了德国的历史，第一次世界大战后成立的魏玛共和国、德国第二次世界大战的历史，等等。

东德博物馆里的柏林墙模型

德国历史博物馆里的犹太人集中营模型

在一段真实的柏林墙边上留影

十五

8月20日，去王阿姨家参观。在去看昆兹曼教授之前，王阿姨邀请我们前往他们在波茨坦的房子参观。于是我们乘 U6 到中心车站，再换乘 RE7，不到一个小时就到了波茨坦，我们受到王阿姨热情的欢迎。她带我们四处转了转，讲了讲这个城市的变化。我们先到了一个大的图书馆里（同时也是一个继续教育学校）坐了坐，喝了杯咖啡，然后再往《波茨坦公告》的签署地走去。路上遇到了一片红色的房子，王阿姨告诉我们这里叫荷兰角，是之前德国人为了吸引荷兰工匠带着技艺来德国居住，怕他们思乡，故意把这里建设得和荷兰一模一样。再一起走了几分钟，王阿姨便先回家了，让我们去《波茨坦公告》的签署地西林霍夫宫后，再和她会合。

西林霍夫宫

吃了一顿丰富的印度餐，菜品有鸡肉、猪肉和蔬菜。我还点了一杯芒果拉西奶昔。我们沿着海岸慢慢地走向西林霍夫宫，到了门前，爸爸妈妈说太累了不想进去，我就自己一个人买门票参观了。从展览中了解到，西林霍夫宫从第一次世界大战前开始建，于1915年建成，原主人参加了第一次世界大战惨遭俘虏，后承诺一生再不涉足政治才被释放回来和妻女团聚。在第一次世界大战和第二次世界大战间，西林霍夫宫成了上流社会的人聚集的地方，希特勒常常在这里出现。宫主对恢复帝制很有兴趣，曾看好希特勒，后来发现希特勒发展国家社会主义后便再也没有和他交往过。后来，我还看到杜鲁门、丘吉尔和斯大林的合影被挂在主会场。再往后走还有杜鲁门决定核弹轰炸日本的房间展示。房间有些阴森，播放着他的话："我们丢了这两颗炸弹，但是拯救了成千上万年轻美国人的性命。"

波茨坦也有一个勃兰登堡门。我们从一条繁华并富有生命力的商业街走过去，和王阿姨见面，然后一起向无忧宫走去。那是一个崇尚法国和希腊文化的贵族自行设计和修建的宫殿。贵族们可以在这里放空大脑，无忧无虑地享受生活。无忧宫本身建在一个小山头上，宫殿最大的特点是其独特的花园与台阶。台阶从宫殿辐射出来，呈喇叭形状，两层台阶间的空地种满了葡萄，阶梯形的葡萄园让人感觉很惬意。这个法式风格的宫殿上用法语写着"无忧宫"，向里走便是一个希腊风格的柱廊，站在柱廊正中，向西边望去，可以看到一片希腊风格的废墟。那片废墟也是当时那个贵族专门修建的，真是想不到。离开无忧宫，在一个大斜坡处我们看到了一个十分低调的坟墓，上面摆了一堆土豆，很有意思。王阿姨说那是一位帝王的墓，我们都很惊讶。那帝王叫弗德里希大帝，他曾利用土豆解决了德国的饥荒，备受人们尊敬，后因其坟墓在东德，怕被拆毁，坟便被偷偷迁到这儿，这也是一个帝王的墓那么低调且上面还有土豆的原因。

  王阿姨慷慨地邀请我们去他们家吃晚饭，于是我们便有一个参观他们家的机会。进门是一条走廊，走廊尽头是王阿姨的一幅摄影作品，作品中有一个古城门外杂乱的工地和一个躺在地上的人偶模型，背景是一个城门，整齐和杂乱，新和旧，都形成鲜明对比，也给人带来了强烈的震撼。右手第一间房间是书房。他们家书房的墙壁就是一架架白色的书柜，木头书柜上摆满世界各国文字的书，中文、德文、英文，新旧、大小相间，但是摆得很密，那可怜的白色木质书架都被压弯了。左手边是一间厨房，我没有仔细观察。右手第二个房间，我感觉它非常与众不同。为什么这么说呢，这里的四面墙壁都是古老的壁画。房间右边有一个厚实的木柜子，上面摆了他们在世界各地旅行时带回来的各种各样的物品。中间有一个小台子，上面摆了各种马的雕塑和画作，我被一只长条形的铁马给吸引住了。

王阿姨做了肉片生菜，还有很好吃的蘑菇意面和煎黑猪肉，最后还有一道奶酪，只不过我吃不太惯。

昆兹曼教授家的古老壁画

吃完晚饭，我们详细地观察壁画。画作的背景是一个古代的繁华大都市，壁画中有穹顶、教堂、居民楼、废墟，还有清澈的湖水和喷泉。那应该是一个港口城市，远方的建筑与建筑间出现船帆和桅杆等，可以想象一艘大船靠在岸边。画作的底部，也就是比较近的地方，详细地刻画了几个人。有一个穿红色大袍的阿拉伯商人，带着一只骆驼（或者是马）和他的仆人，他们是从那艘大船下来的吗？还有一个身穿绿衣、头戴黑帽，配了一把剑的矮小贵族，他提起手递给一个衣衫褴褛的乞丐一些钱。远处还有一个看似遛狗的人。

整个画作十分真实。听王阿姨说，他们家是波茨坦文物局的重点保护对象，也是全城唯一一个家里有壁画的地方。壁画是买房时自带的，书房里也有一幅壁画，但是没有把墙纸拆下来。那个壁画不知是哪个年代的画家留下来的，把文物局的人惊到了，画作的大小、主题都是前所未有的，十分珍贵。

十六

8月21日，早上前往犹太人博物馆。我们看到的第一栋建筑是比较古老和常规设计的，二楼是一个关于以色列的摄影展，可以看出被拍的对象还是比较贫穷的，但很有当地特色，男人基本上都留了相似的又长又杂的胡子，家庭是最重要的主题。第二栋建筑呈折线形状，是一栋压抑的黑色建筑。这栋建筑强调给人带来的感觉和这个感觉与展示内容的关联。第二次世界大战时很多犹太人惨遭杀害，身体和精神都受到严重折磨，所以整个馆的内部是阴森的。建筑里有一条走廊铺满金属人脸，令人震撼，对于走廊，博物馆没有给出明确解释。原来，留白是布展者的一种手法，留下空间给你想象。接着，我们来到第三栋建筑放逐者花园，这花园和欧洲被害犹太人纪念碑的风格很像，都是在石丁路上插入一大块一大块的长方体石柱。花园地面有点向内倾斜，旁边的介绍上说，这是为了让人产生一种不舒服的感觉，就和当时被放逐的犹太人一样。走出放逐者花园，门口的介绍就讲到了当时犹太人逃到中国的事情，这让我想起了沃尔夫冈写的《重庆往事》，就是讲他和当医生的父亲逃亡到重庆的故事。第四栋建筑是一个又高又黑的塔，有些潮湿，唯一的光源是屋顶裂缝的自然光,像是一个洞穴。

  在博物馆简单地吃了午饭后,我们在对面的建筑里逛了逛,就去科技馆了。科技馆的上面吊了一架大飞机,远远看上去就很吸引人。科技馆是儿童免票,这是在很多博物馆都有的事情。往科技馆里走,先是关于船演变的展览,然后是飞机。科技馆收集了很多古老的船模,加上一些视频技术,简单地表现了遇到大风大浪时帆船的危险。运作那些大船的水手们一定都很团结和相互信任,如果说一艘船是一个人体,那么每个水手都是人体内的器官,缺一不可。飞机展有热气球,十分抓人眼球,到后面德国的 V2 火箭,从木质螺旋桨到喷气式发动机,都很惊人。由于博物馆五点半关门,我们还没有逛完就离开了。

十七

  8 月 22 日早上,我们乘 U6 到弗德里希站,换乘 RE7,坐了两个多小时,到德绍去参观包豪斯的校园。包豪斯原本建在魏玛市,后迁到德绍。从车站到校园,走路不到十分钟就到了,路上有不少学生,还有两个乒乓球台。

  我们第一个参观的建筑,便是包豪斯第一任校长格罗皮乌斯在德绍包豪斯设计的包豪斯校舍。房子十分霸气,一个巨大白色的走廊横跨马路,房子侧面写着"BAUHAUS"七个字母。我们先在底层吃了一顿饭,然后才开始参观。房子内部并没有什么有趣的,可能是它本身是教室的缘故吧。但是这栋看起来很现代的房子其实是在第二次世界大战前建的,当时周围都是一些红瓦屋顶的老建筑,与老建筑相比,包豪斯校舍的设计很大胆了。看过校舍之后,我们又看了看附近的房子，有几栋是当时大师们的住宅，但是后来被改建了一下，爸爸认为没有那么好了。住宅都变成展厅，但是不大，展览的内容也不多，主要是在讲述房子历史和设计。我在包豪斯校舍的纪念品店里买了一个很有趣的纪念品，类似积木，然后我们去车站等 RE7 回柏林了。到柏林火车总站下车，我看见议会大厦雄伟的穹顶，便想上去参观，没想到必须预约，于是我们预约星期六下午 4 点钟参观。

在包豪斯的楼前

和妈妈在包豪斯的楼里

十八

8月23日，参观"马赛公寓"。柯布西埃在全球用同一个理念修了很多类似的大型住宅楼，马赛公寓就是其代表。这样的房子在柏林就有一个，附近还有一个举办过奥运会的体育馆。于是，怀着膜拜的心，我们坐U6再转乘S2，坐了很久的车来到这个偏远的地方。那是很多条交通线的终点站，我们出站以后发现四周很宽广，有点荒凉。有一排排整齐的树，但是没有太多人。路上停了很多的车，几十年前的法拉利跑车停在巨型的混凝土建筑旁，让人感觉仿佛置身于一部20世纪拍摄的科幻电影中。令人失望的是，底层架空的空间也停满了车，没有留给大家的公共空间。

第三部分　人、访谈与旅行

柏林的"马赛公寓"

　　大公寓的外部雕刻了柯布西埃的模型，底层有一个大房间，房间一面墙上贴着这栋楼的正视图，用很多小铁板代表房间，铁板的大小代表着这个房间的大小，每个小铁板上写着屋主的名字。房间是不可以参观的，转了好几圈之后，我们无奈地回到底层。爸爸和妈妈说道："算了，不看了，就算进到房间里，看到的也是和想象的样子差不多。"我们走出公寓，已经是下午两点多。我感觉很沮丧，我们准备离开，想着先把肚子填饱。突然一个人走过来，问我们是不是要参观房子。我们说是的，然后他说："你们真幸运，我有钥匙，跟我来吧。"于是我们便幸运地得到参观建筑的机会。他先打开了一间房，房间里面有很多关于柯布西埃大型公寓的内容介绍。后来，通过交流我们得知，他原来对室内设计很感兴趣，但在当学生时听说室内设计不景气，他放弃了，最后选择成为一个生物工程师。他又带着我们去一个小展厅，里面也是一些关于室内设计内容，我们看了看，然后就走了，并诚心地感谢了他。

我们在快餐店吃了香肠三明治之后，向体育馆走去。爸爸没有进去，我陪着妈妈在里面转了两圈，发现不是很有趣后就离开了。接下来，我想去看通讯博物馆，但是爸爸却决定乘车到一个现代建筑群，我虽有些沮丧，但也还是跟着一起去了。

十九

8月24日，我终于如愿来到通讯博物馆。第一天到柏林时，我们在找地铁站的过程中，经过一个周围墙壁被贴满贴纸的十字路口，看到了柏林通讯博物馆，据说博物馆互动性很高，便一直想去。我们再次来到那个粘满贴纸的十字路口，发现贴纸有红的、绿的、蓝的、黄的，五彩缤纷，夺人眼球，只是有一些脏乱。进入博物馆，我们买票后，发现门口那些贴纸就是博物馆门票。我想，这里的公民一定要很自律才行，没有在门口随便摘下一张门票进馆。室内有一个大厅，两个机器人在大厅里漫步，胸前有一块屏幕，可以和机器人互动，但是互动语言只有德语。还有一群小朋友在大厅里蹦蹦跳跳的，队伍前面站了一个大人，应该是小学组织孩子逛博物馆吧。一层的侧重点在交流，可以通过视觉、听觉抑或是嗅觉交流。有一个操纵塔吊的模拟室，你看不到要吊起来的东西，只能听外面的人语言引导，操纵塔吊往左往右或放下去。我和妈妈都去试了一下。其他地方摆了一些交通标志和释放气味的箱子。沿着一个大理石楼梯向下走，在一个黑暗的展厅里，展出一些不同时期的邮票和信件，人们走近展柜时，附近的灯会自动亮起来，并自动播放那个年代的音乐。

在地铁看到爱因斯坦很有意义的话

二楼展区由一排排整齐的展柜组成，讲述信息传导的演变史。先从不能移动的刻满楔形文字的石板开始，慢慢地变成信件，再之后便是互联网。传递信件的方式也很不同,我看到马车慢慢演变,再变成如今邮政公司的大型邮政车。旁边还有张邮政公司的搞笑广告,一个快递员穿着太空服在外太空送信。有个送信的管道很有趣,先将信件塞入一个大型的胶囊里,再把胶囊丢入管道,按一下按钮,胶囊就随着快速的气流飞出去,直到接收处。旁边还有一个用于打摩斯密码的机器,可互动,互动内容就是通过机器打一段指定的话。展区里的一张动态地图展示了全球推特的在线使用者的位置情况,亮点表示正在使用。可以看到日本亮点很多,欧洲很多,美国也很多,中国只有北京还有几个亮点。再往上走一层,我们看到一行醒目的文字是:"没有信息的战争不能成为战争。"古代就是这样了,在信息时代的今天,信息的传输和获取已经成为战争的主要内容。

另外一个展厅讲述手势的作用,因为手势也是一种视觉上的信息传播方式。有一个不停吹气的板子,我只要把手放上去,电脑就会精确地模拟出我的手的动作,真是神奇。

出口的抓娃娃机里摆满了铁疙瘩,我丢了两欧元进去,竟然让我抓了将近十次,我第一次就抓了一个,妈妈后来也抓进一个,可能机器的设置就是,丢两欧元就一定要让你抓两个起来吧。打开铁疙瘩,发现就是两个纠缠在一起的铁块,只是要想办法把它们分开。

离开博物馆,吃了多天三明治、汉堡的我们决定吃饭。我们走进一家店,里面基本上是全素,米饭、素菜加上一大堆奇奇怪怪的酱汁,我是捏着鼻子才吃下去的。店里提供的饮料十分健康,除了白水,还有淡柠檬汁或是不知道用什么树叶榨的饮料。我觉得这种店卖的不是食物,而是"健康"两个字。

下一站是恐怖地形图博物馆,这里展出的是希特勒的秘密警察的一些图片和事迹。门口写着希特勒的话："给我把华沙炸得片甲不留,设下一个以后所有欧洲城市都要成为的例子。"博物馆里面图片太多,给我印象最深的就是一个戴着帽子的小男孩抱头逃窜的图片,那是多么可怜。

议会大厦的环形通道

离开恐怖地形图博物馆(其实我一直都认为这个译名很奇怪),我们来到了议会大厦的大穹顶。从一个角度望去,可以看见一个拿着青铜十字架的天使雕塑,它盯着远方的一个教堂和一群比教堂高得多的塔吊。原先教堂是一个城市里最高的地方,或许现在塔吊比教堂还高。进入大穹顶前,每个人得到了一个语音导览,我和妈妈都拿了中文的，爸爸没有拿。穹顶是透明的，拥有环形的坡道，有一条盘旋而上，另一条缓缓向下。走到向上坡道口时语音导览开始自动播放，妈妈被吓了一大跳。语音导览可能装了定位系统，导览器的声音自动地介绍着眼前的风景及建筑的故事，还会偶尔让你停下来欣赏一下眼前的景色。我们是黄昏时去的，看着这个忙忙碌碌的城市是怎样慢下来。

二十

8月25日早上我们再次到博物馆岛，到的时候惊奇地发现一个跳蚤市场。跳蚤市场里的东西琳琅满目，有些旧货，比如东德和纳粹的一些勋章、毒气面罩等；还有很多卖书和卖光碟的，但大都是德文，我晃晃就走了。再往里走有一些其他国家文化相关的器具，如佛教等中华文化、日本文化等。我看见两个人被佛教的器具迷住了，这两人喊了她们的爸爸妈妈过来看，很快摊子就聚了一大群人。这些佛教器具中，我还看见了一个蛇皮挂坠，挂坠挺好看的，就是质感不太好。

我们来到博物馆岛，第一个参观的是博德博物馆。博德博物馆形如一块三边的芝士，里面是文艺复兴风格、哥特式和非洲的各种展品。博物馆的一个特点是，将欧洲的作品和非洲的作品进行对比，可以发现欧洲的雕塑作品和绘画作品比较追求"像"，人体雕塑就和真人一模一样，整个作品用一种材料。然而非洲作品却不"像"，但是有一种整体的美，有些粗犷，有些细腻，没有欧洲作品的"整齐"，用料也很大胆。我看见一个男人的雕塑，既使用了木头，又使用了铁钉,给我的感觉也很好。布展顺序有些让人摸不着头脑,经常是推开一扇小门,里面是一个大世界。

在伊斯塔尔城门上的雕塑前留影

3点半我们去佩加蒙博物馆,那是一个有着巨型空间的博物馆,讲述着古巴比伦和古罗马的故事。一个四五十平方米的房间里摆着古巴比伦原本的令人震撼的精雕细琢的巨型城门。从城门进去,下一间屋子又摆着罗马一个集市的入口。除此以外,还有着古巴比伦著名国王的有翅膀的狮身人面像。再次在展柜里看到不知哪个文明时期的精致装饰品,饰品非常漂亮。离开佩加蒙博物馆,时间还早,妈妈突发奇想提议,我们乘12号有轨电车从起点坐到终点,在车上最后看看这城市的面貌。想着明天就要回中国了,并且面临即将到来的高中生活,我不免有一点迫不及待而又有些小紧张。回到家已经有点晚了,简单吃了一顿,把冰箱里的东西吃完,我们也终于在旅行的最后一天"弹尽粮绝"了。

总结

　　这是一次令人难忘的旅行，我第一次在旅行中生病，第一次收到雅思成绩，第一次思考国内外的好与不好之处。最后几天写得比较无聊，其实是因为那个时候我已经回到中国了，旅行的热情也逐渐消散，想赶紧写完了事，事实上最后几天是十分有趣的。这次旅行让我对城市与城市之间文化、自然环境和消费水平等方面的差距感受越来越深。

　　赫尔辛基是一个非常适合居住的城市。城市规模小和充满活力是赫尔辛基的代言词。至于旅行，自然就有些无聊，估计赫尔辛基的旅游业也不太好，重庆飞赫尔辛基的航班都快要被取消了吧。

　　塔林历史悠久，也是著名的旅游胜地。城市内没有高楼大厦，有一大堆的饮食和旅游纪念品店。可见塔林人并不反对旅游，也许他们只能靠旅游业活命，不像威尼斯大喊不要那么多游客。（我认为威尼斯没有旅游业也活不了。）

在看博物馆岛的建筑模型

奥斯陆像其他北欧城市一样，都有着超高的物价。城市规模与赫尔辛基相比大了很多，商业也更加繁荣。我们住的地方距离城中心有着40分钟的步行路程。城中心有一块很大的商业区，我记得那里的店员大都比较热情和幽默。当时我把店里的最后一件大号雨衣买走了之后，有一个人去问店员还有没有大号雨衣，她开玩笑地说没有了，没有了，但可以去偷刚刚那人的。奥斯陆仍旧是一个生活化的城市，但是博物馆等文化设施的密度却还是比重庆大得多。在夕阳西下时漫步在奥斯陆海滩，看到一群十七八岁的人在欢快地跳水，奥斯陆同样也是一个富有活力的城市。

至于柏林，那是一个可以与巴黎媲美的城市。在博物馆岛，你基本可以看遍主要文明的历史演变过程。博物馆不仅种类多，规模还都很大，经常让人逛到走不动，随便一个博物馆，就比芬兰国家博物馆大。因为德国曾被一分为二的历史，柏林的不同地区有不同特点：在东柏林，建筑都又大又方，街道也十分宽阔，西柏林则不然。在跳蚤市场里，列宁像、东德马克、防毒面具和铁十字勋章等，讲述着这个城市的过去。令我惊讶的是，柏林作为欧洲经济支柱的德国的首都，英语普及率竟然不高，不说超市里的员工，一些咨询处的工作人员也不会说英语。柏林的两个小机场，效率低，规模小，行李丢失处排满了长队。谷歌地图上的评价写道："要不是必须给分，我真是一分都不想给，工作人员态度差，排队时间超级长，行李等了两周才拿到。"但是，整个城市是宽宏大量的，有着许多卖艺的人，还有基督徒、穆斯林、乞丐、旅客和来自世界各地的有不同目的的人，柏林是一个丰富多彩的城市。

看似很长的20天，很快就过去了，更长的初中三年也过去了，仿佛都在一瞬间。我们每天的生活是重复的,而旅行就是这重复生活中的小小插曲,但这学习—旅行—学习—旅行的过程何尝不是一个更大的重复呢?

(2019年8月)

附　录
陈衡哲：救救中学生

前几天一直在读陈衡哲先生写的《西洋史》，正巧我爸在翻阅民国文献时，看到她写的《救救中学生》，让我也读一读。我觉得文章里面所描述的不少现象，在今天仍然是焦点问题，感到很有意义。文章里面有些说法可能过于理想主义，但依旧呈现出一个模糊的趋势。改革肯定是不易的，但是这些令人心惊胆战的现象却会让人觉得大难已经临头，再不改就来不及了。

今天的中学，与陈先生描述那个时代的中学对比，至少以我这个学生的角度来讲，是十分相似的。有写不完的功课，还有一个新的状况是，现在手机的普及使很多学生沉迷其中，他们将大量时间投入碎片化的小视频、发泄性言论和诱人的游戏。这种行为很普遍，占据了学生们不多的空余时间，这些时间原本可以用于阅读与培养兴趣，我们就可以说它是有害的了。我在网上查了一下（百度和微信），没有看到这篇文章。用软件识别效果很不好（因为是竖排的繁体字，印刷不很清楚），我只能一字一字输入，把文章打了出来。

目下在水深火热中的人有两种，其一是正在遭受着水灾与匪祸的难民，其二是担负着读书重任的中学生。难民所受的威胁，是眼前的饥寒与死亡；中学生所受的威胁，是康健的摧残，及因此引起的民族衰落。读者们若以这个比拟为过分，说："中学生是人间的骄子，有人还求之不得呢，你那能把他们来与难民作比？"那就请看一看下面几件有代表性的事实吧。（下面所引的话，写信的有原信，说话的也有人名，一一记录在我这里。但此处自然不便发表，请读者们原谅。）

（一）有一位家长，在回答我调查小学儿童康健的问题时，会附带着报告了一点他从前在中学读书时的情形，说："我们从前在中学时所受的痛苦，比了小学时代的还要利害……当时每日上午八时至下午四五时，均为正课。而每日教师所吩咐应作之功课，又约需四五小时……余在中学时，自信尚能努力，然以赶功课之故，每日迟眠早起，星期日亦极忙碌。（教师们且喜于星期六多指定一些作业，似不允许学生星期日休息娱乐然。）必要之洗浴理发，均相隔二三星期，然后举行一次，且于极匆促中为之……如此读书，至高二时既患高度之神经衰弱症……至高中毕业时，则强健之体格，活泼之精神，均已变为衰弱呆滞矣！"

（二）有一位中学的音乐教员问我："我们不要音乐家了吗？我有好几个有音乐天才的学生，现在都因为数学不及格，不能进级或升学了。最惨的是，有一位神经质的青年，因功课太重，尤其是数学，竟因过度的用功和忧虑，得了神经病，不久便自杀了。这是培植人才呢,还是读书救国,还是民族的自戕?"

(三)有一位高中女同学对我说:"我每天做功课非到晚上一时不能完,但睡得太晚却又睡不着了,常常要到三时方能合眼睛,您想,一晚上只睡得三个钟头,那还能不头胀脑裂,发烧生病呢……您莫以为我是一个例外,过着和我一样生活的同学,是有的,不过没有人知道罢了。"

(四)有一位做着现代科学界领袖事业的朋友,写信给我说:"所云江西某中学打斯波明(Spermin)事,系某君亲口向鄙人陈述。彼云:'该校课程及课外工作繁重,每日天明既起,非至晚间十一二钟不能完结。故同班十八人,有十四人由校医检查有肺病,而精神不足之学生,竟有每日注射斯波明者。'"

(五)有一位中学生写信给我说:"现在中学的课程,最使人感困难的,就是数学。平均每星期约有六个到八个钟点之多,一个钟头所留下的题目,脑筋迟钝些的同学,五个钟头也做不完,差不多每星期要花费十七八个钟头来干数学……一个性情不相近数学的,但为了毕业,为了会考,也不得不死干。大部分的时间都花在这一门功课上,结果也弄不好,倒反把自己所喜欢的功课都丢了,没有功夫来看它……学校的功课这样多,在本校想毕业就够悬心的了,再加上一个会考,弄得一些同学不要命的赶。我所知道的一位同学,去年因怕会考不能毕业,有十天晚上不睡觉,精神支不过来,便打吗啡针。结果是有两门不及格,这多么残忍啊!不这样拼命吧,功课这么多,这别想毕业。拼命吧,精神有限,只好打吗啡针了。"

这次我不会作什么公开的调查,不过会把中学教育的危机当作资料,和朋友们讨论讨论罢了。而所发现的,已有神经衰弱、肺结核、脑痛之类的弱种危机和打吗啡针、打波斯明针等的自杀行为。假若我们再作一点更普遍的调查，岂不将更有惊心动魄的发现？所以我说，现代中学生使我们发生忧虑的程度，比眼前遭着水灾的难民还要深刻，还要有永久的性质。

中学生所遭到的威胁虽然比了难民的还要利害，但避免于救治它的方法比救灾为简单容易。我们且把以上而所引的五件报告，归纳起来，便可以发现三个共同的困难。第一是高中艰深与繁重的数学对于没有数学天才的青年的伤害；第二是会考将要八股化的危险；第三是青年们因功课的繁重而采取的饮鸩止渴行为。而在我看来，这三件困难的根本消除，却也并不是一件什么难事，只要教育当局有消除它们的诚意与决心。现在我且分别的来说明一下。

我当然承认，数学是科学的一个重要基础，而科学也是智识的一个重要基础。不过，假如一个人害了伤食的胃病，我们是决不肯拿一桌宴席给他吃的，即使那宴席是含有丰富的滋养料的。但当我们看到会考和科学方面，却又大声的叹息着，说："要严格的注意数学教育呀，要再把它的程度提高呀！"这不是承认教育家的常识还不如一个医生的常识吗？我们为什么不能把教育法改良，把钟点减轻，再把高中的数学改成选科呢？只要我们做得到这三层，我敢担保中学生的数学程度一定能不提而自高的。要不然，便只能算是科学家秉农山先生所说的"迷信数学"，而不能算是什么教育了。

再说会考。会考的本身虽然也是有它存在的理由，但假如不把它的方法改良，它是一定要科举化的。我们从前废除八股，为的是它的重形式而不重精神，重书本而不重生活。假如我们现在又来一个八股化的会考，那真是"何必当初"呢！我们只须看一看那些市

附　录　陈衡哲：救救中学生

上所售，和中学生所视为宝笈的什么"会考须知"之类，便知道我们的中学教育是正向着那一个方向进行了。

中学每周的课程，据教育部的规定，初中每日上课及自修八小时，合计每周六十小时。而每晨一小时的早操尚不在内。而自修时间的不够指定作业，也是一件人人知道的实际情形。故从这一方面来，上面所引的每日作课十三四小时的报告，是很可取信的了。在这样情形之上，再加一个差不多能操纵学生生命的会考，一部分缺乏常识和贤明家长的中学生，自然只有拼着命去应付了。拼命的结果呢：肺结核是那样的蔓延着。神经衰弱也成了青年一个普通病症，而有些青年们甚至于去打那含有毒性的药针！这是一个什么现象？它们于中华民族前途的危险，还用得着我来申说吗？

中学生的年龄是一个人在生命上的大转枢，无论是在身体方面或是情感方面。有一位美国的儿童心理学家，论及青春期的心理时，会说："在青春期中，尤其是在女子的方面，所有脑力的担负都应该减轻，读书的时间也应该减少……应该说让一个青少年少坐课堂，躲到林野去与天然接近……睡眠的时间要充足，饮食要富有滋养料的，而且食时要愉快和从容……要不然，便不免要有很不幸的结果了。"其实这位专家所说的话也不过是一点常识。哪一个青年不会感到过分读书与缺少了户外生活对于他身体与精神的恶影响？哪一个能自己省察的女子，不会感到她的性生理能减少她用脑的能力？哪一个把优生学看做民族复习的根基的，能漠视这许多未来的父母，尤其是未来的母亲，在身体及精神上的摧残？

我们自命为教育界的人，看了现行教育制度与课程对于青年们的康健摧残到了这样的程度，还能说，这不关我们的事吗？我们既不说教育不应以智识为限的一类不合时宜的话，我们即使承诺，智识的获得是教育的唯一目标，但一只破船也是不能"乘长风破万里浪"的啊！横在中华民族前途的惊波险浪，何止万里？而将来超度我们过此难关的唯一船只，却正在那里铁生锈、木变朽的向着毁灭的路上走去！

所以我说，无论是为民族的未来，或是人道的慈悲；无论为的是教育，或是整个的文化，我们自命为教育界的人，尤其是握有实权的教育当局，都不容躲避这目前的一个迫急的责任：救救中学生，救救这一大群将要成为残疾、变为废物的中学生！

（九月二十二日大公报星期论文）

（2020年3月8日）